A Daring Journey

Edizione italiana

Serie Dare Ménage
Libro 6

Jeanne St. James

Traduzione di
Literary Queens

Traduzione italiana a cura: Literary Queens
Artista di copertina: April Martinez

www.jeannestjames.com

Iscriviti alla newsletter per avere aggiornamenti sull'autrice e sulle nuove uscite:
www.jeannestjames.com/newslettersignup (in inglese)

Attenzione: Questo libro contiene scene esplicite, alcuni possibili fattori scatenanti e un linguaggio da adulti che potrebbe essere considerato offensivo per alcuni lettori. Questo libro è in vendita SOLO agli adulti, come definito dalle leggi del paese in cui è stato effettuato l'acquisto. Si prega di archiviare i file in modo appropriato, in modo che non possano essere consultati da lettori minorenni.

Questa è un'opera di fantasia. Qualsiasi somiglianza con persone reali, vive o morte, o con eventi reali, è puramente casuale.

Dirty Angels MC, Blue Avengers MC & Blood Fury MC are registered trademarks of Jeanne St James, Double-J Romance, Inc.

Per rimanere aggiornati sulle novità di Jeanne, collegatevi al sito www.jeannestjames.com o iscrivetevi alla sua newsletter: http://www.jeannestjames.com/ newslettersignup (in inglese)

Link d'autore: Instagram * Facebook * Goodreads Author Page * Newsletter * Jeanne's Review & Book Crew * BookBub * TikTok * YouTube

Serie Dare Ménage

(in italiano)

Double Dare (libro 1)
Daring Proposal (libro 2)
Dare to be Three (libro 3)
A Daring Desire (libro 4)
Dare to Surrender (libro 5)
A Daring Journey (libro 6)

Capitolo Uno

MAC EMISE un leggero sospiro e appoggiò la testa all'indietro sul sedile. Chiuse gli occhi e lasciò che le parole della sua migliore amica ed ex compagna di stanza del college le entrassero da un orecchio e le uscissero dall'altro.

Voleva molto bene a Gia, ma a volte parlava troppo.

Anzi, non solo a volte.

Sempre.

E in quel momento, dopo aver trascorso una settimana insieme a lei in Arizona, Mac era finalmente pronta per godersi un po' di pace e tranquillità. Solo che, per sua sfortuna, avrebbe dovuto attendere ancora... perché era costretta su un aereo, con Gia seduta accanto.

Adoro Gia.

Ma in quel momento avrebbe voluto prenderla a sprangate sui denti.

Purtroppo, dato che si trovavano su un aereo diretto a Boston, non aveva una spranga a portata di mano. E comunque, alla sicurezza non piaceva che si portassero armi in cabina, nemmeno in prima classe.

Forse Mac avrebbe dovuto ordinare un altro drink. Dopotutto si poteva bere gratis, e di certo l'avrebbe aiutata a distendere i nervi.

Non le era mai piaciuto volare, ed era felice di avere qualcuno accanto, ma...

Era fortemente tentata di prendere un terzo Martini.

L'unica ragione per cui l'amica la stava riaccompagnando a Boston era perché uno dei suoi fratelli aveva recentemente avuto due gemelli. Per qualche motivo, Gia si era offerta di aiutare la famiglia appena allargata di Grae, il che aveva sorpreso Mac.

A quanto pareva, la madre di quei gemelli era un po' in difficoltà.

Mac immaginò che avere due figli contemporaneamente potesse sortire degli effetti indesiderati.

"E lei non ne voleva affatto," stava dicendo Gia.

Mac aprì un occhio. "Chi?"

"Paige! Non aveva alcuna fretta di sfornare bambini, e quando è rimasta incinta e ha scoperto di aspettare due gemelli, è andata fuori di testa."

"Ce ne sono altri in famiglia?"

"Quale famiglia?"

Mac aprì l'altro occhio e scrollò le spalle guardando l'amica. "Entrambe. La sua o la tua."

"Nella nostra no. Nella sua non saprei, e nemmeno in quella di Connor."

Mac scosse la testa. "Connor?"

"Sì, te l'ho detto. Entrambi i miei fratelli hanno relazioni poliamorose."

Giusto, Mac si era scordata di quel dettaglio. Era un po' strano, no?

I due fratelli maggiori di Gia, Grae e Gryff, erano "sposati" con un'altra coppia... o qualcosa del genere.

Era legale?

A Mac non importava. Dopotutto, non erano affari suoi.

"Ricordi? Grae sta con Paige e Connor." Gia si avvicinò all'amica per sussurrarle: "Connor è un gran bel bocconcino... *Gnam*." Alzò un dito ben curato. "E quell'accento... Ogni volta che lo sento mi viene voglia di tirare fuori il vibratore. Peccato che Grae non abbia intenzione di condividere quel ragazzo con me."

Mac si voltò e fissò sconvolta l'amica. "Perché diavolo dovrebbe condividere *suo* marito con la sorella?" Storse il naso. "Che schifo!"

Gia sorrise, e nei suoi occhi castani brillò una scintilla. "Mica siamo parenti."

"Hanno una relazione aperta?"

"No."

Mac alzò le mani e gli occhi al cielo. "Beh, allora... Non lo biasimo per non averti dato il permesso di "prendere in prestito" suo marito. Aspetta... Sono ufficialmente sposati?"

"Sì, ma non penso che il loro matrimonio sia legalmente vincolante. Paige e Connor erano sposati ancora prima di conoscere Grae."

"Non è strano?"

Gia si strinse nelle spalle. "Per loro immagino di no, e nemmeno per me. Funziona. A dire il vero sono dannatamente gelosa. Voglio quello che hanno loro, quello che ha anche Gryff."

Già, Gryff. Quando Mac era al college e aveva conosciuto sia Grae che Gryff, si era ritrovata a fantasticare su entrambi i fratelli dell'amica. Non l'aveva mai confidato a Gia, perché quelle fantasie erano talmente sconce che avrebbe finito per provocarsi un orgasmo accidentale anche solo pensandoci. A volte fingeva di averli entrambi per sé nello stesso momento.

Riusciva a capire il fascino di Gia per i rapporti a tre. I

suoi fratelli erano cupi, misteriosi... e maledettamente sensuali.

Dei veri e propri maschi alfa.

Gnam.

Tuttavia, quel tipo di uomo era perfetto per divertirsi a letto, ma come aveva avuto occasione di scoprire Mac, non era facile conviverci.

La ragazza strinse le cosce e fece un respiro profondo. Eccitarsi a diecimila metri di altezza non l'avrebbe portata da nessuna parte, soprattutto perché non poteva fare niente per alleviare quell'esigenza.

A quanto pareva, sia Gryff che Grae erano bisessuali, il che rendeva quelle fantasie ancora più bollenti. Non che ne avesse fatte poi così di recente.

Ok, forse era capitato, ma non aveva alcuna intenzione di confessarlo a Gia.

Sebbene non avesse mai incontrato Connor, aveva visto Trey Holloway, il marito, fidanzato o amante di Gryff moltissime volte, in televisione. Era un campione del Super Bowl. Se la memoria non la ingannava, Trey aveva appeso le scarpette al chiodo qualche anno prima per diventare avvocato. Ora lavorava nello studio legale di alto profilo di Gryff.

Mac si asciugò un angolo della bocca.

Forse avrebbe dovuto aggiungere anche Trey al suo harem di fantasia...

Santo cielo, aveva proprio bisogno di una bella scopata. Era passato troppo tempo dall'ultima volta. Doveva smettere di fantasticare sugli uomini della famiglia di Gia come una malata di sesso.

Aveva semplicemente bisogno di divertirsi un po' e staccare la spina.

Si rese conto che Gia stava ancora parlando.

Che novità.

"Uno di questi giorni troverò due bravi ragazzi... Vedrai come daranno di matto i nostri genitori quando li porterò a casa per il Ringraziamento."

"Perché?"

"Come perché? T'immagini venire a sapere che tre dei tuoi quattro figli hanno una relazione poliamorosa? Probabilmente inizieresti a chiederti dove hai sbagliato."

Già, sarebbe stato un po' strano. A dire il vero Mac pensava che le relazioni di quel genere fossero strane a prescindere. Anche se aveva fantasticato di averne una, nella realtà non le era mai capitato. "O dove *non* hai sbagliato," suggerì Mac. "Che mi dici di Gayle?"

"Beh, Gayle non riesce a trovarne neanche uno che sia disposto a sopportare le sue richieste pretenziose."

Mac trattenne una risatina. "Perché, tu sì?"

Le labbra scure e carnose di Gia si strinsero. "Sono una persona esigente."

Mac si lasciò sfuggire un sospiro. "Io di certo non posso parlare. Voglio dire, l'altra sera siamo andate alla rimpatriata del college *insieme*... Insomma, eri *tu* la mia accompagnatrice, quindi siamo sulla stessa barca. Dove sono gli uomini meritevoli?"

All'improvviso, Mac intravide un paio di occhi tra i due sedili di fronte a loro che la fecero sobbalzare per la sorpresa e inchiodare al posto.

Gli occhi azzurri la guardarono attentamente, poi Mac vide anche un sorriso. "Salve, signore. Non ho potuto fare a meno di ascoltare la vostra conversazione. Se state cercando un volontario per il vostro rapporto a tre..." Agitò le folte sopracciglia bionde. "Stare con due donne è sempre stata una mia fantasia."

Gia fissò il ragazzo, poi si voltò a guardare Mac, inarcò un sopracciglio e alzò gli occhi al cielo.

"È la stessa della maggior parte degli uomini. Però non sarà mai realtà," gli rispose Gia.

D'un tratto, lo sconosciuto si tirò su e si appoggiò allo schienale del sedile. Poi abbassò la voce di svariate ottave, tanto da sembrare Barry White. "Ma voi, signore, potete far sì che diventi la *mia* realtà." In realtà, forse somigliava più a Barry Manilow.

Pensava forse che quell'approccio fosse irresistibile? In tal caso, si sbagliava di grosso.

Gia sussultò e sollevò un dito. Di nuovo. In quel momento, però, significava qualcosa di completamente diverso.

Oh, merda. Mac sapeva esattamente cosa voleva dire: Gia si stava per scatenare. E chiunque con un po' di cervello non avrebbe mai voluto essere il bersaglio della sua ira.

"Torna a sederti, bello."

"Voglio solo offrire i miei servizi..."

"Non sono stata abbastanza chiara? *Seduto!* Culo. Sul. Sedile."

"Sono seduto," sbuffò l'uomo.

"Se le tue chiappe non sono su quel sedile, allora non sei seduto." Gia fece roteare il dito con aria minacciosa. "Girati, idiota."

Lo sconosciuto aggrottò la fronte. "Beh, se..."

"Bla, bla, bla!" Lo interruppe Gia, avvicinandogli il dito fin quasi a toccargli le labbra. "Non costringermi a farti punire dall'agente di volo. Girati. *Subito.*"

L'uomo serrò le labbra e si lasciò cadere di nuovo sul sedile con un brontolio.

"Pensava di poterci avere entrambe... Ma per favore! E per giunta *in contemporanea.*" Scosse la testa ed emise un mormorio di disapprovazione.

Mac soffocò una risata con la mano.

Gia premette un pulsante per chiamare l'assistente di volo, che si presentò così rapidamente da far sobbalzare Mac.

"Posso aiutarla?"

Gia rivolse un sorriso smielato alla donna. "Noi abbiamo bisogno di altri due dirty Martini, mentre l'uomo di fronte a me gradirebbe un fazzoletto per asciugarsi le lacrime e un cuscino a ciambella per le sue chiappe doloranti."

A quel punto, Mac non si prese più la briga di nascondere le risate.

Pochi minuti dopo, l'inserviente tornò con i loro drink e un pacchetto di fazzoletti per il tizio con il sedere malconcio.

Due ore più tardi, era finalmente arrivato il momento di scendere dall'aereo. Mac non vedeva l'ora di uscire e sgranchirsi le gambe, nonostante avessero volato in prima classe. Chissà che incubo, per la gente stipata in economy! Se Gia non avesse ottenuto un upgrade sul suo biglietto, in modo che potessero sedersi vicine, le sarebbe toccata la stessa sorte.

Mentre si spostavano verso la parte anteriore dell'aereo, dove un assistente e uno dei piloti ringraziavano i passeggeri in uscita, Gia si fermò di colpo e Mac le finì addosso.

Prima che potesse dirle qualcosa, l'amica mormorò: "Oooh, guarda quel manzo dalla pelle meravigliosamente scura."

Dove?!

Gia era alta, a differenza di Mac, che riusciva a vedere soltanto la schiena dell'amica. Gia si passò rapidamente una mano sui capelli a caschetto, per assicurarsi che fossero perfetti.

In effetti era così. Erano sempre acconciati alla perfezione. I suoi capelli rossi e ribelli, invece, avevano bisogno di cinquemila prodotti diversi; inoltre, era costretta a passare continuamente la piastra per non sembrare un clown malvagio quando diventavano crespi.

Tuttavia, se il tempo era anche solo parzialmente umido, anche quelle misure preventive diventavano del tutto inutili.

Anche il trucco non era mai perfetto come quello di Gia, perché... Beh, a Mac non importava molto di quella roba, né di avere quel genere di abilità.

Non era una persona sciatta. Era pulita e ordinata, ma la cura dei capelli le risucchiava troppo tempo ed energie, e l'unica cosa che le rimaneva da fare era schiaffeggiarsi le guance per renderle almeno un po' rosee e meno cadaveriche.

Aveva trascorso la maggior parte dell'adolescenza a preoccuparsi di coprire le lentiggini con il fondotinta, ma ormai non le importava più. Se a qualcuno non piacevano, non era affar suo.

Per via del colore dei capelli e degli occhi azzurri, spesso le persone pensavano che fosse irlandese. Il più delle volte non si preoccupava di correggerle...

I suoi pensieri furono interrotti quando Gia riprese ad avanzare.

Accidenti.

Ecco perché si era fermata di colpo.

Per via di un uomo, naturalmente.

Ma non un uomo qualsiasi.

Uno con la U maiuscola.

In uniforme.

Alto, scuro. Incredibilmente eccitante.

E non era scuro solo di capelli. Certo, anche quelli erano neri – e corti, tagliati in maniera precisa e ordinata, – ma Mac si riferiva alla carnagione. Era scuro quasi quanto la sua amica.

Indossava un'uniforme da pilota, e rivolgeva un sorriso amichevole, adornato da un pizzetto ben rifinito, ai passeggeri che scendevano dall'aereo. Gia era prossima all'uscita.

Non toccarlo, ragazza. Non farlo. Non voglio vederti

trascinare via da qualche agente di volo, per poi dover convincere Gryff a tirarti fuori dai guai.

Tieni le mani a posto. Anche la lingua.

Ti prego, non leccare il pilota.

Un momento... Stava avvertendo Gia o se stessa?

L'amica si fermò davanti all'uomo, squadrandolo da capo a piedi in maniera piuttosto eloquente. Lui sorrise e le disse, con voce profonda: "Grazie per aver volato con noi."

Gia venne scossa da un palese tremito, e traballò visibilmente nei suoi stivali dal tacco vertiginoso, del tutto inappropriati per volare.

Dopo alcuni secondi di assoluta immobilità, il pilota inarcò le sopracciglia scure e il sorriso svanì.

Mac riuscì a cogliere l'espressione di paura che l'uomo stava palesemente cercando di mascherare. Probabilmente Gia lo stava fissando come una persona a dieta guarda un soffice tortino al cioccolato.

"Gia," le sussurrò Mac per darle una scossa.

L'amica la zittì con un cenno della mano.

Purtroppo, però, quell'intervento aveva attirato l'attenzione del pilota.

"Mi auguro di vederla volare di nuovo con noi," disse l'uomo in tono di congedo a Gia, ma fissando Mac. Le sue labbra scure, carnose e fatte per essere baciate si allargarono in un bel sorriso. Sembrava genuino, ed era così luminoso che Mac quasi alzò una mano per proteggersi gli occhi.

Accidenti.

"Ma certo," brontolò Gia, e imprecando tirò violentemente il bagaglio a mano fuori dall'aereo e sulla rampa. "Sono quelle dannate lentiggini."

Mac avanzò con gli occhi incollati a quelli di lui, osservandoli affascinata mentre da quelle labbra lussureggianti iniziavano a fuoriuscire altre parole. "Grazie per..."

D'un tratto venne spintonata in avanti e inciampò, sussultando. Il pilota fermò la sua caduta prima che lei gli rovinasse addosso.

"Diamoci una mossa! Ho un aereo da prendere!" si lamentò l'uomo alle sue spalle.

Con una mano sul gomito di Mac e l'altra sul manico del suo bagaglio a mano, il pilota la tirò al suo fianco per far passare il tipo impaziente. Quel punto della cabina era talmente stretto che Mac si sentì in dovere di tirare in dentro la pancia.

"Tutto bene?"

Santo cielo, quella voce. Ricca e profonda come la più densa delle melasse. Lui sì che avrebbe potuto essere paragonato a Barry White.

La ragazza iniziò ad avvertire un certo calore...

"Le va di vedere la cabina di pilotaggio?"

...che le esplose al centro.

"Spostiamoci," le suggerì.

Mac aprì la bocca e, prima ancora che potesse rispondere, l'uomo la tirò nella cabina insieme alla valigia. Anche quello spazio era piuttosto angusto. Soprattutto quando il pilota chiuse la porta alle sue spalle.

Erano quasi petto contro petto, anche se l'uomo era più alto di lei. *Molto* più alto. Forse sarebbe stato più corretto dire petto contro stomaco. Inoltre, aveva le spalle piuttosto larghe: chissà come faceva a lavorare in un ambiente così ristretto.

Il pilota si schiarì la voce e Mac alzò lo sguardo, soffermandosi appena sopra il colletto della camicia. Il suo pronunciato pomo d'Adamo cominciò a muoversi quando lui prese a parlare: "Lascia che mi presenti... Sono Damon Brooks."

Mac chiuse la bocca, deglutì, poi si rivolse a quella gola affascinante: "Mac."

"Mac?"

La ragazza chiuse gli occhi per un secondo e scosse la testa, cercando di ritrovare un po' di lucidità. "MacKenzie Donovan."

Alla fine alzò del tutto lo sguardo e, oltre al suo sorriso, incontrò anche il guizzo di divertimento che gli faceva brillare gli occhi castano scuro.

"Ti calza a pennello," mormorò.

Lei inclinò la testa e ricambiò il sorriso. "Anche il tuo."

Damon contrasse le labbra. "Touché." Lui la studiò a lungo, poi aggrottò la fronte. "Hai un'aria familiare."

Non era una battuta da rimorchio: sembrava piuttosto serio.

"Forse ho una doppelgänger da qualche parte. Probabilmente con il tuo stile di vita da giramondo vedi migliaia di persone ogni anno." Mac sperava solo che la sua sosia avesse dei capelli più belli.

"Mmh, no," mormorò lentamente Damon, concentrandosi ancora di più sul viso di Mac, che ormai stava morendo dall'imbarazzo. "No, ti ho già vista da qualche parte. Non come passeggera. Vivi a Boston?"

Avrebbe dovuto rispondergli? Quanti piloti erano anche dei serial killer? Per sicurezza avrebbe cercato su Google. "In zona, sì. Tu?"

"Sì, vivo lì. Forse ti ho vista in città."

"Non credo. Di solito cerco di evitarla." Era vero.

"Anch'io. Quando non lavoro, preferisco starmene in tranquillità." Si portò una mano alla mascella e batté il dito contro quelle labbra invitanti.

Accidenti, quanto avrebbe voluto morderle. Dopo averle succhiate, naturalmente.

Damon alzò di scatto la testa e spalancò gli occhi. "Ora ricordo! Ti ho mandato un messaggio e non ho mai ricevuto risposta."

"Mmh... Un messaggio?" Di che diavolo stava parlando?

"Non usi l'app *Boston Single*?"

Merda. Doveva negare? "Io... ehm..."

L'uomo serrò quelle labbra perfette e tirò fuori qualcosa dalla tasca posteriore. Porca miseria, era un cellulare.

Il cuore di Mac batteva all'impazzata mentre guardava le lunghe dita ben curate di lui digitare sullo schermo. Qualche swipe verso l'alto, un paio a destra e voilà! Mac si ritrovò a fissare la sua foto profilo su *Boston Single*.

Beccata.

Almeno in quella foto i suoi capelli risultavano bellissimi. Tuttavia, ogni lentiggine sul suo viso brillava come un faro fatto di melanina.

"Mmh..."

"Sei tu." Il tono dell'uomo tradiva una sfumatura di accusa.

"Ehm..." Maledizione. "Non volevo usare quell'app," si affrettò a dire. "Mi ha costretta la mia migliore amica. Non prenderla sul personale, non ho risposto a nessuno, non solo a te."

"Quindi ti ricordi il mio messaggio."

Accidenti. No, non si ricordava affatto. Non era sua intenzione usare un'app di incontri, ma Gia l'aveva costretta a farlo più di un anno prima. Mac era appena stata mollata dall'ennesimo maschio alfa bastardo.

Aveva ceduto solo per accontentare l'amica. Aveva letto qualche messaggio – in gran parte inappropriati – ma non aveva mai risposto a nessuno. Nemmeno ai ragazzi attraenti con un profilo decente. Mac non credeva che fossero reali. Altrimenti, perché avrebbero avuto bisogno di un'app per single? Qualche donna avrebbe già dovuto accaparrarseli.

Almeno era ciò che aveva detto a se stessa per mettere a tacere il senso di colpa per aver ignorato gli oltre trecento messaggi privati. L'ultima volta che aveva controllato era arrivata a quella cifra, ma ormai erano passati mesi.

Damon digitò qualcos'altro sul telefono, poi glielo porse. Lei lo prese con riluttanza e lesse il messaggio.

Era ben scritto, educato e privo di foto di parti intime. Una rarità.

La grammatica e l'ortografia erano perfette. Un'altra rarità.

Senza alzare lo sguardo, cliccò sul profilo e lo esaminò rapidamente. Proprio come pensava. Un altro che sembrava troppo bello per essere vero.

Insomma, andiamo: un pilota sexy e single? *Certo, come no.*

Alzò la testa e gli restituì il telefono. Le lunghe dita di lui sfiorarono le sue, e Mac venne attraversata da un brivido. "Se può consolarti, ti avevo notato. Ci sono così tanti profili falsi..." Che sfigata. "Poi ho letto che sei apertamente bissuale." Ricordava bene quel dettaglio. Le era rimasto impresso nella mente.

Damon inarcò un sopracciglio. "Non ti piacciono gli uomini a loro agio con la propria sessualità?"

"No, ma ci sono già abbastanza donne, là fuori, con cui devo misurarmi. Non ho bisogno di aggiungere anche il resto della popolazione. Sarei svantaggiata in ogni caso, dal momento che mi paragoneresti a entrambi i sessi."

Il pilota spalancò la bocca per un secondo, poi gettò la testa all'indietro e rise.

Mac si inumidì le labbra mentre guardava la sua gola contrarsi e le spalle larghe tremare a ogni risata profonda e sensuale. Una volta ricomposto, le chiese: "È questo che pensi?"

Lei scrollò le spalle e gli rivolse un leggero sorriso. "È quello che pensa la mia nevrosi. Dal momento che non sono mai uscita con un bisessuale, non posso confermare questa teoria."

"Non sei mai uscita con uno *apertamente* bisessuale."

Giusta osservazione. "Vero, mi hai fregata." Mac ripercorse l'inventario degli uomini che aveva frequentato, dalle scuole medie fino al presente. Qualcuno di loro era bisessuale? Mmh.

Damon lanciò di nuovo uno sguardo al cellulare. "Mi dispiace interrompere questa conversazione illuminante, ma devo prepararmi per il prossimo volo." Rimise il telefono nella tasca posteriore dei pantaloni aderenti. Gli avvolgevano alla perfezione quelle che sembravano cosce molto possenti.

Cosce che Mac non avrebbe mai visto, né toccato, né cavalcato. *Dannazione.*

La ragazza fece per girarsi, ma lui la fermò mettendole una mano sulla spalla.

Strinse leggermente la presa. "Mi piacerebbe continuare questa conversazione in un altro momento."

Non era una domanda, sembrava più un ordine. Anche se fosse, cosa c'era da continuare?

"Magari davanti a un caffè." Gli si formarono delle piccole rughe agli angoli degli occhi. "O un dirty Martini."

Come faceva a saperlo?

"In tema di Martini, io preferisco di gran lunga i Lemon drop. È Gia quella appassionata di dirty." Mac si sentì immediatamente in imbarazzo per aver pronunciato quelle ultime parole.

Damon abbassò la testa, divertito. "E Lemon drop sia, allora."

"Non lo so... Forse."

"Mi serve il tuo numero."

Un altro ordine. Mac avrebbe voluto chiedergli il motivo. Perché era interessato a lei? Era una ragazza noiosa e nemmeno lontanamente attraente o esotica come Gia. Perché Damon si era focalizzato su di lei? Era Gia quella sempre alla ricerca di un uomo. O di *più* uomini, dal momento che era determinata a trovarne non solo uno, ma due.

"Puoi mandarmi un messaggio sull'app," gli suggerì.

"L'app su cui non rispondi ai messaggi?" Ribatté seccamente lui.

Sì, quella. "Attiverò le notifiche per il tuo profilo, così non mi sfuggiranno."

Evidentemente, Damon non le credette, perché le domandò: "Promesso?"

No. "Sì, promesso."

L'uomo guardò la porta chiusa. "La tua amica sarà preoccupata per te."

Forse non era preoccupata, ma sicuramente la stava aspettando con impazienza. Probabilmente aveva il telefono incollato all'orecchio e stava tamburellando ritmicamente la punta dello stivale in pelle sul pavimento in linoleum. Oppure stava flirtando con il primo bel ragazzo che aveva incontrato.

Non si sapeva mai, con lei.

Damon – era bello pensare a lui come a qualcosa di diverso da 'il pilota' – le passò accanto e aprì la serratura della cabina di pilotaggio.

La tensione della camicia su quelli che sembravano pettorali ben sviluppati attirò l'attenzione di Mac. Il tessuto bianco latte metteva in risalto il colore scuro della sua pelle. La ragazza perse il filo del discorso.

Finché lui non sorrise di nuovo, altrettanto divertito.

Accidenti.

Mac tornò alla realtà. "È stato bello conoscerti, e... grazie per averci fatte atterrare sane e salve."

Damon contrasse le labbra. "Quando vuoi." Tese una mano.

Mac la fissò con aria imbarazzata. Cosa... *Oh.*

Santo cielo, stava impazzendo. La strinse, e lui ricambiò con decisione, avvolgendo quelle dita lunghe e forti intorno alle sue.

Qualcosa dentro Mac si agitò.

Dopodiché, Damon snocciolò la solita pappardella con voce profonda. "Grazie per aver volato con noi. È stato un piacere servirla, e spero di rivederla in futuro." Mac sentì le cosce stringersi e i capezzoli inturgidirsi fino a farle male.

Un momento... "Che cosa?"

"Ho detto che spero di rivederti su uno dei nostri voli."

Prima che si sciogliesse definitivamente, Damon le lasciò la mano e indicò la porta, invitandola a uscire dalla cabina di pilotaggio.

Mac riprese il trolley e avanzò, ma la voce dell'uomo la fece fermare. "Ehi, MacKenzie..."

L'aereo era ormai vuoto, tranne che per alcuni addetti alle pulizie che stavano raccogliendo la spazzatura e mettendo via coperte e cuscini. Mac si girò a guardarlo.

"Vorrei davvero conoscerti."

Anche se sembrava sincero, la ragazza si chiese ancora una volta il motivo. Riuscì a rivolgergli solo un cenno in risposta.

"E vorrei che anche tu conoscessi me," aggiunse Damon.

Non era così che funzionava, di solito?

"Per facilitarti il compito, ti dirò una cosa che non troverai nel mio profilo."

Mac si preparò al peggio. Le avrebbe detto quanto ce l'aveva lungo. La maggior parte dei messaggi che aveva ricevuto erano di quella natura. Alcuni degli uomini tenevano persino un righello accanto alle loro erezioni, per dimostrare che non stavano mentendo.

"Il mio colore preferito è il rosso."

La ragazza si portò istintivamente una mano ai capelli, ma l'abbassò rapidamente quando si rese conto di quello che stava facendo. Sentì le guance andare a fuoco.

Accidenti.

Lanciò un'ultima occhiata a Damon, in modo da poterlo aggiungere all'inventario di ricordi che le avrebbe fatto comodo più tardi.

Grae e Gryff, levatevi di mezzo.

Capitolo Due

Mac richiuse la bocca che aveva aperto per lo stupore mentre seguiva Gia all'interno di una casa dalle dimensioni mastodontiche. Forse sarebbe stato meglio definirla villa. Affacciava su un lago e aveva anche una piscina. Era arredata in uno stile steampunk del tutto inaspettato, ma anche interessante e diverso dal solito.

Le due ragazze si addentrarono nell'ampia abitazione, e a un certo punto iniziarono a sentire delle voci. Una era molto profonda e affascinante, l'altra non altrettanto grave. Una voce di donna.

Il suo interlocutore sembrava Grae. Doveva essere la neomamma, la moglie o la compagna del ragazzo.

Mentre era in visita da Gia, in Arizona, Mac aveva lasciato la sua auto in un parcheggio dell'aeroporto Logan di Boston. Così si era offerta di dare un passaggio all'amica a casa di Grae, in modo da poterlo salutare, visto che non lo vedeva da secoli. L'aveva fatto anche per rispolverare le sue fantasie per uso futuro.

Gia si fermò di colpo, proprio come aveva fatto sull'aereo,

e Mac riuscì a malapena a non finirle addosso come la prima volta. Prima che potesse lamentarsi, l'amica alzò una mano, ordinandole tacitamente di non aprire bocca.

Mac tese l'orecchio per cercare di capire cosa avesse sentito.

"Sta arrivando Gia per dare una mano." Sì, sembrava proprio Grae, anche se Mac non sentiva la sua voce da molto tempo.

"Gia... Vuoi dire tua sorella minore Gia? Ne sei proprio sicuro?" La donna, che Mac poteva solo supporre essere Paige, non sembrava solo sfinita, ma esasperata.

"Sì, Paige. Proprio lei."

Aveva ragione. La voce femminile apparteneva alla neomamma.

"Sei sicuro che sia una buona idea affidarle i tuoi figli?"

Mac fece una smorfia per conto dell'amica, sebbene fosse una domanda legittima. Nemmeno lei era sicura di poterle affidare due gemelli. Tuttavia, doveva ammettere che negli ultimi due anni era maturata molto. Finalmente.

Gia proseguì a passo deciso verso l'ingresso ad arco della stanza da cui provenivano le voci.

Mac notò altri pezzi d'arredamento steampunk prima di trovarsi davanti diverse persone. Sei, in totale.

Gia si schiarì la voce e tutti i presenti si voltarono verso di lei.

Grae inarcò un sopracciglio verso la sorella minore e disse: "Immagino che tu abbia sentito."

"Tu che dici?" Ribatté lei. "Io vengo per aiutare, e questo è il ringraziamento che ricevo?"

"Apprezziamo il tuo aiuto," disse un uomo che Mac non aveva mai visto. Teneva un neonato tra le braccia e lo cullava dolcemente.

"Beh, almeno uno che lo fa," brontolò la ragazza.

Mac era totalmente confusa. I suoi occhi si posarono sui due uomini che fiancheggiavano la donna, seduta con un secondo bambino in braccio.

Ah, sì... Gia le aveva detto che Grae aveva avuto dei gemelli. Ecco perché c'erano *due* bambini. Giusto?

Ma...

C'era comunque qualcosa di strano. Sbatté le palpebre per schiarirsi le idee, ma quando aprì la bocca per fare domande, Grae si fece avanti e abbracciò la sorella, dandole un bacio sulla guancia. "Siamo felici che tu sia qui, sorellina." Abbassò la voce quel tanto che bastava perché potessero sentirlo solo Gia e Mac. "È stanchissima... Come tutti, del resto. Apprezziamo qualsiasi tipo di aiuto."

Gia borbottò qualcosa con voce sdegnata, ma ricambiò comunque l'abbraccio del fratello maggiore.

"Ehi, Big Mac, ne è passato di tempo!" La salutò Grae, prima di avvicinarsi per un abbraccio.

Oh, sì... Quando lui la strinse tra le braccia, Mac cercò di godersi il suo profumo senza darlo a vedere.

Senza staccarsi completamente da lei, Grae si voltò e indicò l'altro uomo. "Lui è Connor, e lei è Paige, nostra moglie. Quello in braccio a Connor è nostro figlio Reed, mentre la piccolina, lì con Paige, si chiama Rylie. Connor, Paige, lei è MacKenzie, l'ex coinquilina universitaria di Gia nonché amica di lunga data, anche detta amorevolmente Big Mac."

Mac fece una smorfia. "Solo dalla tua famiglia. Nessun altro mi chiama così," si affrettò a puntualizzare.

Paige le fece un piccolo cenno di saluto, poiché era impegnata ad allattare Rylie, mentre Connor si avvicinò con Reed tra le braccia, cullandolo per fargli smettere di fare i capricci.

"Pensavo che Gia avesse detto che avevate due gemelli."

Dall'altra parte della stanza arrivò una risatina, che Mac riconobbe subito. Trey Holloway, diventato Trey Holloway-Ward, a giudicare da quello che avevano detto qualche tempo prima i notiziari. Si era sollevato un gran polverone riguardo al cambio di nome del famoso quarterback. I tifosi tradizionalisti dei Boston Bulldogs non solo ne erano rimasti scioccati, ma gli avevano persino voltato le spalle, bruciando le maglie con il suo nome e facendo anche di peggio. Tutto questo nonostante avesse contribuito, in modo quasi determinante, a riportare a Boston la Coppa del Mondo. Quei cosiddetti tifosi avevano dimenticato tutto.

Connor le rivolse un bel sorriso di benvenuto e le tese una mano. Mac la strinse. "Sì, sono gemelli," confermò lui.

La ragazza aggrottò la fronte. "Ma..." Avrebbe dovuto sottolineare l'ovvio?

Sicuramente anche gli altri nella stanza l'avevano notato... vero?

Gryff si staccò dal muro a cui era appoggiato, strinse e diede un bacio a Gia, dopodiché abbracciò anche Mac. Accidenti, stava facendo colpo!

Lasciò andare Gryff, ma non prima di avergli palpato per bene i muscoli e aver confrontato il suo profumo con quello del fratello maggiore.

"Grae ha ragione. Sono passati anni, Big Mac." Gryff si voltò e disse: "Sono sicuro che già conosci Trey. In caso non fosse così, non dirglielo, altrimenti potrebbe rannicchiarsi in un angolo e cominciare a piangere come i gemelli. Lei è nostra moglie e compagna, Rayne."

Mac alzò una mano in segno di saluto. Trey le rivolse un sorriso a trentadue denti, facendole tornare in mente quel bel pilota, Damon Brooks.

"So chi è," mormorò Mac. Materiale per il suo harem di fantasie. Soprattutto ora che aveva visto quell'affascinante e muscolosa star del football di persona.

"*Tutti* sanno chi sono," commentò Trey.

La bomba sexy dai capelli ramati appoggiata a lui alzò gli occhi al cielo, accarezzandogli il braccio che le aveva messo sulle spalle in maniera disinvolta, ma anche possessiva. "Certo, tesoro, certo."

Le presentazioni erano finalmente finite, e Mac moriva dalla voglia di tornare all'argomento principale. Perché Gia, che di solito non smetteva mai di parlare, non stava facendo la domanda più ovvia di tutte?

Mac guardò di nuovo il bambino tra le braccia di Connor, poi quella in grembo a Paige.

"Mmh," mormorò, chiedendosi se la sua domanda sarebbe risultata un po' scortese. Aveva bisogno di una risposta, e avrebbe continuato a pensarci fino a quando non l'avesse ottenuta. Si voltò e guardò stupita Gia, che rise del suo evidente dilemma.

"Mac vuole sapere come diavolo avete fatto ad avere due gemelli con due carnagioni diverse."

"Tramite la superfecondazione," rispose Paige senza la minima esitazione.

Mac rimase ovviamente confusa da quella risposta, il che fece ridacchiare Paige, che passò una mano sui morbidi capelli castani della figlioletta.

Connor alzò un dito, attirando l'attenzione di Mac. "Posso spiegartelo io, se vuoi. Sapevo che ce l'avrebbero chiesto spesso, così ho fatto delle ricerche."

"Dicevano anche che era impossibile, e invece..." aggiunse Grae, tornando da Paige per sedersi sul bracciolo della poltrona. "Ne abbiamo le prove. In realtà ne siamo molto felici, e speriamo che accada di nuovo."

Paige lanciò un'occhiataccia al ragazzo. "Ehm, no. Una volta mi è bastata, grazie. Non era previsto che avessimo dei gemelli al primo colpo. Anzi, non avevamo nemmeno in programma di avere figli così presto!"

Grae ignorò l'irritazione della donna. "Ma è successo, e ne siamo entusiasti."

"Parla per te," borbottò Paige. "Pensavo che solo *uno* di voi avesse lo sperma da supereroe. A quanto pare ce l'avete entrambi."

"Allora... Questa superfecondazione?" Domandò Mac per cercare di rimetterli in carreggiata.

"Sì," rispose Connor, in un accento australiano super sensuale. Gia aveva ragione. Non era troppo marcato, ma abbastanza da far battere il cuore di una donna... e non solo. "La superfecondazione è quando, durante il ciclo mestruale, due ovuli vengono fecondati nello stesso periodo di tempo da due uomini diversi... Quando... Beh..." Connor si schiarì la voce. "Quindi noi..."

Paige agitò una mano con impazienza. "Abbiamo fatto sesso insieme e sono rimasta incinta di entrambi. Due ovuli separati, due spermatozoi diversi. Due padri. Due bambini. Reed è di Grae, Rylie di Connor. Fine della storia. Non c'è bisogno di entrare nei dettagli, tesoro. Mac può usare l'immaginazione, come tutti gli altri."

"Qualcuno ha bisogno di un pisolino," mormorò Trey.

"Ma non mi dire," ribatté Paige. "Non dormo da giorni. Sarebbe bello anche fare una doccia."

"Oh, sì," mormorò Connor sottovoce.

Paige spalancò gli occhi. Grae si chinò rapidamente e la baciò sulla fronte. "Ora che c'è Gia, avrai più tempo per te stessa."

"Giusto. Perché a quanto pare avere due mariti non è abbastanza. Mi chiedo come facciano le donne con uno solo..." commentò in tono sarcastico.

"Vorresti scoprirlo?" Le domandò Grae, serrando la

mascella. "E comunque, Reed e Rylie sono di entrambi. Non faremo distinzioni riguardo a chi appartiene a chi. Sono i *nostri* figli, punto."

"Beh, è un po' difficile non notarlo, fratello, dal momento che Reed è di carnagione scura e Rylie... no," puntualizzò Gia, per niente d'aiuto. Si voltò verso Connor. "Posso tenere in braccio mio nipote?"

Connor le rivolse un sorriso mentre lei si avvicinava. Invece di prendere il bimbetto tra le braccia, però, Gia gli passò le dita sulle guance paffute, sui capelli neri e ricci, e in qualche modo finì per accarezzare anche il braccio e la spalla di Connor, come se fosse un Cocker Spaniel.

Quando il gesto si prolungò un po' troppo per essere considerato solo amichevole, il sorriso dell'uomo vacillò.

"Gia, smettila di toccare Connor," sbottò Grae, facendo sobbalzare Mac.

La ragazza lanciò un'occhiataccia al fratello. "Beh, tu non lo condividi," brontolò lei, prendendo finalmente Reed dalle braccia del padre.

"C'è una ragione," affermò Grae a denti stretti.

"Puoi toccare me, Gee-Bee," si offrì Trey, allontanandosi da Rayne.

"Gee-bee?" Ringhiò Gryff. "E comunque no, *Gee-Bee* non può toccare nemmeno te." Afferrò il braccio di Trey e lo tirò a sé con un'occhiata tagliente.

L'ex-giocatore rise e mise un braccio sulle spalle a Gryff. "Adoro quando ti trasformi in un alfa possessivo."

"Ed è per questo che mi provochi," brontolò Gryff, ancora infastidito. Poi lanciò un'occhiataccia alla sorella. "Gia, tieni le mani a posto, a meno che tu non stia dando una mano con i bambini. Connor e Trey sono off limits durante la tua permanenza qui. Anzi, lo sono *sempre*."

"Accidenti, Gryff, quanto sei noioso. Pensavo che il ménage à trois ti avesse tolto quella scopa dal culo."

"Si è allentato un po', ma è ancora incastrato dentro," rispose Trey, prima di voltarsi verso il marito e dargli un bacio e una pacca sul sedere. "Sodissimo," confermò con un sorriso.

Gryff si acciglò ancora di più. "È ora di andare." Si rivolse a Mac. "È stato bello rivederti, Big Mac. Gia ha detto che vivi a Boston... Se l'avessi saputo, ti avrei invitata a cena. Ma ci sarà occasione di farlo, in futuro. Sai che la nostra porta è sempre aperta, sorella. Ci rivedremo prima che tu te ne vada, tra qualche settimana." L'uomo alto e scuro tese la mano alla moglie. "Andiamo, piccola."

"Sì, capo," rispose lei, con un sorriso sulle labbra. "Paige, ti chiamo domani."

"Presto sarai impegnata con un caso bello grosso," disse Paige.

"Lo so. È troppo importante, altrimenti mi sarei presa volentieri una pausa per darvi una mano. Troverò comunque il tempo di chiamarti per sapere come stai." Lanciò un'occhiata a Gia, che stava coccolando Reed. "A presto, Gia." Poi i suoi occhi verdi si posarono su Mac. "Piacere di averti conosciuta, Mac. Gryff ha ragione, dovremo invitarti a cena il prima possibile. Sono sicura che a Trey piacerebbe raccontarti tutto sulla sua vittoria al Super Bowl."

"Sarebbe fantastico," commentò l'ex campione con genuino entusiasmo, avvolgendole un braccio intorno alla vita.

Gryff gemette e alzò gli occhi al cielo mentre li accompagnava fuori dalla stanza. Un istante dopo, la porta d'ingresso si chiuse.

"Anch'io dovrei andare, visto che non torno a casa da più di una settimana," disse Mac. "Volevo solo fare un salto per salutare e conoscere i nuovi membri della famiglia Ward." Si rivolse a Gia, che sembrava sorprendentemente a suo agio con un bambino in braccio.

Incontrò gli occhi color cioccolato dell'amica. "Ti va di tenere un po' in braccio questo fagottino?"

"Magari la prossima volta. Sono sicura che passerò di nuovo a trovarti, mentre sei in città."

"Organizzeremo una cena," suggerì Grae. "Ma la porta è sempre aperta... Almeno in senso figurato."

Mac gli rivolse un sorriso e un ultimo sguardo: l'avrebbe conservato gelosamente nel caveau delle fantasie. Lanciò una rapida occhiata anche a Connor.

Qualcuno si schiarì la gola, e Mac riportò l'attenzione su Paige, che stava cercando di far fare il ruttino alla bimba che teneva sulla spalla.

Beccata!

"Sono proprio fortunata," si limitò a dire la donna.

Sì, lo era davvero.

Dopo aver terminato i saluti, Mac si diresse verso la sua auto. Mentre si sistemava al posto di guida, sentì il telefono squillare. Non era la solita suoneria dei messaggi.

Lo tirò fuori dalla borsa, che aveva appoggiato sul sedile del passeggero, e premette un pulsante per illuminare lo schermo. Era una notifica dell'app *Boston Single*.

Mac aggrottò la fronte. Non aveva mai attivato le notifiche. A Damon Brooks aveva detto che l'avrebbe fatto, ma non aveva mentito.

Guardò di nuovo verso la casa. *Gia!* Era stata sicuramente lei, approfittando di un momento di distrazione. Non avrebbe mai dovuto parlarle della conversazione con il pilota, né lasciare la borsa incustodita alla sua mercé.

Mac riusciva a immaginarla mentre rideva allegramente e si sfregava le mani con fare malvagio, orgogliosa delle sue abilità di Cupido.

Avrebbe dovuto ignorare il messaggio. Molto probabilmente era la foto dell'erezione di un tizio a caso.

Anche se... era un bel po' che non ne vedeva una. Forse avrebbe dovuto dare almeno una sbirciatina.

Un'occhiata veloce.

Così aprì l'app e controllò i messaggi privati. Accidenti. Ce n'erano cinquecento non letti che le intasavano la casella di posta. Doveva eliminare l'account e rimuovere l'app dal telefono. C'erano troppi uomini disperati in giro, oppure si trattava di bot digitali.

La mossa più intelligente era senza dubbio quella di cancellare tutto.

Lo avrebbe fatto... tra un secondo.

Sospirò. Incapace di resistere, aprì l'ultimo messaggio.

Il cuore prese a batterle forte.

Non era la foto di un'erezione, ma un messaggio del pilota. Damon Brooks.

"Sto facendo scalo e ho pensato di inviarti un breve messaggio per vedere se mi racconti bugie o meno. Quindi, ecco un test. Domani sarò di nuovo in città. Vediamoci per un drink o un caffè, in serata. Ho un improvviso bisogno di contare delle lentiggini."

Mac si portò una mano alla bocca mentre rileggeva l'ultima parte.

Il bisogno di contare delle lentiggini...

Afferrò lo specchietto retrovisore e lo girò verso di sé finché non vide il proprio riflesso, o almeno parte di esso. Studiò i segni marroncini sparsi sul naso e sulle guance. Non ce n'erano molti. Somigliavano a un'esplosione di stelle solo quando prendeva il sole.

Damon non ci avrebbe messo molto a contarle. Forse il tempo di un unico drink. O di un solo caffè.

Era più propensa verso il drink, dal momento che non assumeva mai caffeina dopo le dieci del mattino.

Porca miseria, stava davvero pensando di incontrarlo?

Risistemò lo specchietto retrovisore e fissò l'enorme casa davanti alla quale era parcheggiata.

C'era stato qualche momento di tensione tra la famiglia Ward, ma la triade si amava e sembravano felici insieme. Finalmente capiva perché Gia desiderava quello che avevano i fratelli. Amore. Devozione. Sesso illimitato.

E non necessariamente in quell'ordine.

Gia era alla ricerca di *due* uomini per soddisfare i suoi bisogni; a Mac ne sarebbe bastato uno per essere felice. Non era così ingorda. Le bastavano le fantasie.

Guardò il telefono, studiando la piccola immagine del profilo del bellissimo e sensuale pilota, nascosta in un angolo del messaggio.

Cosa aveva da perdere? Era solo *un* appuntamento.

Con *un* solo uomo. Per *una* sola sera.

Poteva concedergli una possibilità.

Se non fossero andati d'accordo, si sarebbero salutati senza rancore. Amici come prima.

Ma avrebbe comunque eliminato quella dannata app.

Digitò rapidamente un messaggio di risposta per dirgli che accettava e aggiunse anche il numero di cellulare, in modo che lui potesse scriverle dove e a che ora vedersi.

Poi bloccò di nuovo lo schermo, che diventò buio, e gettò il telefono nella borsa.

Capitolo Tre

DAMON CONTROLLÒ ancora una volta i messaggi, giusto per assicurarsi che lei non disdicesse l'appuntamento all'ultimo minuto. Negli ultimi anni era uscito con parecchie donne, ma per qualche ragione aveva i nervi a fior di pelle. Era assurdo... Si trattava semplicemente di farsi un paio di drink in città. Aveva pensato che MacKenzie si sarebbe sentita più a suo agio a incontrare uno sconosciuto in un luogo pubblico.

D'altronde era così: per lei era uno sconosciuto, nonostante la cosa non gli piacesse affatto.

Dopo aver comunicato a MacKenzie l'orario e il luogo dell'appuntamento, era andato a rileggere il suo profilo su *Boston Single* un paio di volte. Continuava a sperare di trovare qualche informazione in più sulla rossa prima del loro 'appuntamento'.

Ma a un certo punto il suo profilo era svanito nel nulla. *Pufff.*

Gli riportò alla mente un ricordo difficile, di qualcun altro che era improvvisamente scomparso dalla sua vita.

Dal momento che Mac gli aveva confermato l'incontro via messaggio, Damon sperava che non gli desse buca.

C'era qualcosa in quella donna – oltre ai capelli di fuoco, alla pelle color avorio e alle lentiggini sensuali – che aveva attirato la sua attenzione.

Se non fosse stato costretto a ripartire per Philadelphia, l'avrebbe pregata di raggiungerlo per un drink proprio lì, in aeroporto.

Oltre alla foto e al nome, il profilo di *Boston Single* di Mac non conteneva molte informazioni. Aveva trentadue anni - ammesso che fosse vero - capelli rossi, occhi azzurri, un metro e sessanta di altezza. Agnostica. La risposta alle restanti domande era una singola parola: 'chiedimelo'. Una di quelle domande riguardava il lavoro, un'altra il peso. Damon non glielo avrebbe certo chiesto. Sapeva bene che era meglio non farlo.

Diceva anche di essere 'interessata agli uomini'. Lui era un uomo, quindi almeno quello doveva essere un vantaggio.

Più in basso descriveva anche il tipo di persona che stava cercando: tra i trenta e i quarantacinque anni, istruzione universitaria, finanziariamente stabile e non amante dei giochetti.

Damon era perfetto. Anche lui odiava i giochetti, e con i suoi trentotto anni rientrava perfettamente nel range richiesto da Mac. Finanziariamente se la cavava piuttosto bene. Essendo scapolo e senza figli, aveva investito molte delle sue entrate nel mercato azionario e aveva avuto successo. Per il resto, conduceva una vita modesta.

Nessuna macchina vistosa, niente casa appariscente, né vestiti stravaganti.

MacKenzie gli era sembrata una che non si accontentava mai, e la cosa gli era piaciuta. Al contrario dell'amica, che invece gli era parsa una tipa dannatamente altezzosa. Ci era già passato. Aveva perso la voglia di andare dietro a donne del genere... O uomini. Aveva frequentato anche uomini di quel tipo. Stava diventando troppo vecchio per i giochetti, e troppo impaziente per affrontare delle vere e proprie dive, di qualunque sesso fossero.

Cercava una persona con i piedi per terra. Il tipo di ragazza o ragazzo della porta accanto. Qualcuno con cui potesse svegliarsi al mattino, fare colazione e condividere le faccende quotidiane. Con cui stare sul divano la sera a farsi le coccole e guardare un film.

Qualcuno che gli rimanesse fedele nei giorni in cui era fuori città per lavoro, oppure quando sarebbe rimasto bloccato dall'altra parte del Paese a causa del maltempo e dei voli cancellati.

Non gli sembrava di chiedere troppo.

Damon bevve un sorso d'acqua e si guardò intorno. Aveva scelto un locale nel distretto finanziario: sperava solo che di sera fosse un po' più tranquillo, dal momento che di giorno pullulava di gente in completo da lavoro che passava da una riunione all'altra. Per fortuna l'atmosfera sembrava rilassata. Le luci erano soffuse e in sottofondo risuonavano le note di un rock classico. Era seduto in disparte dalla folla, ma aveva una bella visuale sulla porta d'ingresso.

Non era un ambiente rumoroso, né una discoteca, e nemmeno uno di quei posti di tendenza. Era il locale perfetto.

Lui e MacKenzie sarebbero stati in grado di parlare e conoscersi senza dover gridare per sentirsi.

Controllò di nuovo l'ora sul cellulare. Mac era in ritardo di cinque minuti. Il suo cuore iniziò a battere un po' più forte. *Accidenti!* Gli avrebbe dato buca.

Quando però alzò lo sguardo dal telefono, gli mancò il

respiro e il cuore si fermò, poi iniziò a battere di nuovo, talmente forte da sentirlo martellare anche nelle orecchie.

Si sentì sbiancare e le mani presero a tremargli mentre posava il telefono sul tavolo.

Chiuse gli occhi per un istante.

Non poteva essere vero.

Non stava accadendo sul serio.

Quando aprì gli occhi, si rese conto che la figura che entrava dalla porta non era solo il frutto della sua immaginazione. Sebbene fossero passati anni, l'uomo era cambiato appena.

Ovviamente era invecchiato, e aveva i capelli un po' più chiari e lunghi. Una barba scura gli copriva la parte inferiore del viso. Era una novità, o quantomeno un esperimento recente, dal momento che erano passati circa cinque anni dall'ultima volta che l'aveva visto.

Aveva ancora i fianchi stretti e il petto largo. Almeno si era preso cura di se stesso.

Damon conosceva fin troppo bene quelle gambe avvolte nel denim, e riconobbe anche quel passo lungo e determinato mentre l'uomo si dirigeva verso di lui.

Il pilota alzò gli occhi e incontrò quelli di Trevor prima che quest'ultimo si avvicinasse al tavolo.

Buffo come non sembrasse affatto sorpreso di vederlo lì. Damon era sicuro di avere un'espressione completamente diversa in volto. Era certo di sembrare scioccato, perché era così che si sentiva.

Ma non era l'unica sensazione che provava. Un calore gli attraversò il petto e le viscere e si depositò alle parti intime.

Dannazione, quell'uomo lo eccitava ancora. Anche dopo tutto ciò che aveva dovuto affrontare per colpa sua, Damon provava ancora il feroce desiderio di piegarlo sul tavolo e farlo suo fino a quando Trevor non l'avesse implorato di concedergli di venire. A volte glielo permetteva, altre lo costringeva ad aspettare.

Le labbra di Damon si schiusero, e gli sfuggì un lungo respiro tremante.

Non era certo la serata migliore per vederlo tornare nella sua vita. Doveva assolutamente mettere a tacere le proprie emozioni e fingere che quell'uomo non avesse più alcun effetto su di lui.

Trevor si fermò davanti al tavolo senza dire una parola, bloccandogli la visuale dell'ingresso. Damon posò lo sguardo sulla sua mano, appoggiata sullo schienale della sedia vuota, dopodiché salì lungo il petto, la gola e le labbra. Infine incontrò i suoi occhi.

Trevor non stava sorridendo.

E nemmeno Damon, che respirò a pieni polmoni il profumo familiare della sua vecchia conoscenza. Non l'aveva dimenticato. Era ancora una presenza invadente nei suoi sogni.

"Da quanto tempo sei tornato in città?" si sforzò di chiedere il pilota.

Trevor inclinò la testa e una ciocca di capelli color caffè gli ricadde sulla fronte. Anche lui passò in rassegna l'uomo che gli stava davanti, soffermandosi sulle labbra solo per una frazione di secondo.

Damon resistette all'impulso di leccarsele.

Quando Trevor parlò, la sua voce – che, se possibile, si era fatta ancora più profonda – lo attraversò come un fulmine. "Un paio di settimane. A dire il vero ti cercavo, ma non è stato facile trovarti."

Damon aveva sentito troppe volte quella voce nei suoi sogni. Si ricordava di quando sussurrava il suo nome tra un bacio e l'altro; di quando lo gridava mentre Trevor stava per raggiungere l'orgasmo, oppure quando lo esortava a prenderlo con più foga.

O, ancora, delle tante volte in cui Trevor lo aveva pregato di legarlo, frustarlo, picchiarlo, morderlo... Di fargli del male in qualche modo.

Damon non capiva bene quel bisogno. Non sapeva da dove venisse, e si era sempre rifiutato di ferire Trevor.

Fare sesso in maniera spinta era una cosa. Infliggere dolore e abusare di qualcuno era tutta un'altra storia. A Damon non piaceva per niente, e il fatto che Trevor lo trovasse eccitante lo preoccupava.

"Beh, a quanto pare ci sei riuscito. Ora puoi vivere il resto della tua vita soddisfatto di aver raggiunto l'obiettivo."

"Damon."

Il pilota alzò una mano. "No, Trevor, non farlo."

"Che cosa?"

"Non sprecare tempo né fiato... E nemmeno le energie. Tra noi è finita molto tempo fa."

"Ah, sì?"

Damon sentì la pressione sanguigna aumentare mentre si costringeva a rimanere seduto. Strinse le mani a pugno, nascondendole sotto il tavolo. "Vuoi davvero fare una stronzata del genere? Farmi incazzare in pubblico?"

"Non sto cercando di farti incazzare, Day. Voglio solo parlare."

Day. Nessuno lo aveva mai chiamato così, a parte Trevor. Sentire quel nomignolo era come ricevere una coltellata al cuore. "Se non l'hai ancora capito, non sempre ottieni quello che vuoi dalla vita."

Trevor fece un respiro profondo. "So di aver fatto una cazzata."

Che eufemismo. Ma non era il momento di discuterne. Anzi, quel momento non esisteva proprio. Avrebbero dovuto affrontare quella conversazione molto prima che Trevor decidesse di sparire dalla sua vita.

Senza dire una parola.

Senza lasciare nemmeno un biglietto.

O una spiegazione.

Niente di niente.

"Ho un appuntamento, Trevor. Devi andartene."

Lo vide serrare la mascella. Come se avesse il diritto di essere geloso.

Trevor fece un altro bel respiro. "Chi è?"

Perché Damon stava sprecando il suo tempo a parlare con lui? Ma forse, se avesse dato una risposta al suo ex fidanzato, gli avrebbe dato l'impressione di aver voltato pagina. La parola chiave era: *dare l'impressione.* "Mac."

Trevor inarcò un sopracciglio con aria interrogativa. "Hai un appuntamento con un ragazzo che si chiama come la marca di tir? Scommetto che è un tipo grande e grosso... Il che mi sorprende, a essere sincero: non pensavo ti piacessero gli uomini con quelle caratteristiche."

Quando sei sparito, mi sarei accontentato di chiunque, purché non mi ricordasse te. "Non sai cosa mi piace."

"Una volta ti piacevo io."

La lama che si era conficcata nel cuore di Damon penetrò più in profondità, tanto che dovette trattenersi dal portarsi le mani al petto per alleviare il dolore. Trevor non avrebbe più dovuto influenzarlo in alcun modo. "Prima che facessi le valigie e sparissi. Non hai nemmeno lasciato un cazzo di biglietto." Il pilota fece del proprio meglio per mantenere un tono di voce calmo e non lasciare che le emozioni che aveva provato tanto tempo prima, quando aveva scoperto che Trevor se n'era andato, lo travolgessero. "Finalmente torno a casa, esausto dopo essere stato via per giorni... Giorni in cui mi sei mancato da morire. Non vedevo l'ora di vederti. E quando sono entrato nel nostro appartamento, tu eri sparito. Come diavolo pensi che mi sia sentito?"

Trevor aprì la bocca e Damon si aspettò che gli uscisse una sciocchezza qualunque, ma non fu così. Tutto ciò che aveva da dire era scritto nei suoi occhi.

Dolore. Rimpianto.

Merda. Era peggio di ogni litigio che avessero mai avuto.

Molto peggio.

Ma doveva rimanere forte. Stava cercando di voltare pagina da molto tempo e, per la prima volta, non vedeva l'ora di concretizzare quel desiderio. Con Mac.

Finché non era arrivato Trevor.

Il cellulare di Damon si illuminò e vibrò sul tavolo. Lesse il messaggio sullo schermo: *Sono qui. Scusa per il ritardo. Dove sei?*

Merda.

Mandò un messaggio veloce a MacKenzie: *Anche io sono qui. Resta dove sei. Vengo a prenderti.*

"Devi andartene," ringhiò Damon mentre si alzava e girava intorno al tavolo. "Ora." Si parò davanti a Trevor e lo guardò negli occhi. Sotto quella luce avevano assunto sfumature argentate, invece del grigio che aveva imparato a conoscere. "Te ne sei andato perché a quanto pare l'erba era più verde altrove, quindi ora lasciami vivere in pace."

Trevor alzò la mano per appoggiarla sul petto di Damon, ma lui si allontanò.

"Non me ne andrò da qui fino a quando non accetterai di vederci per parlare."

"Mi stai ricattando. È proprio da te," mormorò Damon.

"Beh, posso mettermi in ginocchio e cominciare a implorarti, se è quello che vuoi, ma dobbiamo parlare."

"*Tu* devi parlare."

Trevor inclinò la testa. "Va bene. *Io* ho bisogno di parlarti, e ho bisogno che tu mi ascolti... È importante."

"Importante quanto avrebbe dovuto essere la nostra relazione?"

Gli occhi di Trevor si chiusero lentamente e Damon lo vide sbiancare. "Mi dispiace."

Perché quelle due parole gli provocarono una fitta al cuore?

"Le scuse non bastano, quindi se è tutto quello che hai da dire, siamo a posto. Addio, Trev. Goditi la serata e buona vita."

"Day," sussurrò Trevor.

"Buonanotte, Trevor." disse Damon con più fermezza, cercando di ignorare l'espressione di dolore sul viso del suo ex.

Aveva lavorato a lungo e duramente per cercare di guarire la ferita lasciata da Trevor. In pochi minuti, il suo ex fidanzato l'aveva riaperta.

Fece per superare Trevor e vide che Mac li stava guardando, ferma davanti alla porta d'ingresso. Damon si avvicinò a lei, che li osservò entrambi con espressione confusa e accigliata sul volto.

Merda.

"Scusa il ritardo," disse MacKenzie con tono distratto, continuando a fissare Trevor. "Ho avuto difficoltà a trovare parcheggio."

"Mi dispiace. Avrei dovuto scegliere un locale più decentrato."

"Non c'è problema."

"No, invece. Stasera non mi piace l'atmosfera di questo posto, quindi possiamo andare da un'altra parte."

Lei lo fissò per un lungo istante. "Ma ho appena parcheggiato."

"Lo so. Ti chiedo scusa."

"Era tutto un gioco?"

Che cosa? "Assolutamente no. Mi dispiace che la pensi così, ma il servizio qui si è rivelato orribile. Ci divertiremo di più da un'altra parte. Possiamo prendere la mia macchina. Ti riporterò qui dopo la nostra serata."

"Io..."

"Ho lasciato la mia al valet. Possono farmela avere entro un paio di minuti. Dai, usciamo." Nel caso Trevor non avesse finito di fargli del male. Ancora.

"Ma..."

Damon la prese per il gomito e la guidò fuori dalle doppie porte, affrettandosi a raggiungere i parcheggiatori e porgendo loro il suo biglietto.

"Posso seguirti," insistette lei.

"Non vuoi venire con me?"

"Non ti conosco."

Damon sbatté le palpebre e abbassò lo sguardo. Mac si stava mordicchiando il labbro inferiore, mentre i suoi grandi occhi azzurri lo fissavano di nuovo. *Accidenti!* Non ci aveva proprio pensato. Trevor lo aveva scosso. "Scusami ancora, capisco perfettamente. Quanto è lontana la tua auto?"

"È a circa tre isolati di distanza."

Merda. "Perché non l'hai lasciata qui?"

"Io..."

La vide arrossire anche sotto le luci fioche dell'ingresso del locale.

Santo cielo, non ne stava azzeccando una. Ci mancava solo che Trevor uscisse e riattaccasse con la solita solfa proprio davanti a MacKenzie. Tanto valeva gettare la spugna.

"Se non vuoi salire in macchina con me, allora posso seguirti mentre vai a prendere la tua... Sai, per accertarmi che tu sia al sicuro."

"Non sei obbligato."

"Insisto."

Lei inclinò la testa e lo studiò per un secondo. "Va bene," disse infine. "Allora vado."

Si voltò, ma Damon le afferrò il braccio. "No, voglio essere certo che tu sia al sicuro. Se non ti vuoi unire a me, aspetta che ti segua. Una volta che arrivi alla tua macchina, vienimi dietro. Stavolta sceglierò un posto con il parcheggio." *E senza ex-fidanzati.* "Può andare?"

Lei annuì, e si morse ancora una volta quel labbro inferiore che Damon avrebbe tanto voluto assaggiare. Era palese che stava cercando di nascondere un sorriso.

Lui, invece, non si trattenne. "Bene." Si guardò alle spalle per assicurarsi che Trevor non uscisse dal locale. Per fortuna non lo stava seguendo.

Damon lo vide attraverso la grande vetrina, seduto al bancone con un drink davanti a sé. Tuttavia, era voltato verso di loro e guardava proprio in quella direzione.

Il pilota provò un senso di colpa che lo portò ad arrabbiarsi. Trevor non meritava né il suo tempo né le sue attenzioni.

Uno dei parcheggiatori arrivò con la sua Lexus, così Damon si concentrò nuovamente su Mac. "È questa. Ti seguo," le disse ancora una volta, dimostrandole di essere un uomo di parola.

Diede una mancia all'inserviente, ma prima che potesse mettersi al volante, Mac gli afferrò il braccio. "Vengo con te."

Damon la guardò perplesso, ma non obiettò. Voleva allontanarsi dal locale il più velocemente possibile. Le aprì la portiera del passeggero e lei scivolò dentro. La chiuse, si precipitò dal lato del guidatore e salì.

"Ti porto alla tua macchina? Oppure ci andiamo più tardi?" Chiese mentre metteva in moto.

"Più tardi."

Lanciò una rapida occhiata a Mac, che stava fissando fuori dal finestrino, e si immise nel traffico. "Perché hai cambiato idea?"

"Perché finora sei stato un gentiluomo. Molti uomini non hanno più certe accortezze nei confronti delle donne. Tu mi hai aperto la porta al locale, e ora hai fatto lo stesso con la portiera dell'auto. Ma non è questo il motivo principale. È stata la tua insistenza nel seguirmi per accertarti che fossi al sicuro. Avresti potuto darmi un indirizzo e dirmi di vederci direttamente lì, lasciandomi sola e indifesa. Sia chiaro, sono tutt'altro che indifesa. So badare a me stessa, ma è stata una novità."

Damon conservava le buone maniere che gli aveva insegnato la madre, ma i pensieri su ciò che avrebbe voluto fare con MacKenzie non erano affatto da gentiluomo.

"Mi dispiace che in passato tu abbia avuto a che fare con uomini privi di buone maniere."

"Di solito usano la scusa della parità dei diritti e roba simile, ma il minimo sforzo è comunque apprezzato." Con la coda dell'occhio, Damon la vide studiare il suo profilo alla guida "Allora dove stiamo andando?"

Capitolo Quattro

IL LORO PRIMO 'APPUNTAMENTO' era andato bene. Damon era affascinante e interessante. Aveva delle maniere impeccabili, e a Mac piaceva.

Anzi, le piaceva *molto*.

Aveva una bella dialettica, si vestiva bene, anche se non in maniera elegante. Guidava una Lexus, ma non era nuova di zecca o uno di quei modelli super lussuosi.

Era sincero, e non esagerava per cercare di impressionarla. Il che era una piacevole novità.

Alla fine della serata, aveva fatto esattamente come aveva detto e l'aveva riportata alla macchina. Non aveva cercato di darle una palpatina o di infilarle la lingua in gola. Non le aveva nemmeno chiesto un lavoretto di bocca in cambio della cena, come aveva fatto uno di quegli zoticoni con cui era uscita dopo averle offerto due drink. Quel tipo aveva insistito sul fatto che, dal momento che l'appuntamento non era andato bene e Mac non aveva intenzione di rivederlo, avrebbe almeno dovuto ricavare *qualcosa* dai soldi che aveva speso.

Al contrario, Damon le aveva stampato un leggero bacio sulla fronte, accarezzato la guancia e detto che avrebbe voluto rivederla. Poi aveva aspettato fuori dalla macchina mentre lei saliva sulla sua e se ne andava. Mac aveva accettato un secondo appuntamento senza alcuna esitazione.

Damon era stato molto occupato, nell'ultima settimana, ma comunicavano tramite messaggi tra un volo e l'altro, e qualche volta l'aveva chiamata prima di andare a dormire. Mac si sdraiava sul letto e lasciava che la sua voce deliziosamente profonda la inondasse. A volte si ritrovava a infilarsi una mano nelle mutandine e a toccarsi mentre parlavano, desiderando che fossero le dita di lui a farlo.

Tuttavia, aspettava sempre che chiudessero la chiamata prima di lasciarsi andare del tutto. Quella sera, però, le cose sarebbero potute andare diversamente durante la chiamata.

Soprattutto dopo la lunga giornata di lavoro che si era appena conclusa.

Mac abbassò le luci della camera da letto, si tolse i pantaloni del pigiama e rimase con indosso solo una maglietta oversize consumata e le mutandine. Avrebbe dovuto togliersi anche quelle?

Sì, dannazione.

Le lasciò cadere a terra e salì sul letto, guardando l'orologio digitale sul comodino. Le ventuno e cinquantanove.

Damon era solito chiamare alle dieci in punto.

Mac si sistemò, prese il cellulare e lo appoggiò sulla coscia, aspettando pazientemente. Sebbene sapesse che la chiamata non avrebbe tardato, quando il telefono prese a squillare sobbalzò.

Lo schermo si illuminò con una foto di Damon in abiti da pilota. Completamente diverso da come era vestito la prima volta che si erano incontrati. Le aveva mandato una foto con tanto di giacca, cappello e tutto il resto. Molto professionale, affascinante e molto, molto sensuale. Decisamente meglio che ricevere la foto di un'erezione. Lei, ovviamente, aveva salvato l'immagine nelle sue informazioni di contatto. Ora, ogni volta che chiamava o le mandava un messaggio, poteva ammirare il suo bel viso.

Da come le batteva forte il cuore, le sembrava di essere tornata al liceo. Le mancavano giusto le mani e le ascelle sudate.

Si scrollò di dosso quei pensieri e fece scivolare il dito sullo schermo per evitare che rispondesse la segreteria telefonica.

"Ciao," esordì a fatica, prima di schiarirsi la gola e riprovare. "Ciao."

"Ciao a te," le rispose una voce calda, facendole inturgidire i capezzoli all'istante.

"Com'è andato il volo?"

"Pieno di turbolenze. Tutti gli assistenti avevano le mani occupate a raccogliere vomitini."

Mac fece una smorfia di disgusto al pensiero. "Si chiamano così? Vomitini?"

"Mmmh... Sacchetti per il vomito, sacchetti per il mal d'aria... Sempre la stessa merda."

"Beh, speriamo non si tratti davvero di quella."

La risata di Damon le scaldò il cuore. "No, parliamo d'altro, per favore."

"Certo. Allora, com'è andato il suo copilota, Capitano?" Preferiva parlare del lavoro di lui piuttosto che del proprio, dal momento che era molto meno entusiasmante.

"È stata fantastica. Ho già volato con lei."

"Lei?"

"Sei gelosa?" Domandò in tono scherzoso.

"Ah ah. No, è solo che non pensavo che ci fossero molte donne pilota."

"Purtroppo è così, infatti. Solo una piccola percentuale sono donne. Quando si tratta di minoranze, penso che ci siano più piloti neri che di sesso femminile."

Lo immaginò di nuovo vicino al portellone d'uscita dell'aereo, la prima volta che lo aveva visto. Era stato uno spettacolo niente male. "A dire il vero, non sono sicura di aver mai visto un pilota nero prima di te, o *una* pilota. La prossima volta che prenderò un aereo, presterò maggiore attenzione."

"Ti basta prestare attenzione a un solo pilota." Mac percepì il sorriso nella sua voce.

"Un certo capitano?"

"Esattamente."

"Beh, ha tutta la mia attenzione, Capitano."

"Mi piace quando mi chiami così."

Quella voce profonda le provocava mille reazioni. Mac s'infilò una mano tra le parti basse e strinse leggermente. Si lasciò sfuggire un piccolo sospiro.

"Stai ansimando?"

"Non ancora."

La risata morbida e calda del pilota la travolse. "Questa risposta ha del potenziale."

Mac si domandò se anche lui fosse in una camera da letto, sebbene molto lontano da lei. "Dove sei adesso?"

"Nella mia stanza d'albergo."

"Che stai facendo?"

"Sto parlando con te," la prese in giro.

"A letto?" La voce le uscì un po' ansimante.

"Sì... E tu?"

"Ogni volta che chiami," ammise lei.

Seguì un lungo silenzio.

"Pronto?" Domandò Mac dopo un po'.

"Scusa, mi stavo preparando."

Sentì un fruscio. "Per cosa?"

"Per dove andrai a parare."

"E dove sarebbe, Capitano?"

"*Caaazzo*," grugnì lui.

"È troppo presto?" Chiese lei timidamente. "Penserai che sia una facile."

"Santo cielo, no," si affrettò a replicare lui. "Sono io quello facile, se ti incoraggio a continuare questo tipo di conversazione."

Mac rise. "Ma no. So che abbiamo avuto un solo appuntamento, ma ci siamo conosciuti la settimana scorsa e tu... sì, insomma, mi piaci."

"Anche tu mi piaci," rispose a voce bassa Damon. "Voglio rivederti."

"Per un drink?"

"Lo sai per cosa."

Il battito cardiaco di Mac accelerò bruscamente. "Quando torni in città?"

"Domani sera. Possiamo andare a cena..." Mac immaginò che volesse aggiungere la parola '*prima*'.

"Non sono sicura di riuscire a sopportare una cena..." Lasciò che il resto della frase rimanesse in sospeso, sperando che lui capisse il senso delle sue parole.

Un'altra risatina calda riverberò attraverso il telefono, facendole venire la pelle d'oca. "A volte l'attesa è un preludio inebriante. Impedirti di avere qualcosa che desideri davvero rende tutto ancora più intenso."

Desiderare? Mac nutriva un sacco di desideri in relazione a quell'uomo. "Lei lo fa spesso, Capitano? Resiste a quello che vuole in modo che sia più intenso?"

"A volte lo faccio. Con te, per esempio."

"Me?"

"Sì, ti ho desiderata dal momento in cui ti ho vista sul mio aereo. Non ho mai smesso di pensare a te. Incontrarti per un drink la scorsa settimana non ha fatto altro che rafforzare quel desiderio."

"Lo stesso vale per me, ma hai parlato di attesa... Vuoi aspettare?"

Damon si lasciò andare a un verso di sconforto. "Intendi saltare il piano che avevi per questa telefonata?"

"Sì."

"No, assolutamente no. La verità è che ogni volta che ho chiamato... Mi sono toccato durante la nostra conversazione. Ti pensavo accanto a me, nel mio letto. Immaginavo di baciarti... di succhiarti... di farti mia... Di sentire la tua voce urlare il mio nome mentre il tuo corpo si dimenava sul mio."

Mac fece un respiro tremante e chiuse gli occhi, immaginando una scena molto simile. Il suo dito medio scivolò più in basso, immergendosi tra le pieghe umide.

"E dopo aver messo giù, completavo l'opera," aggiunse, per nulla imbarazzato.

Beh, se lui aveva confessato... "Io ho fatto lo stesso."

Tra loro calò un lungo silenzio.

"Cristo," sussurrò lui dopo un po'. "È da molto tempo che non sono così attratto da una donna."

Quel commento la sorprese. "Perché?"

"Perché di solito preferisco gli uomini. Non fraintendermi, mi piacciono anche le donne, ma per attirare la mia attenzione devono essere di un certo tipo."

Mac sorrise al telefono. "E io sono quel tipo di donna?"

"Proprio così."

"Dovrei sentirmi speciale."

"Molto."

Invece la sua preferenza sessuale l'aveva incuriosita. "Quando hai scoperto di essere bisessuale? Io una volta ho baciato una ragazza e non mi è piaciuto. È stato durante una festa alle scuole superiori; avevo bevuto." Anche se Mac era sempre stata aperta a qualsiasi esperienza, l'intimità con un'altra donna non faceva per lei.

"Quando ero in seconda media, ho perso la verginità con una ragazza e mi è piaciuto. Molto, in effetti. Non sono così sicuro che per lei sia stato lo stesso, dal momento che il tutto sarà durato circa trenta secondi." Damon ridacchiò di nuovo. "Poi una volta, al college, ho baciato un ragazzo... e ho scoperto che mi piaceva anche quello. Anch'io, come te, ero ubriaco. Ma ho baciato molti ragazzi anche da sobrio. Il che mi ha portato ad avere una relazione di un anno con uno dei professori del campus... Mi ha insegnato molto."

"Mmh, interessante." Mac non sapeva che le relazioni tra docenti e studenti fossero consentite. Si chiese che cosa gli avesse 'insegnato' quel professore, oltre al normale curriculum universitario.

Prima che potesse fare domande per approfondire quella rivelazione, Damon riprese a parlare: "Ma tu mi hai evitato nell'app per single perché ero bisessuale."

"Come ho detto, non ho evitato solo te. Ho ignorato *tutti* i messaggi... Anche se, a dire la verità, in questo ambito mi sento a disagio perché percepisco la competizione con entrambi i sessi, invece che con uno solo." Magari era una paura infondata, ma era reale.

"Non dovresti vederla in questo modo. Tu sei unica."

"Intendi perché sono una rossa naturale?"

"Questo è solo uno dei tanti dettagli che ti definiscono, MacKenzie. Sei molto più di questo."

"Non mi conosci abbastanza per dirlo."

"No, ma in quest'ultima settimana ci siamo conosciuti meglio. Anche se solo per telefono e messaggi."

"A proposito, ti sono grata per non avermi inviato subito foto delle tue... erezioni e cominciato a parlare di sesso."

"Non ti piacciono il sesso e le erezioni?" Domandò lui in tono scherzoso.

"*Adoro* il sesso e le erezioni," dichiarò Mac tra una risata e l'altra.

"Oh, bene. Mi stavo quasi preoccupando... Soprattutto perché anche a me piacciono molto entrambi, e mi scuso a nome di tutti gli uomini del mondo per gli stronzi che ti hanno mandato immagini non richieste e non gradite come quelle. Alcuni non capiranno mai che non è un bel modo per corteggiare una donna."

"È questo che stai cercando di fare? Mi vuoi corteggiare?"

"In questo momento, sto cercando di riportarti alle tue intenzioni originali riguardo a questa telefonata."

Mac sorrise e si fece scivolare due dita dentro. Era prontissima a mettersi all'opera.

"Hai mai fatto sesso telefonico?" Le domandò.

"Sì, e tu?"

"Sì. Può essere molto soddisfacente, e dato che viaggio molto..."

"Significa che sei un esperto?" Aveva una voce più che adatta a provocare orgasmi attraverso il telefono.

"Beh, questo sarai tu a dirmelo."

"Affare fatto." Mac spinse le dita più a fondo. Scivolarono dentro senza alcuna difficoltà. "Ma dovrai sbrigarti, dato che mi sto già toccando e ho una voglia matta di avere un orgasmo."

Mac sentì il respiro affannoso di Damon dall'altra parte del telefono.

"Idem. Ce l'ho durissimo, cazzo. Ho le dita avvolte intorno all'asta e la sto accarezzando lentamente fino alla punta. Poi di nuovo giù, fino ai gioielli."

"Hai usato il lubrificante?" Era il tipo di uomo che portava sempre con sé del lubrificante per ogni evenienza?

Per uso personale, o se si fosse imbattuto in un partner maschile? Sembrava il tipo a cui piaceva essere preparato.

"Sì."

"Bene, ora puoi sentire quanto sono bagnata per te."

"Cazzo," mormorò lui. "MacKenzie..."

Cielo, il suo nome su quelle labbra... "Sì?"

"Quando sarai pronta, dovrai ordinarmi di venire."

Quelle parole la distrassero un po'. "E se non lo faccio?"

"Allora non verrò."

"Ci riusciresti?" Mac non poté fare a meno di tradire un certo stupore.

"Sì."

Incredibile. "Che bella forza di volontà."

"Anni di pratica," affermò lui in maniera fin troppo pragmatica.

"Sembra una punizione."

"Oh, non lo è," la rassicurò dolcemente.

"Non sono sicura che faccia per me."

"Magari sì. Se non ci provi, non lo scoprirai mai."

"Non stasera. Ho troppa voglia di farti venire."

Ci fu una pausa prolungata all'altro capo del telefono.

"Damon," sussurrò Mac.

"Sì?" Rispose lui, sempre sussurrando.

"Fammi godere."

"Quanto manca?"

"Ci sono quasi," sibilò lei.

"Allora ti farò venire due volte."

Ti farò venire due volte. Damon era sicuro di sé, ma senza mostrarsi presuntuoso o arrogante. A Mac piaceva quel lato di lui.

"Come sei vestita?"

Avrebbe dovuto mentire e accennare a qualche sexy négligée? "Ho una maglietta," ammise.

"Tutto qui?"

"Sì."

"Toglila."

Posò il telefono e si sfilò la maglietta, gettandola ai piedi del letto. Riprese rapidamente il cellulare. "Ok," sussurrò.

"Mettimi in vivavoce e posa il telefono sul cuscino accanto a te, in modo da potermi sentire chiaramente."

Quel comando provocò una scossa elettrica esattamente nel punto che Mac stava massaggiando con le dita.

Si affrettò a obbedire. "Ora tocca a te." Anche lei poteva giocare a fare l'autoritaria.

"Sono già nudo per te e ho messo anche le cuffie. Ce l'ho durissimo... Vorrei che ci fosse la tua bocca invece della mia mano."

"Anche io." Mac ne immaginò il sapore. Un po' salato, la pelle liscia come velluto. Il suo profumo virile. *Oh, sì...*

"Quante dita stai usando?"

"Due."

"Dove hai il pollice?"

"Sul clitoride. Vorrei che fosse la tua lingua."

Il gemito sommesso di Damon le trafisse la mente, facendola eccitare ancora di più, se possibile.

"Ora voglio che tu venga alla svelta, ma ti avviso: il secondo orgasmo sarà molto, molto più lento."

Mac cercò di rispondere, ma il 'sì' le rimase incastrato in gola. A ogni spinta delle dita inarcava leggermente i fianchi.

"Di che colore sono i tuoi capezzoli?"

A quella strana domanda aprì gli occhi e li guardò: erano incredibilmente turgidi. "Rosa." Era sicura che ci fosse un nome ben preciso per quella tonalità, ma pensarci le avrebbe richiesto troppo sforzo.

"Quando avrò finito con te, saranno di un bel rosso vivo."

Mac venne attraversata da un brivido. "Cosa vuoi fare?"

"Li morderò, li succhierò e li tormenterò con le dita, prima di darti il permesso di liberare il secondo orgasmo."

La ragazza soffocò un gemito. "Non ho ancora avuto il primo."

"Lo avrai presto…" sussurrò Damon. "Ora pizzicali con forza. Chiudi gli occhi. Immagina che sia io a farlo. Le tue dita diventano le mie. Il tuo pollice diventa la mia lingua. Voglio che tu faccia a te stessa quello che vorresti che ti facessi io."

Mac aprì la bocca, ma non uscì nulla se non un respiro affannoso.

"Usa entrambe le mie mani, MacKenzie."

Lasciò scivolare con cautela le dita tra le pieghe bagnate e gonfie, allontanandole dal clitoride sensibile.

"Ho le dita bagnate?"

"Sì."

"Leccale. Lascia che prima ti assaggi."

Non l'aveva mai fatto prima. Si portò la mano alla bocca, leccandosi le dita con la punta della lingua.

"Adesso succhiale. Fammi sentire che buon sapore hai."

Mac si infilò le dita in bocca e le succhiò avidamente, mentre la lingua raccoglieva tutta la sua eccitazione. Gemette.

"Così," la incitò la voce bassa e sensuale attraverso il telefono. "Dimmi che sapore hai."

Non era sicura di poterlo descrivere. "Non saprei… pungente, un po' salato, ma…" Fece roteare di nuovo la lingua intorno alle dita. "Acidulo… come le patatine all'aceto." Si aspettò che lui ridesse di quella descrizione, ma non fu così.

"Mmmh… Che spuntino irresistibile. Ora però i tuoi capezzoli hanno bisogno di attenzione. Ma prima voglio sentire il peso dei tuoi seni. Prendili tra le mani e sfiorati i capezzoli con i pollici. Stanno implorando che li prenda in bocca, vero?"

Mac fece un respiro profondo e chiuse di nuovo gli occhi, stringendosi delicatamente il petto. Immaginò le sensazioni che avrebbe provato se a farlo fosse stato davvero Damon; se il pilota l'avesse accarezzata con le sue grandi mani.

"In questo momento sono molto sensibili."

"E i miei pollici sono ruvidi. Tirali entrambi."

Lei obbedì.

"Fallo fino a quando non ne potrai più."

Fece come le era stato detto, contorcendosi sul letto.

"Stringili più forte, finché non farà un po' male. Abbastanza da sentirlo fino alla punta dei piedi."

Mac strinse la presa tra i pollici e gli indici. Trovò sorprendente che le piacesse quel disagio, così insistette fino a quando non le sfuggì un sussulto.

"Sì, che brava ragazza... Ora più forte. Riesci a venire con questi giochetti?"

Mac non lo sapeva, non l'aveva mai fatto. Ma non ci aveva nemmeno mai provato. "Non lo so."

"Non mi piace questa risposta. Riprova."

Mac spalancò gli occhi. *Cosa?*

"Riprova, MacKenzie," ripeté Damon con più fermezza. "Riesci a venire con me che gioco in questo modo? Con le mie dita che torcono e pizzicano i tuoi capezzoli doloranti..."

"Sì... Sì... Più forte." Mac li prese tra le dita, pizzicandoli così forte da inarcare la schiena e gridare. Era più bagnata che mai. All'improvviso le sembrò che i seni fossero in connessione diretta con il fulcro del suo piacere.

Era fantastico.

"Adesso userò i denti, piccola. Voglio che quel dolore piacevole ti porti vicina all'orgasmo. Sei pronta?"

"Sì..."

Strinse gli occhi quando quelle grosse labbra scure le inghiottirono il capezzolo, per poi sentire i denti sfiorarle la punta.

"Guarda quanto sono rossi e gonfi i tuoi capezzoli. Sei bellissima, e così sensibile al mio tocco."

Mac si contorse ancora di più; la voce bassa di Damon la faceva impazzire. Sentì il sesso pulsare a quelle parole, al pensiero di quell'uomo disteso accanto a lei.

"Ti morderò, e lascerò il mio marchio sulla tua pelle. I tuoi capezzoli mi apparterranno. Ti piacerebbe?"

"Sì..."

"Farà un po' male."

"Non mi interessa," riuscì a mormorare lei. "Fallo. Sbrigati, ti prego. Sto per venire." Si sentiva come sul ciglio di un precipizio, aspettando che i denti dell'uomo le affondassero nella carne. Che la facesse sua.

"Voglio che tu dica il mio nome mentre vieni."

Santo cielo, in quel momento Mac non ricordava nemmeno il proprio.

Sentì un rumore attraverso il telefono. Un ringhio basso che si concluse in un gemito. Nello stesso istante, immaginò i denti di Damon che trovavano qualcosa a cui aggrapparsi.

"Damon." La ragazza inarcò i fianchi sul letto mentre il sesso si irrigidiva e pulsava così intensamente da toglierle il fiato.

Dopo un secondo, l'uomo le lasciò andare il seno e scivolò dentro di lei senza fatica. Mac gridò ancora una volta il suo nome mentre veniva di nuovo. La sua mano si muoveva freneticamente, senza mai fermarsi, mentre lei ansimava e il suo cuore batteva forte, regalandole un terzo orgasmo.

Tre volte in rapida successione.

Alla fine si accasciò sul letto, con il respiro affannoso e gli occhi ancora chiusi. Aveva bisogno di sentirlo dentro di sé. Il *vero* Damon. L'uomo a mille chilometri di distanza. Aveva bisogno della sua pelle liscia e calda, di ascoltare la sua voce di persona, di sentire la sua bocca, le sue labbra, le sue lunghe dita *per davvero*.

"MacKenzie..." Le parole si fecero strada nella sua mente obnubilata.

"Sì," mormorò debolmente lei. Si sentiva come se non avesse più ossa in corpo.

"Non verrò finché non sarai tu a ordinarmelo."

Mac spalancò gli occhi e prese il telefono dal cuscino, portandoselo all'orecchio. "Voglio vederti."

Non aveva mai accettato volentieri la fotografia di un'erezione, ma in quell'istante ne aveva disperatamente bisogno. Anzi, una foto non le sarebbe bastata.

"Ti richiamo subito," disse Damon con voce tesa. "Posso videochiamarti, se vuoi."

Mac premette il tasto di fine chiamata senza nemmeno rispondere. E se Damon l'avesse presa per una maleducata?

Ma il cellulare si illuminò altrettanto rapidamente, così rispose. "Ciao."

Il viso del pilota riempiva lo schermo. Le sopracciglia folte, gli occhi scuri, le labbra carnose... Era così bello. "Ehi, ciao," lo salutò come faceva lui ogni volta. "Sei tutta rossa in viso. È una delizia per gli occhi. Ma voglio vederti meglio."

Mac sapeva cosa voleva dire, ma all'improvviso si sentì a disagio. Non era certo bella quanto lui. "Non ancora. Quando saremo faccia a faccia."

"Tu vuoi vedere me, ma io non posso vedere te?"

"Proprio così."

Damon inarcò un sopracciglio e le lanciò uno sguardo severo. "Questa volta te lo permetto, ma la prossima..." Non finì la frase.

Lo avrebbe fatto?

"Mmmh..." Interessante. "Allora io ti *permetterò* di venire."

"Touché."

L'immagine si fece sfocata quando l'uomo girò il telefono per puntare la telecamera verso l'addome.

A Mac mancò di nuovo il respiro. Ci aveva visto giusto: sotto l'uniforme era proprio... in forma. Da quello che poteva vedere, aveva la pelle quasi perfetta. Anche se era esausta, quella visuale le fece serrare nuovamente le cosce.

Quando Damon regolò l'angolazione della telecamera, *lo* vide. Aveva la mano stretta intorno all'erezione, che si ergeva come una spessa lancia scura. Era lucida a causa del lubrificante, ma quando lui avvicinò il telefono, Mac notò che si era formata una perlina di nettare sulla punta. Damon fece scivolare le dita sul glande e la tolse con il pollice.

Poi si tirò leggermente su e cominciò a toccarsi a un ritmo più regolare.

Mac rimase affascinata dal movimento fluido, dal respiro costante che si fermava ogni volta che l'uomo stringeva la punta prima di tornare alla base.

"MacKenzie..."

La ragazza si inumidì le labbra. "Sì?"

"Devi dire il mio nome e ordinarmi di godere."

"Va bene," sussurrò lei.

"Ti piace guardarmi?"

Non aveva mai visto nulla di così ipnotizzante. "Sì."

"Piace anche a me."

Era pronto all'orgasmo? Mac avrebbe dovuto dargli finalmente l'ordine? Non aveva idea di come funzionasse. Era possibile venire a comando? Oppure era pronto ormai da tempo ma sapeva controllarsi molto bene? Forse aveva una forza di volontà sovrumana, che gli impediva di esplodere.

"Damon."

Il pilota non rispose: il suo respiro si fece più forte, e Mac immaginò che fosse in trepidante attesa.

"Sei pronto?"

Di nuovo nessuna risposta, ma Damon strinse il membro con forza e aumentò il ritmo.

"Damon... ora puoi venire."

L'uomo inarcò i fianchi verso l'alto, proprio come aveva fatto lei durante i suoi orgasmi. Poi finalmente si lasciò andare a un lungo gemito che riecheggiò nella camera da letto, mentre veniva scosso dai tremiti e fiotti di nettare gli macchiavano la pelle scura. Sembrava un orgasmo infinito, come se si fosse trattenuto troppo a lungo.

Dopo qualche secondo si rilassò di nuovo sul materasso, e Mac lo sentì sospirare beatamente. L'uomo allentò la presa sull'asta, e Mac poté così esaminarne la grandezza. Non era eccessivo, ma di sicuro non era piccolo. Sembrava perfetto per lei.

La sua voce, ancora un po' roca, la raggiunse attraverso il telefono. "Se fossi qui, ti chiederei di ripulirmi con la lingua, visto che hai fatto un bel casino."

"Mi costringeresti a farlo o ti limiteresti a chiedermelo?"

"Tu cosa preferiresti?"

"Che me lo chiedessi."

"Allora te lo chiederei." D'un tratto, il viso di Damon tornò a riempire lo schermo. Aveva le palpebre pesanti e un sorriso dolce sulle labbra. "Ho contato bene?"

Contato cosa? *Ah...* "Sì, se ne hai contati tre."

La risatina pigra del pilota risuonò ancora una volta nella stanza. "Se posso provocartene tre da un milione di chilometri di distanza, chissà cosa succederà quando saremo nella stessa stanza. Immagino che sarà uno spettacolo."

"Sì, lo penso anch'io."

"Non vedo l'ora."

"Nemmeno io." Era vero.

"Ora perdonami, ma per quanto mi sia piaciuto, ho davvero bisogno di dormire un po'. Domattina ho un volo di buonora. Almeno mi addormenterò soddisfatto e ti sognerò."

Anche Mac avrebbe potuto fare lo stesso.

"Buonanotte, MacKenzie."

"Puoi chiamarmi Mac."

L'unica risposta da parte di Damon prima che lo schermo si oscurasse fu un sorriso malizioso.

Capitolo Cinque

TREVOR ERA in veranda e fissava la porta d'ingresso dipinta di blu scuro. La casa era un modesto edificio a due piani, con un cortile ben curato proprio come il prato, che sembrava essere stato tagliato da un professionista. Il vialetto lastricato era deserto, così bussò alla porta sperando che Damon fosse in casa.

Dopo quella sera al bar, aveva dovuto fare appello a tutta la forza e la determinazione che era riuscito a trovare per presentarsi a casa sua. Non poteva arrendersi così facilmente. Capiva la rabbia di Damon. A dire il vero, la condivideva.

Se la meritava tutta, ma non sarebbe mai riuscito a voltare pagina senza il suo perdono. A Trevor sarebbe bastato questo, anche se Damon avesse scelto di non concedergli una seconda possibilità.

A ogni modo, Damon non gli doveva nulla.

Trevor aveva sbagliato... alla grande. Ferire l'unica persona al mondo che ti amava in tutto e per tutto era...

Imperdonabile.

Chiuse gli occhi e strinse le mani a pugno.

Se ne sarebbe dovuto andare di lì, ma incontrare Damon, quella sera al bar, l'aveva fatto a pezzi. Specialmente quando aveva visto che la persona di nome "Mac", con cui il pilota aveva un appuntamento, era una donna.

Certo, gli avrebbe dato fastidio anche se fosse stato un uomo.

Non era stato troppo invadente; aveva lasciato che Damon se ne andasse con la ragazza senza causare ulteriori problemi. Si era seduto al bancone e aveva fatto qualcosa che normalmente non faceva più: aveva bevuto fino a smorzare il dolore acuto che provava.

Poi era tornato a casa.

O meglio, al suo appartamento. Si era trasferito da poche settimane, quindi non si sentiva ancora a casa.

Ad essere sincero, non aveva più provato una sensazione del genere dal giorno in cui aveva lasciato Damon, tanti anni prima.

Gli ci era voluto troppo tempo per rendersi conto che "casa" era proprio lui. Senza quell'uomo, Trevor non aveva una dimora.

Non poteva continuare a rimanere immobile e piangersi addosso davanti a casa dell'ex.

Eppure faceva fatica ad allontanarsi da quell'oscurità causata dalla mancanza di un uomo, così profonda da paralizzarlo. Damon era sempre stato la luce che teneva a bada quell'irrequietezza, finché Trevor non aveva fatto qualcosa di stupido e l'aveva spenta.

Alzò la mano per bussare di nuovo, ma il rombo di un'auto lo fece voltare. La porta del garage si aprì, ma la Lexus nera con i finestrini oscurati si fermò nel vialetto.

Trevor rimase in attesa, proprio come la macchina.

Il cuore gli batteva a mille, ma non riusciva a schiodare i piedi dal suolo di cemento.

Poi l'auto si infilò nel garage e, prima che Trevor potesse tornare a muoversi, il portellone si chiuse.

Rimase davanti all'ingresso, desiderando che si aprisse di nuovo.

Quindici minuti dopo, si arrese. "Mi dispiace," sussurrò, prima di girare i tacchi e tornare alla propria auto.

Damon non era pronto a perdonarlo.

Forse non lo sarebbe mai stato.

MAC SI PORTÒ la forchetta alle labbra, ma la posò nuovamente sul piatto prima di prendere un boccone di insalata.

Damon, intanto, sorseggiava il suo Seven and Seven e le sorrideva. "Non hai fame?"

Mac si sporse un po' in avanti e i suoi occhi incontrarono quelli scuri del pilota. Ricambiò il sorriso. "Sì, moltissima."

Damon posò il bicchiere sul tavolo e indicò l'insalata. "Eppure non stai mangiando."

"Non è di questo che ho fame." Mac lanciò un'occhiata al proprio piatto. "E poi, neanche tu hai toccato cibo."

"È difficile concentrarsi sul cibo, quando dall'altra parte del tavolo c'è qualcosa di molto più allettante."

Mac si sentì arrossire, ma non per l'imbarazzo. Per l'attesa.

Damon aveva ragione: era a dir poco inebriante.

"E ora quel bel viso è diventato tutto rosso. Sai, la cosa mi fa fantasticare un po'." Quelle parole la fecero agitare un po' sulla sedia, e Damon sorrise di nuovo. "Tranquilla, sto avendo lo stesso problema. Non riesco a togliermi dalla testa la conversazione di ieri sera."

"Non la definirei proprio una conversazione," ribatté lei.

"Come la definiresti, allora?"

"Divertimento."

La risata profonda di lui non fece nulla per allentare la tensione accumulata nelle parti basse.

"È un modo per descriverlo, questo è certo." Damon buttò giù il resto del drink e alzò una mano per attirare l'attenzione di un cameriere. L'uomo si precipitò al loro tavolo. "Appena i primi piatti saranno pronti, li faccia mettere in un contenitore, così possiamo portarli via. Ci aggiunga anche una bella fetta della vostra torta Ebony e Ivory: stasera sono in vena di dolce."

Il cameriere gli fece un cenno cortese e si allontanò in tutta fretta.

Le labbra di Mac si contrassero. "Ebony e Ivory?"

"È molto buona. Non l'hai mai mangiata?"

"Non ne ho avuto il piacere, no."

"È un'alternanza di strati di torta al cioccolato e alla vaniglia, con tanto di ripieno. Una ganache al cioccolato come copertura, e riccioli di cioccolato fondente a guarnire. Una vera delizia." Allungò una mano e le passò il pollice sul labbro inferiore. "Proprio come te."

Le premette il dito contro l'apertura delle labbra, costringendola a schiuderle. Quando Mac gli leccò il polpastrello con la punta della lingua, Damon lo spinse in bocca e lei glielo succhiò appena.

Le narici dell'uomo si dilatarono e i suoi occhi castani si fecero ancora più scuri. Mac si lasciò sfuggire un sospiro quando lui le tolse il pollice dalla bocca e le inumidì il labbro inferiore.

Il cameriere si avvicinò nuovamente al loro tavolo e si schiarì la voce. Damon lo ignorò, seguendo il percorso del suo pollice con lo sguardo. Si prese del tempo per spostarlo sul mento, poi seguì il battito del cuore sul collo, fermandosi nell'incavo della gola. Dopodiché, soddisfatto, tornò ad appoggiarsi allo schienale della sedia e rivolse finalmente l'attenzione al cameriere, che teneva in mano un sacchetto.

"Il vostro ordine, signori."

Mac non riuscì a distogliere lo sguardo dalle lunghe dita di Damon mentre prendeva il sacchetto, lo posava sul tavolo e tirava fuori il portafoglio. Passò la carta di credito al cameriere senza nemmeno guardare lo scontrino.

"Possiamo dividerlo," mormorò Mac.

Damon fece un cenno per congedare il cameriere, dopodiché si voltò verso la ragazza. "Non è necessario."

"Sarebbe più giusto così," insistette lei.

"Nei confronti di chi?"

"Nei tuoi."

"È un piacere offrirti la cena, MacKenzie. Non voglio perdere altro tempo. Preferirei gustarmela più tardi, dopo aver soddisfatto altre esigenze. Ceneremo a letto. L'unica domanda è: il letto di chi?"

Mac avrebbe dovuto invitarlo a casa sua? Aveva dato per scontato che sarebbero andati da lui, dopo cena.

"Abbiamo appena iniziato a conoscerci e voglio che tu ti senta a tuo agio, quindi scegli tu. Preferisci andare da te o da me? Oppure in un posto più neutrale, come un hotel?"

"Quando eravamo al telefono, ieri sera, dove ci immaginavi?"

"Nel mio letto."

"Allora è lì che andremo."

Il pilota sorrise. "Appena il cameriere tornerà con il conto, possiamo andarcene. Puoi seguirmi con la tua macchina, così potrai andartene in qualsiasi momento da casa mia. Voglio che tu sia del tutto onesta con me. Se dico o faccio qualcosa che t'infastidisce, anche solo in minima parte, ti prego di farmelo presente. La comunicazione è fondamentale per me. La sua mancanza può distruggere anche il migliore dei rapporti, e io sono convinto che noi due staremo bene insieme."

"A letto?"

Damon inclinò la testa di lato e le accarezzò la mano. "Inizieremo da lì."

Mezz'ora più tardi, Mac stava seguendo la Lexus nera attraverso un quartiere tranquillo nei sobborghi di Boston. Non era una zona moderna o lussuosa, ma era ricca di case antiche e ben tenute. Il tipo di posto in cui chiunque vorrebbe crescere i propri figli. Era probabile che da qualche parte ci fosse un cul-de-sac con tanto di canestro da basket, e che ogni anno tutti i vicini si riunissero per festeggiare il Quattro luglio. Il sole di fine estate aveva iniziato a tramontare mentre erano ancora al ristorante, e Mac vide la luce svanire rapidamente mentre si fermava dietro l'auto di Damon, in un vialetto. L'uomo entrò direttamente nel garage e ne uscì prima ancora che lei avesse parcheggiato.

Mac lo vide precipitarsi verso la sua macchina, pronto ad aprirle la portiera, il tutto con estrema discrezione.

"Che gentiluomo," mormorò mentre la aiutava a uscire, prendendole la mano nella sua. Era così grande e calda.

Damon fece una piccola smorfia. "Se potessi leggermi nei pensieri, non la penseresti così."

"Se potessi leggerti nei pensieri... Dovrei trascinarti sul sedile posteriore proprio qui e ora. Chissà cosa ne penserebbero i vicini."

"È una proposta allettante, ma il mio letto è molto più grande dei tuoi sedili posteriori."

"Non l'hai mai fatto in un Maggiolino?"

Damon inarcò un sopracciglio. "Perché, tu sì?"

"Sì. Ne avevo uno alle superiori. È lì che ho perso la verginità."

Il pilota si tirò indietro e alzò una mano con aria scherzosamente drammatica. "Un momento... Non sei vergine?"

Damon le piaceva molto. Riusciva a farla ridere e bagnare allo stesso tempo. "Adesso sì che vuoi dividere il conto, eh?"

L'uomo le accarezzò la guancia e si avvicinò fino a sfiorarle le labbra. "Assolutamente no." Mac sentì il suo respiro sopra la labbra socchiuse. Sapeva ancora del drink che aveva bevuto al ristorante. "Posso baciarti?"

"Sono ferma nel tuo vialetto, in attesa di essere portata in casa e nel tuo letto, e senti il bisogno di fare una domanda simile?" Sussurrò Mac, sorpresa.

"Stavo cercando di essere il gentiluomo che pensi io sia."

"In questo momento non voglio che tu sia un gentiluomo." Voleva solo sentire quelle labbra carnose contro le sue.

Lui l'accontentò. Si avvicinò e la baciò lentamente e con dolcezza, prima di intrecciare la lingua con la sua con maggior intensità. Esplorò ogni parte di lei, privandola del respiro e dei pensieri.

Mac si lasciò sfuggire un gemito e si aggrappò alla camicia dell'uomo. Era tentata di sfilargliela dai pantaloni e strappargliela letteralmente di dosso, in modo da poter vedere e sentire ciò che la sera prima aveva potuto apprezzare solo da lontano. Non vedeva l'ora di toccare la sua pelle accaldata e tastare ogni centimetro di quel corpo perfetto, e desiderava ardentemente che lui facesse lo stesso.

Non sarebbe accaduto tanto presto, se avessero continuato a baciarsi lì, nel vialetto di casa.

Mac, però, non era nemmeno sicura di volersi staccare da lui. Damon le portò una mano al viso e le cinse la vita. Un pollice iniziò a scorrere lungo il tessuto della camicetta. Tra il bacio e quel lieve contatto, le ginocchia di Mac divennero molli come gelatina. Si sarebbe potuta benissimo sciogliere ai suoi piedi come burro al sole. Quando le si avvicinò ulteriormente, Mac sentì la grossa erezione premerle contro il fianco. Il contatto la fece rabbrividire di piacere.

La ragazza si lasciò andare a un profondo gemito: era tentata di toccarlo, di tracciare la sua lunghezza attraverso i pantaloni neri del completo. Ma erano ancora all'aperto, nel vialetto di casa di Damon, nel quartiere in cui viveva. Chiunque avrebbe potuto vederli, e lei non voleva causargli problemi con i vicini.

Fu lui a interrompere il bacio per primo, sfiorandole la guancia con le labbra e mordicchiando il lobo dell'orecchio. "Mi interessa solo perché è la prima volta. Dopodiché, ci sarà da divertirsi. Potremmo farlo sotto la doccia, sul bancone della cucina, contro una parete, sul cofano della tua auto, sui sedili posteriori della mia... Non m'interessa. Ma questa prima volta... voglio esplorarti completamente. Assaporarti e toccarti ovunque. E non posso farlo qui."

"Per non parlare del fatto che i tuoi vicini potrebbero chiamare la polizia," commentò Mac, ormai senza fiato. I capezzoli erano così turgidi da farle male. Non vedeva l'ora di sentire addosso le possenti mani di quell'uomo.

Damon le tolse la mano dal viso, ma mantenne l'altra intorno alla vita. Stava cercando di concederle spazio pur tenendola vicina. "Già. Potrebbero addirittura girare un video e renderlo virale. Mi vedo già convocato in ufficio, lunedì mattina, con in mano la lettera di licenziamento."

Le sfilò la chiave della macchina dalle mani e Mac sentì scattare la chiusura delle portiere. Invece di restituirgliele, però, Damon se le infilò in tasca. Alla faccia della possibilità di andarsene in qualsiasi momento... Se avesse voluto scappare, avrebbe dovuto chiederglielo.

Ad ogni modo, dubitava che avrebbe avuto fretta di andare da qualche parte.

Tranne che in casa di Damon.

Lui la guidò nel garage, oltre la Lexus, fino a una porta che conduceva in casa. Il pilota premette il pulsante di chiusura del portellone e Mac si voltò, lanciando un'occhiata verso la sua via di fuga ormai sbarrata.

Damon era un gentiluomo, quindi non aveva motivo di essere nervosa, giusto?

L'uomo si fermò di colpo poco prima di accompagnarla dentro. "Ti vedo tesa. Ci stai ripensando?"

Ci stava ripensando?

Mac alzò lo sguardo e lo fissò negli occhi.

"Se vuoi andartene o aspettare, non c'è problema... Non ti fermerò. Come ho detto prima, voglio che tu sia completamente a tuo agio e che sia sincera con me. Dimmi come ti senti in questo momento."

"Sono un po' nervosa, mi dispiace."

"Cosa ho fatto per renderti nervosa?"

"Ti sei messo le mie chiavi in tasca."

Damon fece una smorfia. "Tutto qui?"

"Sì. Insomma, hai detto che potevo andarmene quando volevo, ma non posso farlo senza le chiavi."

Il pilota s'infilò la mano in tasca e le porse il mazzo. "Scusa, non me ne sono nemmeno accorto. Lo faccio sempre, per evitare di perderle. La forza dell'abitudine."

Mac fissò il mazzo che pendeva dalle dita dell'uomo. Si sentiva un'idiota.

Fece per prenderle, ma Damon allontanò la mano. "Mac-Kenzie, devi essere onesta al cento per cento, ventiquattr'ore su ventiquattro. Ricordatelo." Dopodiché le porse le chiavi, guardandola con un'espressione assolutamente seria.

Lei annuì, e finalmente entrarono in casa.

La porta del garage dava su quella che poteva essere considerata una lavanderia: c'erano la lavatrice e l'asciugatrice, dei cappotti appesi e diverse paia di scarpe. Damon la esortò ad avanzare mettendole una mano sulla schiena. Entrarono quindi in un'enorme cucina, dotata di tutti i migliori elettrodomestici, rigorosamente in acciaio inossidabile. Da ciò che Mac aveva visto fino a quel momento, la casa risaliva agli anni Settanta, mentre gli interni dovevano essere stati ristrutturati. I colori erano neutri ma caldi, con sfumature di beige.

"Cucini?"

"Sì, quando sono a casa. Quando ho troppi impegni tendo a mangiare fuori, ma quando ho qualche giorno libero, preferisco cucinare. E tu?"

"Me la cavo. Non vado molto a ristorante, né mangio cibo da asporto. Dopo un po' diventa un'abitudine costosa. Ma visto che lavoro da remoto, quando prendo una pausa provo una nuova ricetta."

"Ah, giusto. Sei un'investigatrice antifrode."

"Ehm, sì. Ma lavoro per una semplice società di assicurazioni, non certo per l'FBI."

"Già, per impedire ai medici di commettere frodi in fattura. Me l'avevi detto. Beh, sembra interessante."

"Non proprio... Di certo non quanto pilotare un aereo."

"Almeno tu puoi alzarti e metterti a cucinare. Io mi alzo solo per andare in bagno."

"Sei responsabile della sicurezza di molte persone."

"E tu fai in modo che i medici siano onesti," ribatté lui.

"Ti piace l'onestà."

"A te no?"

"Fino a un certo punto. Se ti chiedo se il vestito che indosso mi fa sembrare grassa, potrei desiderare che tu lo sia un po' meno."

Damon scoppiò a ridere. Mac amava quel suono: era così spontaneo. Una volta ricomposto, l'uomo le mise una mano sulla schiena per farla voltare verso di lui. Poi la strinse a sé, guardandola in faccia.

"Mi piacciono le donne dalle curve morbide."

"Io ne ho qualcuna. Che mi dici degli uomini?"

Damon la guardò attentamente. "Gli uomini sono un'altra storia. Mi piacciono magri."

"Perché questa differenza?"

Le dita del pilota scivolarono dai fianchi di lei fino al costato, fermandosi appena sotto le curve dei seni. Mac sentì i capezzoli inturgidirsi al contatto.

"Non lo so. Immagino sia solo questione di gusti. Mi piace che un uomo sia forte; che sia in grado di sopportare tutto ciò che voglio dargli e che mi implori di avere di più. Quando sto con una donna, invece, mi piace prestare attenzione alle sue curve morbide. Perdermi nei suoi seni, nel suo fondoschiena, nella profondità del suo sesso, nella sua bocca. Apprezzo la sinuosità di un fianco, del polpaccio o della caviglia. La linea della spalla, l'incavo della gola. Mi piacciono le donne femminili e gli uomini indistruttibili."

Mac non era sicura di cosa pensare. Capiva l'attrazione di un uomo per le curve femminili, ma il commento sugli uomini indistruttibili le aveva fatto sorgere delle domande.

Damon era più rude quando andava a letto con un uomo? Avrebbe avuto senso, se fosse stato uno di quegli tipi che pensava che le donne fossero più delicate.

"Vedo che ti ho incuriosito. Onestà, ricordi?"

Rieccola, l'insistenza riguardo l'onestà. "Ti piace il sesso violento?"

"Fino a un certo punto. Esistono limiti che non supererò mai, anche perché non proverei alcun piacere a farlo. Non ce l'ho con chi la pensa diversamente, ma non fa per me."

"Quindi niente BDSM."

"Ripeto, alcune pratiche mi piacciono, altre non mi eccitano affatto. Sei delusa dalla mia risposta? A te piace il BDSM?"

Mac scosse rapidamente la testa. "No, per niente. Non l'ho nemmeno provato. Non ho mai avuto un partner che volesse qualcosa di diverso dal normale..."

"Missionario."

"Esatto."

"Beh, mi sembra un po' noioso, ma se è questo che ti piace..." Damon si interruppe, facendo sembrare la frase una domanda.

"Ho una mentalità molto aperta e non ho paura di provare cose nuove, solo che non ne ho mai avuto l'opportunità. Ma non sono sicura di voler essere legata a una panca, frustata o roba simile."

Il pilota si mostrò scherzosamente deluso. "Ah, allora vado a nascondere l'arnese per sculacciarti."

Mac rise, poi tornò seria. "Stai scherzando, vero?"

"Sì, se ne avessi uno, non lo nasconderei. Anche se non mi dispiacerebbe vedere il tuo bel fondoschiena sussultare a ogni mio schiaffo fino a diventare rosso come i tuoi capelli... Ma per quello non ho bisogno di alcun arnese. Le mie gambe funzionano perfettamente."

Mac si sentì mancare il fiato, immaginandosi nuda e sdraiata sulle ginocchia di Damon mentre lui la sculacciava.

Deglutì a fatica, e il calore le si riversò sulle guance.

Il pilota sorrise e spostò le mani un po' più in alto, fino a sfiorare le curve esterne dei seni. "Questo pensiero ti eccita o ti spaventa?"

"Mmh... Entrambe le cose, credo."

"Non sei mai stata sculacciata da un uomo?"

"Non in quel modo..."

"E come, allora?"

"Solo... solo quando..."

"Fammi indovinare... Solo quando sei a pecorina. La posizione più vecchia del mondo," disse con tono secco.

Le guance di Mac cominciarono a bruciare. "Sì. È sbagliato?"

"No, affatto, ma a me piace essere creativo."

"Sculacci anche gli uomini, quando fai sesso con loro?"

Damon la liberò dalla presa e fece un passo indietro. Lasciò cadere le mani lungo i fianchi e la guardò con espressione vuota. "Sei molto curiosa di sapere cosa faccio con gli uomini."

In quel momento Mac si sentì come se stesse per implodere. Il suo viso doveva avere lo stesso colore dei capelli. "Scusa, è scortese?"

"Non lo sai?"

"Io... Sono solo curiosa."

"Perché?"

Mac scrollò le spalle. "Immaginarti con un uomo è..." *Eccitantissimo.*

"Stimolante?"

"Sì."

"Beh, buono a sapersi. Almeno non ne sei disgustata."

"Per niente." Al contrario, la eccitava.

"Quindi, mi hai immaginato con degli uomini?"

"Sì."

"Più di una volta?"

"Sì."

"Ti sei..."

"Sì."

Lui sorrise. "Promettente."

"Perché?"

Damon esitò, poi scosse la testa. "Dimostra che sei davvero di mentalità aperta."

Stava mentendo. Per essere uno fissato con l'onestà, non

le stava dicendo cosa pensava veramente. Mac avrebbe lasciato correre... per il momento.

"Guardare due uomini insieme ti eccita?"

"Vuoi la verità?"

"È tutto ciò che desidero," insistette lui.

"Allora mi aspetto lo stesso da te."

Damon inclinò la testa di lato e il suo sorriso scomparve. "Ricevuto."

"Bene. Per rispondere alla tua domanda, sì, mi eccita."

Gli occhi scuri del pilota si spalancarono. "Perché siamo ancora in cucina?"

"Forse perché non so dov'è la camera da letto? Altrimenti starei andando lì."

"Vuoi fare un giro?"

Solo del tuo corpo. "Possiamo farlo dopo?"

"Vai in salotto. Io metto la cena in frigo e preparo qualcosa da bere. Preferisci del vino? Un cocktail?"

Mac sbirciò lungo il corridoio, verso il soggiorno. "Quello che bevi tu andrà bene." La ragazza si diresse verso la parte anteriore della casa.

La zona giorno non era formale: c'era un comodo divano in pelle e una grossa TV montata sopra un camino in mattoni, che sembrava essere alimentato a gas naturale.

La stanza era ordinata e pulita. Su un tavolino erano perfettamente allineati due telecomandi. C'era anche una pila di riviste, anch'esse impilate con estremo ordine. Mac vi si avvicinò per dare un'occhiata. Erano per lo più riviste su aerei e aviazione. Non conosceva più nessuno che fosse abbonato a una rivista fisica. L'unica che leggeva lei era digitale. Damon era un tipo all'antica?

La mensola a parete conteneva vari testi, sia di narrativa che di saggistica, insieme a un paio di modellini di aerei e alcune foto incorniciate. Mac fece scorrere il dito sul dorso dei libri, poi guardò ogni immagine, incuriosita dalla famiglia dell'uomo. Ce n'era una più vecchia, con quello che probabilmente era Damon, in piedi tra due adulti – forse i suoi genitori. Ma sembravano anziani. Era più plausibile che fossero i nonni. Mac si chiese se i suoi genitori fossero ancora vivi. Passò alla cornice successiva e si irrigidì.

La prese in mano e cominciò a studiarla attentamente.

Ritraeva un Damon sorridente e visibilmente più giovane, con un braccio avvolto intorno al collo di un uomo che rideva verso l'obiettivo e gli cingeva la vita. Era il suo migliore amico? Forse.

Qualcosa di più? Probabile.

Mac fece scorrere il dito sopra il viso dell'altro uomo. Aveva i capelli castani e un aspetto familiare.

Cominciò a scervellarsi, cercando di ricordare chi fosse. L'aveva visto da qualche parte di recente.

D'un tratto capì. Era successo una settimana prima, quando si era vista con Damon in quel locale. Quando era entrata, lo aveva visto parlare con lo stesso uomo della fotografia. Damon le aveva detto di volersene andare da lì, ma l'altro non aveva mai lasciato il bar. Il pilota non glielo aveva nemmeno presentato. Quando Damon si era allontanato, l'altro uomo si era semplicemente seduto al bancone. Mac aveva anche pensato che fosse un po' strano che Damon sembrasse turbato, dopo quell'incontro. Anche lo sconosciuto le era apparso quasi triste o frustrato, mentre li guardava.

Mac scrutò meglio l'immagine. Era quasi certa che si trattasse della stessa persona. L'uomo che aveva visto al locale sfoggiava una barba molto corta, non abbastanza folta da mascherargli il viso.

Quel poco che aveva visto dello scambio tra i due l'aveva incuriosita, ma Damon non aveva mai tirato fuori l'argomento. Non erano certo affari di Mac.

In quel momento, però, si trovava nel salotto del pilota, pronta a fare sesso con lui, quindi aveva bisogno di sapere la verità.

La ragazza percepì la presenza di Damon alle spalle ancora prima di sentirne i passi. La sua era un'energia imponente. Inoltre, il suo profumo aveva una nota speziata. Era a dir poco delizioso.

Rimise la foto sullo scaffale e si voltò verso di lui. Lo vide avvicinarsi con due bicchieri di quello che sembrava Seven and Seven.

L'uomo fece un cenno in direzione delle scale adiacenti alla porta d'ingresso. "Porto su anche il tuo."

Gli occhi di lei tornarono alla foto. "Sei fidanzato?"

Perché in tal caso, non sarebbe andata di sopra. Avrebbe preso le chiavi, sarebbe salita sulla sua Volkswagen e sarebbe tornata a casa. Non voleva rimanere invischiata in qualche situazione amorosa, né causare problemi.

Lo sguardo di Damon si posò sulla foto. "Lo ero."

Tempo passato, ma comunque... "Conservi ancora delle foto di lui? Di norma le persone si sbarazzano dei brutti ricordi."

"Non erano brutti, in principio. Lo sono diventati dopo un po'."

"Ma non state più insieme?" Doveva esserne sicura, perché quando Damon aveva guardato la foto, Mac l'aveva visto reprimere una reazione.

"No."

"Non riesci a dimenticarlo?"

"L'ho dimenticato," rispose lui in tono piatto.

Non sembrava molto convincente. "Perché lo volevi, o perché non hai avuto scelta?"

Damon fece un lungo e lento respiro che gli fece espandere il petto. Strinse la presa su entrambi i bicchieri.

Prima che potesse rispondere, Mac aggiunse: "Era in quel locale, la settimana scorsa. Ti ho visto parlare con lui."

Intravide un bagliore negli occhi scuri di Damon. Era dolore? Tristezza? Era infastidito da quell'interrogatorio? Non ne era sicura. "Era lui che stava parlando con me. Io stavo aspettando te."

Mac rimase in silenzio per qualche secondo per elaborare quelle parole. "Non vuoi più avere niente a che fare con lui?"

"No. MacKenzie, e non voglio parlare di lui in questo momento. Voglio passare del tempo con te. Più tardi farò sparire quella foto da casa mia, se ti dà così tanto fastidio, ma in questo momento voglio andare di sopra e... conoscerti meglio. Tu vuoi ancora farlo? O lascerai che una mia relazione passata rovini i nostri programmi?"

Mac aprì la bocca per rispondere. "È davvero finita, se stavi parlando con lui al bar? Non voglio ritrovarmi invischiata in qualcosa..."

"Ci siamo incontrati per caso."

Ora stava davvero mentendo. "Pensavo che apprezzassi l'onestà."

Damon chiuse gli occhi per un secondo. Quando li riaprì, portò un bicchiere alle labbra e bevve un lungo sorso. "Hai ragione, mi dispiace. Non ti ritroverai invischiata in nulla, te lo garantisco. Tra noi è finita da anni, ma la verità è che è venuto a cercarmi. Non so come abbia fatto a trovarmi, ma ci è riuscito."

Perché avrebbe dovuto avere difficoltà a trovarlo? Damon aveva una casa e un lavoro fisso. Il suo ex aveva vissuto sotto una roccia? "Non voleva che finisse."

"È stato lui a mollarmi." Damon si lasciò sfuggire un lungo sospiro. "MacKenzie..."

"Mac."

"A me piace il tuo nome completo. Comunque, volevo che la serata fosse dedicata a noi, non al mio ex."

"Sei impaziente?"

"Come potrei non esserlo? Ho una bellissima donna in salotto. Una che mi ha visto nudo, mentre io non ho ancora avuto il piacere di fare lo stesso. Non voglio far altro che toccare ogni centimetro di lei con le labbra, per vedere se il suo sapore è delizioso come il suo profumo." Indicò le scale, facendo attenzione a non rovesciare i drink. "Possiamo andare di sopra?"

Mac sapeva che parlare di una vecchia ferita sentimentale avrebbe messo un freno alla loro libido. Lei stessa sarebbe stata restia a parlare dei suoi ex ragazzi in presenza di un uomo pronto ad adorare ogni parte del suo corpo.

Sarebbe stato sciocco. Damon aveva ragione: dovevano andare di sopra e conoscersi meglio. Le chiacchiere potevano aspettare.

Sentire la bocca del pilota sulla sua, invece, era maledettamente urgente.

Capitolo Sei

Quando MacKenzie si diresse finalmente verso le scale, Damon si sentì subito più sollevato. Arrivati in camera da letto, le porse uno dei drink.

Lei lo prese con un sorrisetto e ne bevve un sorso. Le si formarono delle graziose rughette sul naso pieno di lentiggini. "Wow, è bello forte."

"Non proprio, ma potrebbe sembrarlo, se non sei abituata al whisky."

"Non ci sono abituata, infatti. Ammetto di essere un peso piuma, e più tardi devo guidare."

"Spero di no." Damon bevve un sorso del proprio drink e la guardò inarcare le sopracciglia, perplessa.

"Vuoi che passi la notte qui?"

"Di solito lavori anche di sabato?" Lui non aveva niente da fare: non aveva in programma voli fino alla domenica sera e desiderava passare la serata e la mattina successiva con lei.

"No."

"Allora sì, vorrei che passassi la notte qui." Damon si avvicinò al comodino e posò il drink su un sottobicchiere.

Mac iniziò a tossire, come se il cocktail le fosse andato di traverso. "Non abbiamo nemmeno... Come fai a sapere che tu... che noi..."

Damon le si avvicinò e le tolse il bicchiere dalla mano, posandolo accanto al suo. Dopodiché le prese il viso tra le mani e lo sollevò. "MacKenzie, non si tratta solo di sesso. Quella è sicuramente una parte importante, dato che sono molto attratto da te, ma mi piacerebbe conoscerti meglio. Se pensavi che questa fosse solo una botta e via, beh, ti sbagliavi di grosso. Le nostre conversazioni della settimana scorsa mi sono piaciute un sacco e non vedevo l'ora di averne altre. Adoro il tuo senso dell'umorismo. Sei molto intelligente, una gran lavoratrice... Inoltre, hai i piedi per terra."

"Sei riuscito a capire tutto questo semplicemente dalle nostre telefonate e dai messaggi?"

Damon sorrise davanti all'evidente stupore della ragazza. "Sì, proprio come spero che anche tu abbia capito chi sono io." Esitò per un istante. "L'hai capito, vero?" Le chiese.

Mac serrò le labbra, pensierosa. Aveva un'espressione adorabile e Damon avrebbe voluto baciarla seduta stante, ma prima aveva bisogno di sentire la sua risposta.

"Mi è piaciuto parlare con te. Di sicuro mi è piaciuta molto la nostra conversazione di ieri sera."

"*Ah*, prima hai detto che *non era* una conversazione."

"Sì, beh... Comunque, sei bravo con le parole, sei molto attraente e anche lì sotto non sei niente male."

Damon serrò le labbra per non scoppiare a ridere. Annuì mentre si sforzava di mantenere un'espressione sobria. "Capisco."

Mac alzò un dito. "Inoltre, mi sento di aggiungere che sei assolutamente *irresistibile* con l'uniforme. Anche se, visto che ti piace l'onestà, ti confesso che non vedo l'ora di vederti senza nulla addosso."

Damon annuì con fare solenne, trattenendo ancora il sorriso. "Ti ringrazio per i complimenti."

"Non c'è di che. Allora, che ne dici di andare al sodo?"

Damon fece una smorfia. "Da dove vorresti cominciare?"

"Da te. Voglio vederti nudo," rispose lei, indicando il letto, "su quel materasso."

"Tutto qui?"

"Oh, no. Questo è solo l'inizio."

Gli piaceva l'atteggiamento intraprendente di Mac. "Ho dimenticato di aggiungere un appunto alle mie osservazioni."

"Ovvero?"

"Sfacciataggine... Ne hai a bizzeffe." Quando Mac aprì la bocca, lui soffocò qualunque sua risposta con un bacio. Le parole non pronunciate si trasformarono in gemiti.

Damon ce l'aveva talmente duro che non era sicuro di poter aspettare ancora a lungo prima di affondare tra le pieghe umide della donna. Nonostante volesse esplorare immediatamente ogni parte di lei, forse non avrebbe dovuto avere fretta nel farlo. L'ultima settimana era stata difficile... Quell'attesa, la speranza che MacKenzie non si tirasse indietro all'ultimo minuto, specialmente dopo la telefonata piccante della sera prima.

Non l'aveva fatto.

Damon aveva pensato a lei ogni giorno, durante le loro telefonate serali o quando messaggiavano tra un volo e l'altro. Se l'era immaginata nuda sotto di lui, aggrappata alla sua schiena e ansimante.

Dal momento che quella sua fantasia stava diventando realtà, voleva essere sicuro di non rovinare tutto.

In passato, Trevor aveva desiderato cose che Damon non era riuscito a dargli, così il pilota aveva pensato che lo avesse lasciato perché insoddisfatto. Purtroppo non avevano nemmeno potuto parlarne, perché Trevor se ne era andato senza dire una parola e Damon non l'aveva più sentito. Nemmeno una singola parola.

Fino alla sera prima.

Dopo quell'incontro, ci era voluto un po' perché Damon riuscisse a concentrarsi unicamente su MacKenzie. La sua mente era in subbuglio ed era arrabbiato con se stesso per aver lasciato che Trevor esercitasse ancora un'influenza su di lui, nonostante tutto quello che era successo.

Non avrebbe dovuto avere alcun significato., Non avrebbe dovuto provare nulla per un uomo che lo aveva abbandonato, gettando alle ortiche la relazione senza pensarci due volte, senza lottare. Se Trevor avesse ricambiato davvero il suo amore, sarebbe rimasto e avrebbe cercato di risolvere i loro problemi.

A Damon piaceva MacKenzie, ed era stato sincero nel dire che non era un'avventura di una notte. La voleva nel suo letto, e non per un tempo così breve. Se la chimica che percepiva tra loro era reale, avrebbe voluto che durasse più a lungo.

Aveva finalmente raggiunto l'età in cui si sentiva pronto per sistemarsi di nuovo. Ma era anche un po' riluttante, visto che aveva provato lo stesso con Trevor anni prima. Si era stancato di usare l'app *Boston Single* per cercare la persona giusta. Voleva tornare a casa dopo una lunga giornata passata in volo ed essere accolto da qualcuno che lo amava. Non voleva più preoccuparsi di rincasare e scoprire che alcuni degli armadi erano stati svuotati.

Doveva liberare la mente e dimenticare ogni cosa. In quel momento aveva MacKenzie tra le braccia e la stava baciando, e lei aveva un sapore fantastico.

Gli teneva la camicia stretta tra le dita di una mano, mentre con l'altra gli cingeva la vita. Damon interruppe il bacio e appoggiò la fronte a quella della donna per riprendere fiato. "Ultima possibilità di prendere le chiavi della macchina e andartene, perché ho intenzione di scoparti per tutta la notte... E quando avrò finito, non avrai più energie per fare altro."

"È una promessa?" Sussurrò lei.

"Posso prometterti che farò del mio meglio per renderla una realtà."

"Adoro il modo in cui baci," mormorò lei con un sospiro, poi gli avvolse la mano dietro la nuca e lo tirò di nuovo a sé.

Damon emise un grugnito mentre Mac prendeva il controllo della sua bocca e gli succhiava la lingua. Non si trattava di un bacio tenero o romantico, ma quasi disperato.

MacKenzie lo desiderava.

Bene, perché la cosa era reciproca.

Damon prese ad accarezzarle il costato, risalendo il busto fino a sfiorarle i seni. Li prese entrambi tra le mani, passando i pollici sui capezzoli turgidi attraverso la seta della camicetta.

Era impaziente di spogliarla; voleva tastare la sua pelle calda e vellutata, sentire il peso dei suoi seni, assaggiare quelle protuberanze appuntite.

Mac iniziò a sbottonargli la camicia, e lui fece lo stesso. Interruppero il bacio solo il tempo necessario per permettere a Damon di sfilarle del tutto la camicetta e liberarsi della propria. Mac gli tolse la canottiera dai pantaloni mentre lui si allungava per sganciarle il reggiseno. Una volta a torso nudo, il pilota si tirò indietro quanto bastava per liberarle i seni.

Rimasero in silenzio a studiarsi a vicenda, mentre nel silenzio della stanza riecheggiavano i loro respiri ansimanti. Gli occhi azzurri di lei, più scuri del normale, vagavano sul petto di Damon come una carezza. Lui osservò il modo in cui i seni di Mac – piccoli ma sodi – svettavano implorando il suo tocco.

"Togliti i pantaloni," le ordinò. "Ma tieni le mutandine."

"Dai per scontato che le indossi."

Damon le rivolse un sorrisetto malizioso e cominciò a slacciarsi la cintura. Gli occhi di Mac seguirono pedissequamente i suoi movimenti mentre lui, con lentezza minuziosa, la sfilava dai passanti. Il fruscio del cuoio contro il tessuto gli inviò una scarica elettrica lungo la spina dorsale, che raggiunse persino l'asta eretta.

"Non ti hanno mai sculacciata con una cintura." Non glielo stava chiedendo: sapeva già che era così. Lo aveva appreso da una delle loro conversazioni precedenti. Gli uomini con cui era stata in passato lo avevano fatto solo nella posizione della pecorina... Che fantasia.

"Non voglio essere sculacciata con una cintura," disse Mac, deglutendo a fatica. Sembrava quasi in trance. Un rossore le si diffuse sul petto e sul collo affusolato e le tinse le guance.

"Il pensiero ti eccita?"

"No."

Damon inarcò un sopracciglio. "Onestà, ricordi?"

"Sì... Non saprei. Ho paura del dolore."

"Ma ti piacerebbe provare il morso del cuoio inflitto da una mano esperta?"

MacKenzie si mordicchiò il labbro inferiore con aria pensierosa, socchiudendo gli occhi. "Sì... Forse."

Damon annuì e posò con riluttanza la cintura su una sedia vicina. Si tolse le scarpe eleganti e i calzini. Quando si voltò, si fermò con le mani sulla cerniera dei pantaloni. "Vuoi togliermi tu i pantaloni?"

Mac si mordicchiò nuovamente il labbro, anticipando il desiderio di Damon di fare lo stesso. Poi la donna si fece avanti, fissando attentamente la cintura.

"Sì. Posso?"

Nel sentire quella domanda, Damon venne percorso da un brivido. "Sì, ma a una condizione."

Lei lo guardò negli occhi. "Ovvero?"

"Prima devi spogliarti completamente." Aveva dei seni bellissimi, ma lui voleva vederla in tutto e per tutto. In particolare, si sarebbe goduto la visuale di quando lei si sarebbe piegata in avanti per aiutarlo con i pantaloni. Voleva vedere la linea della spina dorsale, le curve del sedere, l'arco del piede... Tutto quanto.

Il suo rossore, la pelle color avorio, i capelli e la macchia di lentiggini gli facevano pensare che sarebbe stata perfetta per un dipinto rinascimentale.

Dopo essersi tolta le scarpe, Mac si slacciò i pantaloni e li lasciò cadere a terra. Quando si sfiorò le mutandine, lui la fermò. "No. Ricorda, ti ho detto di lasciarle."

"Ma mi hai anche ordinato di spogliarmi completamente."

Damon si avvicinò fino a sentire il calore del corpo della ragazza. "Sì, ma *quelle* voglio sfilartele io."

Mac gli accarezzò il viso con le dita sottili, sfiorandogli la guancia e le labbra.

Damon gliele baciò, poi si spostò alle sue spalle. "Tirati su i capelli."

Mac eseguì l'ordine senza esitare, mettendo in mostra la linea delicata della sua nuca. Damon le posò le labbra sulla spina dorsale, poi si avvicinò ulteriormente a lei, accarezzando le clavicole e le braccia con entrambe le mani e assaporando quella pelle così liscia e perfetta.

Mac gettò la testa all'indietro e la appoggiò contro il petto dell'uomo, che continuò a esplorarla, toccandole le braccia e i seni. Ignorò di proposito i capezzoli per concentrarsi su quelle deliziose colline.

Mac si lasciò sfuggire un sospiro di piacere mentre le dita del pilota si muovevano in cerchio, spostandosi gradualmente verso il centro, dove i capezzoli erano diventati sassolini rosa.

"Toccami," mormorò lei.

Damon non rispose: continuò il percorso usando l'indice per delineare il bordo delle piccole areole e la strinse a sé, con l'erezione che svettava tra i due corpi bollenti. Avrebbe voluto accelerare, finire di spogliarsi in fretta, ma si costrinse a prendere tempo per apprezzare ogni centimetro di quel corpo meraviglioso.

Quando finalmente le diede ciò che voleva, sfiorando i capezzoli turgidi con i pollici, la donna s'inarcò ansimando.

Il pilota continuò a stuzzicarla, ma i suoi gemiti minacciavano di farlo impazzire. Si spostò verso il basso, alla ricerca del prossimo obiettivo: un'altra zona del corpo di Mac in grado di suscitare le medesime reazioni. Le sfiorò l'ombelico, poi si soffermò sull'elastico delle mutandine. Erano di cotone rosa, semplici. Da brava ragazza.

Proprio quello che Damon stava cercando. Una ragazza poco altezzosa che non si sarebbe lamentata del fatto che lui non avesse un classico lavoro da ufficio, che le sue giornate non seguissero un ritmo normale. Una donna che non avrebbe preteso attenzioni a tutti i costi, ma che avrebbe apprezzato quando qualcuno le faceva un complimento.

Una donna da cui non avrebbe visto l'ora di tornare. La lontananza avrebbe aiutato a mantenere la loro relazione fresca ed eccitante.

Una donna che non avrebbe avuto alcun problema a darsi piacere mentre lui ascoltava o guardava al telefono, a chilometri e chilometri di distanza. Una donna che sarebbe stata in grado di farlo godere soltanto guardandolo.

Sicura della propria sessualità.

Damon fece scivolare le dita sotto il cotone morbido per arrivare a qualcosa di altrettanto setoso: il leggero cespuglio di peli pubici. "Sono rossi?" Chiese, accarezzandoli con un dito.

Non avrebbe continuato a toccarla finché lei non avesse risposto.

La mano di Mac si spostò lungo l'avambraccio dell'uomo fino a trovare la sua.

"Dimmelo tu," sussurrò lei.

Damon tirò leggermente l'elastico delle mutandine per sbirciare sotto il tessuto, e notò un ciuffetto rosso. "Come il fuoco. In quale altra parte del corpo stai bruciando, Mac?"

La donna sussultò leggermente quando udì il soprannome. Damon le aveva detto che non l'avrebbe mai chiamata in quel modo durante il sesso, tuttavia, se le cose fossero andate come pensava, non era nemmeno sicuro di riuscire a chiamarla con il suo nome per intero.

Con una mano le sfiorò il sesso bollente. "Voglio godermi quel fuoco."

Mac sospirò e lo esortò a usare il dito medio.

Lui, però, si liberò della sua presa per poterle afferrare la mano. "Resta con me," le mormorò all'orecchio, premendole il dito medio sul clitoride e strappandole un brivido di piacere. Poi si spostò più in basso, tra le pieghe umide.

Era setosa e bollente. Mentre Damon la penetrava con entrambe le loro dita, la sentì fremere.

"Usa l'altra mano per toccarti," mormorò il pilota. Il suo tono era dolce e sommesso, ma non c'erano dubbi sul fatto che la sua non fosse una richiesta, ma un ordine perentorio.

Era contento quando lei faceva come le veniva detto senza esitare.

Damon le sfiorò la fronte con una guancia, guardandola toccarsi i seni e giocare con i capezzoli mentre affondava le dita di entrambi nell'anfratto bollente della donna.

Mac rabbrividì ancora, inarcando i fianchi a ogni movimento delle dita.

"Ho intenzione di farla mia, Mac."

La ragazza sussultò di nuovo; il respiro si fece più veloce mentre il sesso si contraeva in risposta.

Le loro dita erano così bagnate dei suoi umori da annullare qualsiasi attrito. Damon aumentò il ritmo e cominciò a toccarle il clitoride con il pollice, mentre l'altro braccio le cingeva la vita snella per sorreggerla.

"Appoggiati a me, così potrai lasciarti andare quando sarai pronta a godere."

La donna cominciò a muoversi più velocemente per trarre piacere dalle dita.

"Altre due." Il pilota le spinse dentro i loro indici, arrivando a quattro dita.

"Damon..." La voce le uscì come un debole sussurro.

"Lasciati andare," le mormorò lui all'orecchio. "Voglio sentire i tuoi gemiti. Non trattenerti."

Mac si lasciò cadere in avanti e lui la cinse più saldamente con il braccio per tenerla in equilibrio.

"Damon," gemette la donna.

Il membro dell'uomo era così duro da fargli male. Avrebbe voluto strapparle le mutandine e affondare dentro di lei, farla sua con movimenti decisi che avrebbero fatto venire entrambi in pochi istanti. Tuttavia, resistette a quell'impulso.

Pazienza, disse a se stesso. L'attesa avrebbe reso quel momento ancora più bello.

Quando la sentì irrigidirsi, il mondo si fermò per un momento. Le loro dita, i loro respiri. "Lasciati andare," sussurrò nuovamente Damon, per poi succhiarle il lobo dell'orecchio.

Mac, ormai in preda al piacere, si lasciò sfuggire un lungo gemito. Avevano entrambi le dita fradice. Quando i sussulti dell'orgasmo si attenuarono, divenne un bambolotto di pezza tra le braccia del pilota: aveva gli occhi chiusi e respirava affannosamente attraverso le labbra socchiuse.

Damon sorrise. Tra loro c'era davvero una bella chimica. In quel momento si rese conto che la loro intesa andava ben al di là della sfera intellettuale, coinvolgendo anche quella sessuale. La donna tra le sue braccia avrebbe potuto essere tutto ciò che stava cercando, e forse anche di più.

"Andiamo a letto. Ho bisogno di assaggiare il tuo nettare."

Lei annuì e si lasciò sfuggire un lungo sospiro soddisfatto mentre lui la guidava verso il letto e la faceva sedere sul bordo del materasso. Poi Damon fece un passo indietro per ammirare ogni centimetro della donna che aveva davanti - dalla chioma ardente alle guance e al petto arrossati, dai turgidi capezzoli rosa alle curve snelle ma femminili.

"Togliti le mutandine."

"Se non sbaglio, mi hai chiesto di toglierti i pantaloni."

Vero, ma Damon non era più convinto che fosse una buona idea. Aveva altri programmi, e se lei lo avesse toccato, non sarebbe riuscito a trattenersi.

Invece, voleva aspettare.

"Togliti le mutandine," ripeté con più fermezza.

Mac obbedì, facendole scivolare lungo i fianchi e le cosce per poi sfilarle dalle caviglie e gettarle via. Attese il comando successivo.

"Apri le ginocchia."

Invece di limitarsi a obbedire, Mac spostò sensualmente le mani lungo le cosce fino alle ginocchia, divaricandole.

Mentre la guardava, Damon si slacciò i pantaloni, li lasciò cadere a terra e si passò le dita sull'erezione. Il nettare dell'eccitazione gli aveva inumidito i boxer di cotone.

Aveva bisogno di pensare a un piano, e anche alla svelta, perché presto non sarebbe più stato in grado di farlo. "Lascia le gambe aperte. Voglio vedere i risultati del nostro lavoro. Non muoverti."

Andò al comodino e bevve un lungo sorso del proprio

drink, dopodiché porse l'altro bicchiere a Mac, che fece altrettanto. Poi Damon frugò nel cassetto e tirò fuori un preservativo. Ne lanciò un altro paio sul comodino, in modo che fossero a portata di mano.

Sentiva il membro tendersi - un dolore piacevole dovuto all'attesa - e tornò verso il letto, dove Mac lo aspettava. La donna lo aveva osservato per tutto il tempo, ma in quell'istante il suo sguardo si posò sull'erezione dell'uomo. Damon si prese il membro in mano e ne sfiorò la punta, raccogliendo il nettare del piacere con il pollice e portandolo alla bocca della ragazza.

In risposta, Mac schiuse le labbra e tirò fuori la lingua.

Cazzo, quella donna gli piaceva davvero tanto. La volontà di assecondare ogni suo desiderio era dannatamente soddisfacente.

Le cosparse la lingua di liquido. "Ora chiudi la bocca."

Dopo averlo fatto, Mac serrò la mascella. Damon la vide assaporare il frutto acidulo e salato del suo piacere. Lui stesso l'aveva assaggiato molte volte, con Trevor e i precedenti partner, quindi non aveva difficoltà a immaginare quel sapore sulla propria lingua.

"Ti piace?"

Mac rispose a occhi chiusi. "Sì."

"Ne vuoi ancora?"

"Sì, ti prego," ansimò lei.

"Dovrai aspettare." Damon si mise in ginocchio tra le gambe della ragazza e le allargò ancora di più le cosce. "Fatti vedere bene."

Mac allungò una mano per aprire le labbra gonfie e rosee del suo sesso, una delizia che Damon non vedeva l'ora di assaggiare.

"Guardami," le disse, prima di avvicinare la bocca alle pieghe bollenti.

Quando Mac strinse le cosce tremanti, lui le spalancò di nuovo, affondando le dita nella carne. Poi prese a leccarle il clitoride con la punta della lingua, prima di passare a movimenti più ampi.

Ogni suzione su quel punto sensibile e gonfio le faceva inarcare i fianchi.

"Ti prego..."

Damon alzò gli occhi e vide che Mac lo stava guardando. Il petto della donna si alzava e abbassava in sospiri sincopati e gli occhi, seppur rapiti dal piacere, rimanevano incollati su di lui. Il pilota ignorò la supplica.

"Ti preeego..."

Damon si allontanò di qualche centimetro. *"Ti prego* cosa?"

"Scopami."

Lo voleva tanto quanto lei, ma avrebbe rimandato quel momento ancora un po'. Prima voleva farla impazzire.

"Damon..." Mac gli prese la testa tra le mani, aggrappandosi ai capelli fino a fargli male.

Aveva raggiunto facilmente l'orgasmo con le dita, ma in quel momento era determinato a farla venire con la bocca prima di affondare dentro di lei. Con un po' di fortuna, Mac avrebbe avuto ben più di tre orgasmi, a patto che non si sentisse soddisfatta anche prima. In quel caso, anche lui si sarebbe fermato con piacere. Ci sarebbe stato tempo per averne altri: la notte era ancora giovane, e avevano a disposizione anche la mattina seguente, o quantomeno tutto il tempo che Mac avrebbe voluto concedergli.

Le leccò l'incavo tra la coscia e l'inguine e le stampò un rapido bacio sul pube prima di far scivolare la punta della lingua sulla striscia di peluria fiammeggiante. La sfiorò con il naso, inalandone il profumo muschiato ma femminile, dopodiché le prese il clitoride tra le labbra e iniziò a succhiarlo con forza. Era sicuro di avere i segni delle unghie di Mac sul cuoio capelluto. D'un tratto, la donna ricadde sul materasso e inarcò i fianchi, tanto che Damon fece fatica a mantenere il contatto. In qualche modo, però, ci riuscì e continuò il suo assalto, mentre lei gridava di piacere fino a venire.

Il pilota non demorse, finché alla fine lei lo pregò di smettere.

"Adesso è troppo sensibile."

Damon si allontanò con riluttanza e le rivolse un sorriso. "È stato così intenso?"

"Sì... Incredibile."

"Riesci a metterti seduta?"

Mac fece un respiro tremante, poi, con l'aiuto di lui, tornò a sedersi sul materasso. Damon le prese il viso tra le mani e la baciò con trasporto. Ancora una volta, poteva dirsi soddisfatto. Mac non aveva problemi ad assaporare il proprio nettare, così ricambiò il bacio con passione, suggendolo dalla lingua del pilota.

Damon non riuscì a trattenere un sorriso, così i due si allontanarono. Quando le porse una mano, lei la prese senza fare domande. La fece alzare e prese il suo posto sul bordo del materasso, dopodiché allungò la mano verso il preservativo che aveva lanciato sul letto, ne aprì l'involucro e lo srotolò sull'erezione, sentendola sussultare al semplice tocco delle dita.

"Non mi vuoi sul letto?" Gli chiese Mac, fissando ipnotizzata il movimento delle mani del pilota.

"No."

La ragazza accettò la risposta senza discutere. Dopo aver indossato scrupolosamente il preservativo, Damon le tese la mano. "Sali a cavalcioni su di me."

Invece di prendere la sua mano, però, Mac gliene piantò una sulle spalle e si arrampicò prima sul letto e poi sulle sue cosce. Rimase in ginocchio, a pochi centimetri dall'erezione pulsante.

L'attesa era inebriante.

Gli cinse le spalle e il collo con le braccia, guardandolo dritto negli occhi. "L'attesa è un afrodisiaco."

"È vero," convenne lui.

Mac si chinò per baciarlo sulle labbra, premendogli i capezzoli duri come diamanti sul petto. Damon fece scivolare le mani tra di loro e afferrò quelle due turgide antenne, aumentando la pressione fino a strapparle un gemito di dolore.

Poi si portò una mano sul membro per tenerlo fermo. Senza interrompere il bacio, MacKenzie si abbassò fino a sentirsi sfiorare dalla punta dell'erezione.

Damon si sforzò di non spingersi verso l'alto e farla sua in quel preciso istante. Oh, quanto lo desiderava. Il suo cuore batteva all'impazzata, e l'istinto di penetrarla era quasi insopportabile.

Ma si costrinse ad aspettare. In fin dei conti, l'aveva sottoposta al medesimo tormento, quindi era più che giusto accettare quello scambio di ruoli.

Mac si abbassò un altro po', sentendo la punta dell'erezione contro l'entrata umida. Il loro bacio divenne più intenso. Damon le fece scivolare una mano sul sedere, poi le accarezzò la schiena e risalì fino ai capelli. Ne afferrò una manciata e strinse la mano a pugno, finché non capì di starle facendo male e non fu sicuro di sentire in prima persona quel dolore acuto. Anche così, Mac non smise di baciarlo, ma si avvicinò ancora un po' a lui.

Dio, gli sembrava di morire lentamente.

Deglutì a fatica, e non ebbe altra scelta che interrompere il bacio. "MacKenzie," gemette.

"'A volte l'attesa è un preludio inebriante. Impedirti di

avere qualcosa che desideri ardentemente rende tutto ancora più intenso'," disse lei, scimmiottando le sue parole.

Come faceva a ricordare quella frase per intero? Damon aveva quasi dimenticato il proprio nome.

Spostò la testa in avanti e affondò i denti nella carne delicata sopra il capezzolo della donna, prima di succhiare così forte da farla sussultare. Quel movimento la spinse ad abbassarsi di qualche altro centimetro. Il membro di Damon era entrato a malapena, ma era molto più difficile controllarsi. Il pilota voleva lasciarsi andare e perdersi dentro di lei. Affondare fino alla fonte di quel calore umido.

Ma scelse di aspettare ancora. Allentò la presa dal seno, leccandole il segno che le aveva lasciato e succhiandole il capezzolo fino a farla tremare di piacere.

Anche Mac stava combattendo i propri impulsi? Voleva impalarsi su di lui, sentirlo nelle sue profondità?

Il pilota rivolse le sue attenzioni all'altro seno. Quando ebbe finito, i capezzoli erano gonfi e lucidi di saliva. La punta della lingua tracciò un percorso tra le morbide colline, prima di risalire lungo il petto e la vena palpitante del collo. Poi le baciò delicatamente l'orecchio; il suo respiro caldo le accarezzò il lobo, poi di nuovo il collo, graffiandole la pelle delicata con i denti.

Mac si abbassò un po' di più; ormai era circa a metà strada. Era una vera e propria tortura. Damon le mise istintivamente le mani sui fianchi. Avrebbe voluto tirarla giù, farla sedere completamente su di lui, invece la tenne lì.

"E se mi fermassi qui?" Mormorò la ragazza.

"Me ne farei una ragione."

"Non rimarresti deluso?"

"No, tutt'altro. Sarei felice di aver ricevuto in dono un momento come questo."

"Onestà, ricordi?" Lo prese in giro.

Damon si lasciò sfuggire una risata sommessa. "Va bene, vuoi la verità? Sarebbe uno schifo, ma rispetterei qualsiasi tua decisione. Se hai cambiato idea... *Caaazzooo.*" Quell'ultima parola gli uscì come un gemito quando Mac si lasciò cadere su di lui. Il suo sesso era eccitante. Così stretto e bagnato. Ma anche delicato come la seta.

Era passato un po' di tempo dall'ultima volta che era stato con una donna; di recente aveva frequentato solo uomini. Ma per quanto gli piacesse fare sesso con il genere maschile, con una donna era completamente diverso.

E Damon aveva dimenticato quanto potesse essere magnifico.

Capitolo Sette

Mac accolse con favore quella sensazione di pienezza. Fece alcuni respiri profondi senza muoversi. All'inizio era un po' scomodo, ma poi il suo corpo si fuse con quello del pilota, accogliendolo completamente.

Damon stringeva ancora i suoi capelli, tirandoli quel tanto che bastava per farle sentire la propria presenza senza farle del male. Le dita dell'altra mano affondavano energicamente nella carne del fondoschiena. Un'altra sensazione prossima al dolore, ma eccitante.

I seni erano appoggiati alla pelle calda e liscia di lui. Non aveva peli sul petto, e Mac si chiese se li radesse frequentemente. Ne vide traccia alla base dell'erezione scura, ma erano tagliati con cura.

I muscoli tonici e la totale mancanza di grasso erano la prova che Damon si allenava. Starsene seduto per ore durante i turni di lavoro non garantiva certo quei risultati.

"MacKenzie," grugnì lui, mentre il suo membro si irrigidiva dentro di lei.

Mac guardò quegli occhi scuri e intensi.

"Stai cercando di uccidermi?"

"Pazienza," gli ricordò lei con un sorriso.

"Mi pento di aver detto quella stronzata."

Mac gli portò il pollice sulle labbra carnose, immaginandole avvolte intorno all'erezione di un altro uomo. Quel pensiero la fece eccitare ulteriormente.

"Cristo," sussurrò il pilota. "È quello il tuo obiettivo, vero?"

"Ucciderti? No. Non mi serviresti a niente da morto," scherzò lei. "Mi piaci caldo e vivo, almeno per ora."

"Per ora," le fece eco lui.

"La notte non è ancora finita."

Quando Damon scoppiò a ridere, lei gemette. Il movimento del suo membro le fece venire voglia di strusciarsi su di lui... Così lo fece.

La risata di Damon si spense rapidamente e l'uomo sussultò, trattenendo il respiro. "Penso che abbiamo avuto abbastanza pazienza." La sua voce sembrava più cupa del normale.

"Concordo," sussurrò lei.

Cominciò a sollevarsi molto lentamente, dopodiché si abbassò di nuovo, assaporando ancora una volta quella sensazione di pienezza.

Damon le tirò i capelli, e Mac ripeté il movimento con la stessa lentezza di prima.

Si alzò e ricadde su di lui.

Damon prese a baciarle il collo, sfiorandole la pelle con i denti e facendo scorrere la lingua dalla gola al mento.

Le labbra di Mac si schiusero in risposta, mentre il ritmo del suo respiro si adattava al movimento delle cosce.

Continuò ad alzarsi e abbassarsi sulla lunghezza di Damon, mentre lui la teneva stretta a sé. Il pilota non staccò le labbra dal suo corpo, continuando a baciarla sulla bocca, sul collo, sulle spalle o sulla tempia.

Mac gli mise una mano dietro la nuca e con l'altra si tenne stretta alla spalla, usandola come leva per cavalcarlo. Poi, con le ginocchia saldamente piantate sul materasso, cominciò a strusciare più intensamente il clitoride gonfio sul corpo dell'uomo, sentendo di essere prossima all'orgasmo.

Mac era venuta una volta grazie alle loro dita, poi con la bocca di Damon... Era finalmente pronta per lasciarsi andare di nuovo. Cominciò a dimenarsi su Damon, cercando di cavalcare a fondo la sua erezione. Il respiro caldo del pilota le sfiorava la pelle. L'uomo le afferrò con più forza il sedere, e lei lo sentì irrigidirsi.

Anche Damon stava per venire.

"Voglio..." Cercò di raccogliere i pensieri. "Voglio che mi baci... mentre vengo."

Per tutta risposta, il pilota le prese il viso tra le mani e la baciò con ardore. Mac sentì il proprio sesso esplodere, e gemette, subito imitata da Damon. L'uomo inarcò i fianchi, spingendo in profondità l'erezione pulsante mentre lei lo serrava in una morsa di piacere.

D'un tratto le lasciò andare la bocca e si alzò, mantenendo la loro connessione fisica, prima di voltarsi e metterla sul letto. Ce l'aveva ancora duro, anche se Mac dubitava che sarebbe durato ancora a lungo. Si piazzò tra le sue cosce e riprese a penetrarla, muovendo i fianchi avanti e indietro e stimolandole il clitoride con il pollice. Mac gli avvolse le gambe intorno alla vita, poi gettò la testa all'indietro mentre lui la portava di nuovo vicina all'orgasmo.

Le spinte del pilota erano tutt'altro che gentili, ma lei le accolse. Damon voleva sentirla godere di nuovo, e Mac non aveva intenzione di negargli quel desiderio.

Accidenti, non l'avrebbe negato nemmeno a se stessa.

Non rimase delusa. Tra l'attenzione rivolta al clitoride e il membro che la toccava proprio nel punto giusto, Mac si sentì travolgere da una nuova sensazione di intenso piacere. Si sentiva soddisfatta e stordita, e molto probabilmente non sarebbe stata in grado di muoversi per un bel po'.

Ma non ne ebbe alcun bisogno, perché, dopo aver ripreso fiato, Damon la ripulì e le rimboccò le coperte. Poi scese al piano di sotto e riscaldò la cena, assicurandosi che mangiasse, quindi l'avvolse tra le sue braccia e insieme si addormentarono, sazi di cibo e di sesso.

* * *

MAC SBATTÉ LE PALPEBRE. Non era nel suo letto: nonostante fosse ancora mezza addormentata, capì subito dove si trovava. Il braccio scuro e muscoloso intorno alla vita e il respiro caldo e costante che le solleticava l'orecchio erano chiari indizi.

Chiuse gli occhi, sospirò e si mosse fino ad accoccolarsi a lui. Mac sentì il membro flaccido e bollente di Damon contro le natiche e sorrise al pensiero del secondo round a cui si erano dedicati durante la notte.

Nonostante la stanchezza, era stato bello come la prima volta. Damon si era preso il suo tempo e le aveva provocato un paio di orgasmi con abilità. Mac doveva essersi addormentata mentre lui era ancora dentro, esausta e soddisfatta.

Lo stomaco della donna prese a brontolare, così lei vi premette una mano sopra, sperando di placare il rumore.

"Hai fame?" La voce profonda di Damon era roca per il sonno.

"A quanto pare."

"È presto," constatò Damon.

"Sono una tipa mattiniera."

"Io, invece, nei giorni liberi tendo a dormire fino a tardi. A volte la mia agenda è fin troppo fitta. Ti sei addormentata su di me." Non la stava giudicando, anzi aveva un tono divertito.

"Scusa, mi hai fatta stancare."

"Allora hai dormito bene?" Le chiese, con aria sinceramente preoccupata.

"Stranamente sì. Soprattutto considerando che questo non è il mio letto e che non sono abituata a dormire con qualcuno."

Damon si scosse. "Perché tu lo sappia, sono tentato di congratularmi con te per questo."

Mac rise. "Anche se non sono vergine..."

Damon finse di sussultare: "Sì, ne sono rimasto scioccato."

Lei gli diede una leggera pacca sul braccio. "In più, non vado a letto con il primo che capita. Altrimenti avrei risposto ai cinquecento messaggi su *Boston Single.*"

Damon nascose il viso tra i suoi capelli. "Mmmh... Cinquecento? Avrebbero potuto tenerti occupata per un po'."

Quel commento la incuriosì. "Quante persone hai incontrato, tramite quell'app?"

"Alcune."

"Immagino senza successo, visto che in questo momento ci sono io nel tuo letto." Mac si voltò ma non riuscì a vedere il viso del pilota, poiché era sepolto tra i suoi capelli. "O sono solo una dei tanti?"

"Tu sei unica. Non m'interessa la quantità, solo la qualità."

"Bene, ora sono io a volermi congratulare con te."

"Sono d'accordo: la donna tra le mie braccia, nel mio letto, in casa mia è molto carina, sotto molti punti di vista. Sono felice di aver cambiato le cose, il giorno in cui ti ho incontrata."

"Che intendi dire?"

"Di solito lascio che sia il mio co-pilota a ringraziare i passeggeri. Per quanto possa sembrare assurdo, anche al giorno d'oggi a certe persone non piace che sia un uomo nero a pilotare l'aereo su cui volano."

A quel punto, Mac si voltò completamente. "Dici sul serio?"

I loro volti erano distanti solo pochi centimetri. "Sì. Gli Stati Uniti sono ancora pieni zeppi di pregiudizi. Farò a meno di ripeterti alcuni commenti che mi è capitato di sentire."

Mac fece una smorfia. "Mi dispiace."

Damon sorrise dolcemente e le scostò una ciocca di capelli dal viso. "Non è colpa tua. Non scusarti per conto di una manica di stronzi razzisti. Mi piacerebbe vedere la loro reazione nel sapere che al loro pilota nero piace anche fare sesso con gli uomini. Sono pronto a scommettere che andrebbero fuori di testa." Riprodusse il suono di un'esplosione con la bocca.

"O con le donne bianche," aggiunse Mac.

"Sì, ho sentito dei pessimi commenti anche su questo. Una volta, al college, ero al cinema con una ragazza. Ci stavamo facendo gli affari nostri, quando un tipo si è avvicinato a lei, chiamandola in un modo che non ripeterò, e le ha detto che nessun uomo bianco l'avrebbe più voluta. Che ormai era un rifiuto per la sua stessa razza."

"Porca miseria," sussurrò Mac.

"E io gli ho risposto che le avevo 'fatto a pezzi la figa con il mio uccello da Mandingo', e che quindi aveva ragione: non sarebbe più andata bene a nessun bianco."

Mac spalancò la bocca. "Non l'hai fatto davvero."

Damon fece una piccola smorfia. "Invece sì. Non avrei dovuto, lo so, soprattutto perché era il nostro primo appuntamento e non avevamo mai fatto sesso, ma non ci ho visto più. Da allora, ho imparato a tenere la bocca chiusa."

"Suppongo che l'appuntamento non sia finito bene."

"Già. La ragazza è andata via a metà del film, facendomi perdere anche i soldi del biglietto. Io invece sono rimasto in sala a mangiare i popcorn, che mi erano costati una fortuna. E ho chiesto alla moglie di quell'idiota se voleva che 'facessi a pezzi anche la sua, di figa'. Spero che la sua serata sia andata a puttane quanto la mia, dopo che la moglie l'ha trascinato fuori dalla sala."

Mac si coprì la bocca per soffocare una risata.

L'espressione sul volto di Damon si fece solenne. "A essere sincero, ho pensato che, una volta uscito dal cinema, mi avrebbero sparato. Mi aspettavo che quel tizio fosse rimasto là fuori in agguato, pronto a lanciarmi qualche insulto come 'sporco...'" Chiuse la bocca.

Mac gli accarezzò la guancia, sentendo i muscoli rigidi della mascella. "Per fortuna, non tutti la pensano così."

"No, ma per molte persone è la norma."

Un cipiglio gli corrugò la fronte e lei cercò di distenderla, ma senza successo. "Spero che un giorno le cose cambino, ma dubito che riusciremo a vedere quel momento."

Damon aprì la bocca, esitò, poi scosse la testa. "Bene, basta così. È mattina, e ti devo una colazione."

Lei alzò un sopracciglio. "Non vuoi oziare ancora un po' a letto?"

Damon sorrise mentre le tracciava il contorno del mento e delle labbra con le dita. "Se restiamo a letto, non credo che ozieremo ancora a lungo."

"A me andrebbe bene lo stesso."

"Allora preparerò un bel brunch."

Le risate di Mac si trasformarono presto in gemiti.

Capitolo Otto

DAMON SI ROTOLÒ SULLA SCHIENA, con il respiro affannoso e la pelle madida di sudore. Si voltò a guardare MacKenzie, anche lei distesa supina mentre, proprio come lui, cercava di riprendersi.

Il pilota si mise una mano sul cuore e ne percepì l'incessante battere.

C'era qualcosa di speciale nella donna sdraiata accanto a lui. Non riusciva a capire di cosa si trattasse, ma era stato sincero quando le aveva detto di essere contento di averla notata, sull'aereo. Se la sua co-pilota non fosse stata in ritardo per una coincidenza, forse non l'avrebbe mai incontrata.

E sarebbe stato tragico.

Avevano una chimica che nessuno dei due poteva ignorare. Inoltre, MacKenzie – o meglio Mac, come voleva essere chiamata – era bella e intelligente, ma anche di mentalità aperta, il che era un sollievo. Diceva sul serio quando parlava dei pregiudizi che ancora dilagavano nel mondo. Lei, però, sembrava non averne. Né per il colore della pelle, né per la sua sessualità. Era stato onesto con lei fin dall'inizio per accertarsene.

Non voleva andare troppo in là con la relazione per poi scoprire che la donna a cui era interessato aveva qualche pregiudizio su di lui. Ci era già passato... L'anno prima era uscito con una donna a cui non interessava il colore della sua pelle, ma quando le aveva rivelato di essere bisessuale, lei lo aveva completamente tagliato fuori dalla sua vita.

Damon non aveva idea del perché quel dettaglio facesse tanta differenza. Il colore della pelle era esterno, facile da vedere, ma la sessualità no. Da allora cercava sempre di essere sincero al cento per cento al primo appuntamento, uomo o donna che fosse il suo partner del momento. Certi uomini gay guardavano dall'alto in basso i bisessuali, dicendo che avrebbero dovuto "scegliere da che parte stare".

Damon non avrebbe scelto un bel niente. Sarebbe rimasto aperto a tutte le opzioni possibili. Voleva trovare la persona giusta. Non gli importava se fosse un uomo o una donna, bisessuale, gay o etero, viola, arancione o gialla. Voleva qualcuno con cui andare d'accordo.

Fino a quel momento si era trovato bene con Mac, ma il loro rapporto era ancora una novità.

Si alzò dal letto per disfarsi del preservativo, prendendo mentalmente nota di comprarne altri. Avevano fatto più sesso insieme nelle precedenti ventiquattro ore di quanto ne avesse fatto lui in mesi. "Vado a farmi una doccia, poi scendo a prepararti da mangiare. Prenditi tutto il tempo che vuoi per alzarti. Ti porterò degli asciugamani puliti. Quando sei pronta, scendi pure."

Mac allungò le braccia sopra la testa e sbadigliò, dopodiché gli rivolse un sorriso. "Musica per le mie orecchie."

"Ferma!" Urlò Damon prima che potesse abbassare le braccia.

Lei si bloccò, con gli occhi azzurri spalancati.

"Non muoverti." Il pilota si affrettò a tornare al letto, le afferrò un braccio e le baciò un punto vicino al gomito. "Questa è la mia lentiggine, MacKenzie," mormorò. "L'ho appena fatta mia."

Quando le lasciò andare il braccio, Mac fissò il punto in cui l'aveva baciata. "Solo questa?"

"Sì, quella è mia. Così quando la guarderai, penserai a me."

Un misto di sorpresa e calore le attraversò il viso. Damon le fece un cenno con il capo e andò nel bagno padronale a farsi una doccia.

Era sotto il getto caldo da meno di due minuti quando sentì bussare alla porta.

"Damon... scusa. Non voglio disturbarti, ma..."

Il pilota scostò la tendina della doccia e vide Mac in piedi sulla soglia, con indosso la stessa camicia della sera prima e il volto pallido.

"Che succede?" Senza aspettare risposta, Damon si sciacquò rapidamente e chiuse l'acqua. Aprì completamente la tenda. "Puoi passarmi l'asciugamano?"

Mac entrò nella stanza e gli porse un grosso telo. Lui la ringraziò e si asciugò il viso. Fece per chiedere di nuovo cosa c'era che non andava, ma s'interruppe quando sentì qual era il problema.

"C'è qualcuno che sta bussando in maniera violenta alla porta."

Ma certo.

Uno rompiscatole qualunque avrebbe bussato normalmente. Chiunque fosse, era chiaramente impaziente.

Merda.

"Non ero sicura di dover rispondere."

Damon si avvolse l'asciugamano intorno alla vita. "No,

tranquilla. Me ne occupo io. Tu resta qui e fa' ciò che devi, così potremo finalmente mangiare un boccone." Si assicurò che l'asciugamano fosse ben saldo e passò davanti a Mac, dandole un rapido bacio sulle labbra. "Non ci metterò molto."

Damon irrigidì la mascella e scese le scale. Quando giunse alla porta, sentì la rabbia montargli dentro.

Aprì la serratura e spalancò la porta, ma si fece avanti per assicurarsi che Trevor non potesse entrare. "Hai una bella faccia tosta," ringhiò.

Trevor fece un passo indietro, come se fosse stato colpito da un pugno. Le sue narici si dilatarono e il suo sguardo si posò lentamente sul pilota, che fece del suo meglio per non mostrare l'emozione che provava nel trovarselo davanti agli occhi.

Al piano di sopra c'era Mac, la donna *perfetta* per lui. Nessun essere umano sano di mente avrebbe scelto di stare con Trevor.

"È sabato, ed è presto..."

"Sono le dieci."

Damon ignorò la sua interruzione e continuò a parlare. "E non hai alcuna ragione valida per essere qui, sulla soglia di casa mia, così come non ne avevi ieri mattina." Quando Trevor aprì la bocca per ribattere, Damon alzò una mano. "E per la miseria, di sicuro non c'era motivo di presentarsi in un bar e pretendere di avere un confronto con me. Nessuno, Trevor. Quindi, vattene a fanculo. Questa è proprietà privata: non costringermi a chiamare la polizia."

Trevor alzò le mani in un gesto di resa. "Chiamala, se proprio devi, ma ho bisogno di parlarti. Per favore, dammi... dammi solo qualche minuto."

Damon si sforzò di tenere la voce bassa, anche se avrebbe voluto urlare e ringhiare come uno di quei cani aggressivi che sorvegliano i depositi di rottami. "Perché? Tu non me li hai concessi, cinque anni fa. Non hai speso nemmeno due minuti per dirmi che diavolo ti stava succedendo. Nemmeno trenta secondi sul perché avessi fatto le valigie e te ne fossi andato. Quindi non aspettarti alcuna cortesia da me."

"Chiedo solo la possibilità di spiegare. Potrebbe rendere le cose più facili."

"Più facili per chi? Per te? Per alleviare il tuo senso di colpa e convincermi a riprovarci? O per farti perdonare? Se allora non era importante spiegare, per quale motivo lo sarebbe adesso?"

Trevor fece un passo avanti, mostrando un'espressione che trafisse il cuore di Damon. "Perché ti amo," sussurrò lui con voce rotta. "Ti ho sempre amato, e continuerò a farlo."

Damon cercò di resistere a quelle parole, a quella confessione. Cercò di rimanere attaccato alla verità che conosceva. Il giorno in cui Trevor l'aveva lasciato era stato devastante. Damon sapeva che quell'uomo lo amava ancora, ma non conosceva il motivo che l'aveva spinto ad andarsene. E forse era proprio quello che aveva reso tutto più difficile.

Se avessero litigato, o se la loro chimica fosse venuta meno... Se solo uno di loro avesse tradito l'altro. Se solo... Invece il vero problema era ancora un mistero.

Damon ingoiò il nodo che aveva in gola e che gli impediva di confessare che anche lui lo amava ancora. Quell'amore, però, era stato danneggiato.

Doveva anche ricordare chi era l'uomo che aveva davanti. "Trevor, anch'io ti *amavo*. Volevo passare il resto della mia vita con te, metter su famiglia."

"Lo so. Era parte del problema."

Il pilota strizzò gli occhi. Trevor era lì, alla sua porta... *Trevor*. Tutto il dolore che aveva affrontato allora... Non poteva affrontarlo di nuovo. Nessuna spiegazione sarebbe stata utile. Il tempo aveva aiutato solo in minima parte. Come se non bastasse, tornare a frequentare gente aveva fatto la differenza. "C'è una donna di sopra, nel mio letto. Mi piace molto, Trevor. Non rovinare tutto."

"Allora dimmi quando posso tornare. Quando sarai solo e potremo parlare. É tutto ciò che chiedo."

A dire il vero, non era tutto lì. Damon glielo leggeva in faccia. Trevor voleva una seconda possibilità. Voleva che lui lo perdonasse e dimenticasse tutto ciò che aveva fatto per rattopparsi il cuore infranto. Voleva renderlo di nuovo vulnerabile.

D'un tratto, Trevor spostò lo sguardo oltre Damon, e al pilota parve di vedere un'ombra di dolore attraversargli il viso. "Scusate, non volevo intromettermi. Non mi ero reso conto che... Volevo soltanto un po' di tempo per..." Trevor si ammutolì.

Damon abbassò lo sguardo quando capì ciò che aveva appena visto il suo ex: MacKenzie che scendeva i gradini della scala. Si chiese quanto la ragazza avesse sentito.

Quando si voltò e vide che era vestita, fece una smorfia. Molto probabilmente aveva sentito tutto. Non riusciva a decifrare la sua espressione, volutamente assente.

"Dovresti concedergli un po' di quel tempo, Damon," disse, una volta arrivata nell'atrio. "C'è chiaramente qualcosa tra voi due che deve essere risolto. Me ne vado, così potrete parlare o... quello che è."

Damon le afferrò il braccio. "No, MacKenzie. È Trevor che deve togliere il disturbo, non tu."

Mac fissò la mano sul suo braccio, la coprì con la propria e la strinse. "Tranquillo. Possiamo fare colazione un'altra volta."

"Non volevo causare problemi."

"Sì, invece. Nel vialetto c'è la sua macchina, e sapevi benissimo che non era mia, visto che eri qui anche ieri."

"Ieri?" Chiese Mac, spostando lo sguardo tra Damon e Travis. "Avete già parlato?"

Damon scosse la testa, mentre Trevor disse: "No, non mi ha fatto entrare."

Mac aggrottò la fronte. "Damon, penso che voi due dobbiate farlo."

"Mac, non sai..."

"Non ho bisogno di sapere. Vedo l'espressione sul suo viso... E anche la tua. Voi due dovete parlare. Va tutto bene."

Non va per niente bene, avrebbe voluto urlare Damon. Niente di tutto ciò andava bene. Nessuno si era offerto volontario perché gli venisse squarciato il petto e spezzato nuovamente il cuore.

"Ti chiamo più tardi."

Mac esitò per un istante. "Certo," rispose infine. Passò accanto al pilota, sfiorandolo con il braccio dove poco prima aveva fatto sua quella lentiggine.

"Ci sentiamo più tardi," ripeté Damon, serrando la mascella mentre guardava MacKenzie percorrere il vialetto fino alla sua auto. Nel giro di un minuto, era andata via.

A quel punto, Damon riportò l'attenzione sull'uomo che aveva davanti. "Sapevi che era qui."

"No, non ne avevo idea."

"Stronzate," mormorò Damon, poi tornò nell'atrio, lasciando libero il passaggio.

Trevor esitò solo qualche secondo prima di seguirlo all'interno. Il pilota chiuse la porta e si voltò verso di lui, indicandogli il soggiorno. "Siediti. Io vado a vestirmi."

Gli occhi di Trevor si posarono ancora una volta su di lui. "Devi proprio?" Il suo tentativo di alleggerire la situazione non trovò risposta.

Damon serrò le labbra e risalì le scale. Ogni passo gli sembrava una coltellata al cuore. Non era sicuro che sarebbe sopravvissuto a una semplice chiacchierata con Trevor... E nemmeno che sarebbe stata tanto "semplice".

Quando giunse in camera da letto, prese direttamente il cellulare e mandò un messaggio a Mac: *Scusa. Non era così che avevo programmato la nostra mattinata. Prometto di chiamarti più tardi.*

Premette Invia e sospirò, passandosi una mano sugli occhi.

Non appena sentì vibrare il cellulare, abbassò lo sguardo.

Tu non mi devi alcuna spiegazione, ma Trevor a te sì.

Damon ripose il telefono sul comodino e chinò il capo, passandosi una mano tra i capelli. Non era pronto a tornare di sotto. Non era pronto ad affrontare qualcosa che si era lasciato alle spalle con così tanta fatica. Fece un respiro profondo.

Non doveva far altro che chiudere la questione. Lasciare che Trevor dicesse la sua e vederlo andar via una volta per tutte dalla sua vita. Damon non gli doveva nulla, ma poteva concedergli di spiegarsi. Sperava solo di non pentirsene.

Quando sentì delle braccia cingergli la vita e un paio di labbra stampargli un bacio sulla spalla, il pilota sobbalzò. S'irrigidì da capo a piedi e portò istintivamente le mani sui polsi di Trevor per allontanarlo, ma le parole del suo ex lo fecero gelare sul posto. Damon gli strinse le dita intorno ai polsi e rimasero lì, insieme.

"Mi dispiace, Day. Ho fatto un casino, lo so benissimo. Sono stato un vero idiota. Non pensavo di riuscire a stare con una sola persona per il resto della mia vita... Eravamo giovani." Trevor esitò, e Damon cominciò a sentire il petto dell'ex gonfiarsi contro la schiena. "No, quelle sono solo scuse. Sono solo parte del motivo per cui ho fatto quel che ho fatto. Le ragioni sono molto più profonde. La verità è che mi sono perso. Mi sono perso così tanto da non sapere come ritrovarmi."

"Se è vero, allora avresti potuto parlarmene. Non saresti dovuto sparire senza dire una parola alla persona che amavi. O forse non è mai stato vero amore... Forse si trattava solo di sesso."

"Come ti ho detto al piano di sotto e anche anni fa, ti amavo. *Ti amo ancora.*"

"Le persone innamorate non si comportano come hai fatto tu, Trev."

"Lasciarti è stato un errore madornale. Dopo che me ne sono andato, ho perso la testa. La mia vita è diventata molto pesante."

"Allora perché l'hai fatto?"

"Perché pensavo che le cose stessero andando fuori controllo. Con te, con noi... Non avevo idea che la mia vita potesse peggiorare senza di te. Non mi ero reso conto di quanto tu mi tenessi ancorato a terra. Quando l'ho realizzato, ormai era troppo tardi."

"Perché non me l'hai detto? Perché non sei tornato? Accidenti, perché non hai nemmeno chiamato?!"

"Non potevo dirtelo, Damon, perché tu mi avresti fatto delle domande, e io non volevo affrontare le risposte. Non sapevo quale fosse la verità."

"Cos'è che ti ha dato l'idea? Questa... pesantezza?"

Trevor premette la fronte sulla nuca di Damon. Il pilota rabbrividì quando l'alito del suo ex gli sfiorò la pelle accaldata.

"Trevor," sussurrò il pilota. "Volevi spiegarmi. Questa è la tua unica possibilità. Non farmi pentire di averti fatto entrare in casa. Non dovrei nemmeno permetterti di toccarmi."

"Mi sei mancato."

Quelle parole trafissero Damon come un pugnale. "A

quanto pare non abbastanza, visto che sono passati cinque anni."

"Alcuni di quegli anni sono così confusi." Trevor si lasciò sfuggire una risata aspra. "A dire il vero, quasi tutti."

"Perché? Eri malato?" Damon odiava il fatto che Trevor gli stesse dietro, che non potesse guardare in volto l'ex e leggerne le espressioni. Ma non era nemmeno sicuro di riuscire a guardarlo negli occhi.

"Diciamo di sì."

Il pilota sentì il cuore battere forte e lo stomaco rivoltarsi. "Cancro?"

"Non era cancro, ma mi divorava dall'interno, consumandomi. Avrebbe potuto essere altrettanto mortale."

Damon aveva avuto ragione a pensare che quella conversazione non sarebbe stata semplice. Dio, era anche peggio del previsto.

Strinse i polsi di Trevor. "Devo vestirmi, poi potremo parlare."

"No, lascia che ti tenga stretto per un po', per favore."

Il pilota sentì un nodo formarsi in gola e cominciarono a bruciargli gli occhi. Non avrebbe dovuto lasciare che Trevor lo toccasse o gli stesse tanto vicino. I muri che aveva costruito dopo che Trevor se n'era andato rischiavano di crollare.

Damon doveva rinforzarli. Far sì che non cadessero.

"Hai detto che lei ti piaceva..."

Le parole di Trevor lo indussero a girare la testa verso il letto. Le lenzuola disfatte, i vestiti gettati a terra... Niente di tutto quello era consueto per lui. Gli piacevano le cose pulite e in ordine.

Tutto l'opposto della conversazione con Trevor.

"Non ho intenzione di parlarti di lei."

"Se ti rende felice, sono contento per te. Te lo meriti."

"Comincio ad avere la sensazione che sia questo il motivo

per cui sei andato via. Perché non sentivi di meritare la felicità." Damon girò la testa. "Perché?"

"Non è una risposta facile..."

"Avevo iniziato a percepire che ci fosse qualcosa che non andava, ma non al punto da scappare. Ho pensato che alla fine sarebbe venuto fuori e ne avremmo parlato. A quanto pare, mi sbagliavo."

Il sesso con Trevor era passato dall'essere straordinario a qualcosa di diverso. Il suo ex era diventato molto più esigente, ma non era quello che infastidiva Damon. Anzi, era eccitante. Erano le richieste di Trevor a irritarlo.

Era arrivato al punto da non riuscire ad avere un orgasmo a meno che non provasse in qualche modo dolore. E non si trattava di tirargli i capelli, stringergli i capezzoli o dargli qualche sculacciata, no. Trevor bramava un dolore più intenso. Implorava di essere legato, frustato, preso a schiaffi e persino a pugni. A un certo punto aveva cominciato a comprare dei "giocattoli" che avrebbero dovuto appartenere alle segrete di un sadico.

Damon era sempre stato desideroso di provare cose nuove, ma si era rifiutato di accontentare Trevor. Ciò di cui forse aveva bisogno.

A Damon non piaceva fargli del male. Anzi, lo odiava. Per lui non si trattava più di sesso ma di abuso, così si era rifiutato di continuare.

Sapeva che Trevor ne era rimasto deluso, ma in quel momento non si era reso conto che ciò avrebbe potuto distruggere la loro relazione. E ora che Trevor continuava a menzionare una certa "pesantezza", immaginava che fosse proprio quella la ragione che lo aveva spinto a lasciarlo...

Trevor aveva bisogno di altro, ma il pilota non si eccitava a farlo sanguinare, a vedere lividi che impiegavano giorni, se non più, per guarire.

Erano ferite che avrebbe inferto a un nemico, non certo al suo compagno, l'uomo con cui avrebbe voluto passare il resto della vita. Colui che aveva considerato la sua anima gemella.

"Dimmi, da dove viene questa... pesantezza, come la chiami tu?"

"Quando ti hanno promosso capitano e hai iniziato a fare voli con scali, ho passato molto tempo da solo. A volte interi giorni, con soltanto i miei pensieri a tenermi compagnia."

Damon sgranò gli occhi. "Stai dicendo che è colpa del mio lavoro?"

"No. Niente di tutto questo è colpa tua in alcun modo."

Damon lasciò andare i polsi di Trevor e tentò di voltarsi, ma l'ex lo abbracciò più forte, allargando le mani sul suo costato e tenendolo fermo.

"Trevor..."

"No, ti prego, fammi dire prima questo. Per qualche ragione... avevo bisogno di tutto ciò che ti chiedevo e ti imploravo di fare. Non conoscevo il motivo. Non sapevo da dove venisse tutto quel bisogno. Lo sentivo e basta."

"Non abbiamo iniziato così."

"No, ci è sempre piaciuto il sesso violento, ma..."

"Niente abusi."

"Niente abusi," gli fece eco Trevor. "Ora so cos'era. All'epoca non ne avevo idea. Mi sentivo come se mi mancasse qualcosa, e mi sembrava che quel dolore riempisse il vuoto che portavo dentro."

"Non ero abbastanza per te," disse Damon con voce piatta, in un crescendo di delusione.

"No, ma non era colpa tua, lo giuro. L'ho capito solo dopo."

"Dopo?"

"Day..."

Quel nomignolo gli provocò una fitta lancinante al petto.

"Ho intrapreso un lungo percorso. Ne ricordo alcune parti, ma non tutto, e so che è patetico da dire ma... Avevo bisogno di scoprire me stesso. Non fraintendermi, non mi riferisco a quelle stronzate da hippie. No, dovevo capire perché avevo bisogno di quello che facevo. Dovevo trovare persone che potessero accontentarmi per capire se fosse davvero d'aiuto."

Damon scosse la testa. "Sono confuso."

"Lo so. È difficile aprirmi con te in questa situazione. Posso spiegarti tutto nei minimi dettagli, ma sappi solo questo: sono finito in un posto che mi ha fatto riprendere a rigare dritto. Hanno scavato nella mia anima fino a trovare il problema principale. Quello che aveva cominciato ad affiorare mentre stavamo insieme, e che io non conoscevo. Una volta individuata la vera causa del mio malessere, mi hanno aiutato a elaborarla e affrontarla."

"Questo posto di cui parli... Era una specie di ospedale?" Trevor aveva avuto una sorta di crollo psicologico? Era stato ricoverato in un reparto psichiatrico? Le sue parole vaghe stavano alimentando l'immaginazione di Damon.

"Direi più un centro di riabilitazione."

"Per le dipendenze?"

"Per la salute mentale."

Damon chiuse gli occhi. Cos'aveva spinto un uomo così amante della vita a crollare e finire in una struttura simile? E perché non aveva riconosciuto alcun segnale di avvertimento?

Era stato per via del suo lavoro? Era rimasto lontano troppo a lungo da lui? Aveva trascurato l'unica persona al mondo che stimava e ammirava, l'uomo che gli aveva rubato il cuore?

"Ora stai bene?"

"Sì."

"Era una specie di programma in dodici fasi in cui devi chiedere perdono alle persone alle quali hai fatto un torto?"

"Non si tratta di una dipendenza, Day. Comunque no, sono tornato per chiedere perdono da solo. Sentivo di volerlo fare. Volevo provare a sistemare ciò che avevo rotto."

Accidenti. Stava chiedendo una seconda possibilità. Voleva che Damon lo riprendesse con sé...

"Non posso." Sussurrò il pilota. "Non ti permetterò di farmi di nuovo del male, Trev. Di arrenderti e sparire perché le cose si fanno troppo difficili, serie o, che so, opprimenti. Qualunque sia la ragione della tua... pesantezza, che per inciso, non hai ancora spiegato. Non ce la faccio."

"Tutto quello che ti chiedo è di non odiarmi."

"Io ti amo, ma odio quello che ci hai fatto."

Capitolo Nove

"Io ti amo, ma odio quello che ci hai fatto."

Quella confessione provocò sia un senso di speranza che di sgomento in Trevor.

Damon provava ancora amore per lui, anche se non era un sentimento forte come quello di anni prima. Tuttavia, non era sicuro che lo avrebbe mai perdonato e che sarebbe stato in grado di voltare pagina.

"Anche io odio quello che ci ho fatto, Day. Ecco perché sono qui."

"No, sei qui perché vuoi tornare nella mia vita facendo finta di non essertene mai andato."

"No. So che non sarà facile, ma ti sto chiedendo di darmi una possibilità."

"Ho conosciuto una persona, Trevor."

Un forte dolore gli attraversò il petto. "Difficile non vederla." Era una bellissima rossa con l'aria da ragazza della porta accanto. Per la miseria, aveva persino le *lentiggini*. Ma Damon voleva davvero una donna? Aveva sempre preferito gli uomini, o almeno così pensava Trevor. Avevano discusso della loro bisessualità in molte occasioni.

"Ho voltato pagina." C'era una nota di ineluttabilità in quelle parole.

"È una cosa seria?"

"È... una novità."

"Quindi c'è ancora speranza per me."

"No, Trev. Negli anni ho conosciuto un sacco di persone, ma non ho mai sentito di avere un legame speciale con qualcuno, a parte lei."

Così presto? "Hai detto che è una novità."

"È vero. Ma anche noi, io e te, abbiamo sentito quel legame fin da subito, ricordi?"

Trevor lo ricordava eccome. Allentò la presa su Damon, che si voltò immediatamente tra le sue braccia. Il suo sguardo era turbato.

"Ricordi quando e dove ci siamo incontrati? Quella scintilla tra noi? È la stessa che ho provato con lei."

Quel frammento di speranza che Trevor aveva sentito fino a qualche istante prima si dissolse nell'aria. Sapeva che, tornando a Boston, avrebbe potuto trovare Damon impegnato con qualcun altro. Ma aveva comunque voluto dargli una spiegazione. Sentiva di dovergliela.

Non era mai stato in quella casa. Lui e Damon avevano condiviso un appartamento. Eppure, con il pilota tra le braccia, Trevor si sentiva nel suo porto sicuro. Finalmente a casa. Gli ultimi cinque anni erano stati un saliscendi pazzesco. A guardarsi indietro, era sorpreso di essere sopravvissuto. Si era messo in situazioni a dir poco folli, da cui aveva rischiato di non uscire mai. Ce l'aveva fatta, ma si era cacciato subito in quella successiva.

E quella dopo ancora.

Alla ricerca di quella... *cosa.*

Qualunque cosa gli servisse per alleviare quell'onnipresente bisogno che sentiva. Non sapeva ancora cosa fosse. Ma il dolore che cercava, a volte lo rendeva meno insopportabile. La tortura gli calmava la mente e l'anima in un modo quasi inspiegabile.

Gli era capitato spesso di svegliarsi pieno di lividi, sanguinante e malconcio. Un paio di volte addirittura con qualche costola rotta. Si era ritrovato nei bassifondi di una strada o in un vicolo, dentro auto o case abbandonate.

Era stato usato, e avevano abusato di lui.

In fondo era quello che voleva. Ciò di cui *aveva bisogno*. Così il dolore si era trasformato in uno sballo, una dipendenza.

Fino al giorno in cui si era ritrovato così a pezzi da essere fortunato a respirare ancora.

Dopo aver trascorso due settimane in ospedale, gli era stato suggerito di rivolgersi a un terapeuta o trascorrere un periodo in un reparto psichiatrico.

"Voglio solo che tu sappia che niente di quello che è successo è colpa tua. Se vuoi che ti spieghi in maniera più dettagliata, lo farò. In caso contrario, me ne andrò. Voglio solo che tu sia felice, Day. E se pensi che *lei* sia la persona giusta, allora sono contento per te."

"Vorrei arrivare a una chiusura," disse Damon. "Penso che conoscere tutti i dettagli aiuterebbe."

Trevor sussultò tacitamente e annuì. Sebbene fosse felice che Damon volesse ascoltarlo, la cosa lo rendeva anche un po' nervoso. Si sarebbe dovuto aprire di nuovo riguardo alle questioni che consulenti e terapeuti avevano portato in superficie.

Ma Damon non era mai stato incline a facili giudizi, e

non avrebbe iniziato in quell'occasione. O almeno così sperava.

Tuttavia, avrebbe potuto non guardarlo più con gli stessi occhi, o quantomeno come quando erano stati insieme. Trevor sapeva gestire la rabbia, ma se Damon l'avesse guardato con disgusto... accidenti, la cosa l'avrebbe fatto a pezzi.

Il pilota era ancora tra le sue braccia, al centro della camera da letto, con indosso solo un telo. Forse non era il posto migliore per parlare, ma il contatto con la pelle nuda di Damon lo aiutava a calmarsi e riordinare i pensieri. Ma non potevano restare lì: quella vicinanza gli aveva fatto venir voglia di fare altro, e Damon non l'avrebbe mai accettato.

"Allora?"

Accidenti. A Trevor era mancata la voce profonda del pilota. "Dovremmo sederci, che ne dici?"

Damon guardò il letto, e Trevor seguì il suo sguardo. Se si fossero seduti lì, la tentazione avrebbe minacciato di sopraffarlo. Ma si sarebbe trattenuto, e avrebbe seguito l'esempio del suo ex.

Damon alzò il mento. Un invito silenzioso ad accomodarsi sul materasso. Trevor abbassò a malincuore le braccia, e il pilota si staccò per prendere posto. L'asciugamano si aprì abbastanza da mettere in mostra parte delle sue cosce possenti. Si era sempre preso cura di se stesso: mangiava sano e faceva esercizio fisico. E aveva sempre incoraggiato Trevor a fare lo stesso. Durante la convivenza, si erano spesso allenati insieme. Solo nell'ultimo anno, dopo aver riacquisito la sanità mentale, Trevor era tornato a preoccuparsi di quella fisica.

Non si era mai sentito meglio, tra le seduta di terapia e quelle di allenamento.

Aveva aspettato tanto l'occasione per stabilirsi a Boston, in una casa tutta sua, e avviare un'attività che lo rendesse finanziariamente stabile prima di avvicinarsi di nuovo a Damon.

Nel caso in cui l'ex non solo l'avesse perdonato, ma avesse voluto riprovarci.

Invece era arrivato troppo tardi. Se solo avesse sistemato le cose un paio di mesi prima, Damon non avrebbe mai incontrato quella donna.

Trevor si avvicinò al letto - quello in cui Damon aveva fatto sesso con Mac - e si sedette accanto a lui, sfiorandogli una coscia con la sua. Il pilota non si scansò, e lui ne fu felice.

"Quando sei pronto..." lo incoraggiò Damon.

Trevor studiò le lunghe dita scure dell'ex, in netto contrasto con il color crema dell'asciugamano. Strinse i pugni per evitare di prendere la mano del pilota.

"Dopo averti lasciato, sono andato sulla costa occidentale." Trevor chiuse gli occhi per un momento, cercando di raccogliere i pensieri. "Sono passato da un club BDSM all'altro. Più passava il tempo, più i locali diventavano squallidi. M'interessavano quelli che non avessero regole troppo rigide, posti in cui avrei potuto trovare qualcuno che mi desse ciò di cui avevo bisogno."

"Quello che io non potevo darti."

"Quello che tu non potevi darmi," confermò Trevor. "Ma ripeto, non è colpa tua."

Damon si voltò e lo fissò, aggrottando la fronte. "Hai permesso a degli estranei di abusare sessualmente di te."

"Ho fatto molto di più."

"Intendi fisicamente? Peggio di quello che volevi che ti facessi io?"

"Molto peggio."

"Cazzo," mormorò Damon. Si coprì il viso con le mani. "Cazzo!" Urlò, anche se il suono era ovattato. "Perché?"

"All'inizio non lo sapevo. Nulla riusciva a soddisfarmi.

Quindi, anche se avessi fatto quello che ti chiedevo, non sarebbe stato sufficiente. Niente lo era mai. Stavo andando sempre più verso il baratro."

"Quanti?"

La domanda di Damon giunse del tutto imprevista, interrompendo il filo dei suoi pensieri.

"Quanti cosa?" Trevor sentì le viscere contrarsi. Aveva sperato che Damon gli dicesse di non preoccuparsi, che non aveva importanza. Ma non era così. Per qualche ragione, Damon aveva bisogno di saperlo.

"Con quanti uomini sei stato?"

Trevor non era sicuro che conoscere il numero esatto avrebbe fatto la differenza. "Non erano solo uomini... Ma la verità è che non lo so. Molte volte non ero nemmeno cosciente, e mi svegliavo..." Si sentì arrossire. Non era uno che si vergognava facilmente, ma si stava aprendo davanti all'unica persona che lo avesse mai amato veramente.

"Sei stato stuprato..."

"Sono stato usato. Se fossi stato sveglio, probabilmente non avrei detto di no." Era svenuto molte volte, a causa del dolore lancinante. A essere sincero, era stato proprio lui a incoraggiare gli uomini – o le donne – a fargli del male. A provocargli un dolore tale da fargli perdere i sensi e non sentire più nulla. Quello stato di beatitudine oscura.

"Hai fatto qualche test?"

Trevor annuì. "Sì. Ho avuto fortuna. Qualcuno mi ha protetto... Un angelo custode." Si lasciò andare a un lungo sospiro. Doveva farcela: spiegare tutto e poi analizzare le reazioni di Damon. "Comunque, c'è stato un momento in cui ho toccato il fondo. Una mattina mi hanno trovato dietro un cassonetto, nudo, coperto di sangue e di bruciature di sigaretta. Qualcuno ha chiamato la polizia e sono stato arrestato per adescamento, anche se non mi stavo prostituendo. Quello è stato il giorno in cui sono finito in ospedale, ma è stata una permanenza temporanea. Dopo un po' mi hanno spostato nella struttura di riabilitazione, dove ho rimesso la testa a posto. Quando ho cominciato a stare meglio, mi sono reso conto di ciò che avevo perso. Di *chi* avevo perso. L'unica persona che mi aveva mai amato. L'unica persona a cui sia mai importato di me."

"Non sono stato l'unico ad amarti."

Trevor strinse le mani. Ora veniva il difficile. "Ti ho detto che i miei genitori erano morti... Beh, non è vero."

Damon serrò le labbra. "Mi hai mentito."

La delusione nella voce del pilota lacerò il cuore di Trevor. "Riguardo a questo, sì."

"Perché?"

Trevor fece un respiro lento e profondo, ripensando alle sessioni di terapia individuale e di gruppo. Mise in pratica le tecniche che gli erano state insegnate per affrontare il suo passato. Doveva ricordare a se stesso che era esattamente quello: passato. Qualcosa di ormai concluso. Un passato che non l'avrebbe più controllato. Affrontandolo, si era aperto a un futuro migliore e più stabile. Sperava solo che potesse esserci anche l'uomo a cui era seduto accanto.

Ma anche se non fosse stato così...

Non poteva mollare la presa, non ancora.

"Non ho mai conosciuto mio padre: se n'è andato dopo aver messo incinta mia madre. E visto che non ero in programma, lei me ne ha sempre dato la colpa, sfogandosi su di me. Sono cresciuto pensando che il suo comportamento fosse normale; insomma, non conoscevo nulla di diverso. Ho finito per equiparare l'amore all'abuso e al dolore. Nella mia mente, era così che si dimostrava amore."

"A me hai dimostrato amore senza tutta quella robaccia, Trev. Mi hai sempre amato senza farmi del male."

"Lo so, e non ho nemmeno mai fatto nulla per ferire mia madre. L'ho semplicemente accettato, ma a quanto pare l'ho anche represso. Era sepolto dentro di me, in profondità, e mi spingeva ad andare alla ricerca di quello stesso comportamento senza sapere il perché."

"Sai perché si comportava così?" Chiese Damon con tono dolce. Prese una delle mani di Trevor e la portò alle labbra, sfiorandogli le nocche. Poi la posò sulle proprie gambe e la strinse.

"Sì, lo so. Ci è voluto un po' perché la verità venisse a galla, ma alla fine l'ho capito. Voleva insegnarmi a non abbandonare mai una donna. L'ha fatto nel modo sbagliato, ovviamente, perché il problema è che sono diventato esattamente quel tipo di uomo... Solo che non ho abbandonato una donna." Girò la testa e incontrò lo sguardo cupo di Damon. "Ho abbandonato te, una persona che amavo davvero. Quello che mia madre pensava di insegnarmi, di instillarmi, non ha funzionato, soprattutto per via del metodo orribile che usava. Ho finito per fare tutto il contrario."

Trevor chiuse gli occhi mentre la voce della madre gli attraversava la mente. *"Lo faccio per il tuo bene, Trevor. È perché ti voglio bene."*

"È perché ti voglio bene," ripeté Trevor, dando voce ai pensieri.

"Cosa?"

Merda. Trevor scosse la testa. "Niente."

"Ancora non capisco. Io ti amavo, Trevor. Non lo sentivi? Lo riconoscevi solo quando era sotto forma di dolore?"

"Per la mia mente incasinata non era vero amore, a meno che non fosse accompagnato dal dolore. Ho avuto relazioni prima di te, lo sai, ma sono sempre stati rapporti fugaci. Quando... Quando siamo andati a vivere insieme, più ci connettevamo, più ci innamoravamo...più si innescava qualcosa. Non riuscivo a capire cosa mancasse, ma ora lo so." Esitò, studiando il viso di Damon prima di aggiungere: "E ora lo sai anche tu."

Lo sguardo del pilota si posò sulle loro mani. "Ora lo so. Vorrei averlo saputo anche allora."

"Anche io. Mi dispiace per tutto quello che è successo, Day. Ma in un certo senso è stato un bene, perché ho potuto affrontare i miei demoni. Avrei solo voluto non metterci così tanto."

Damon annuì, fissando ancora una volta le dita intrecciate. Trevor lo vide sbattere velocemente le palpebre, probabilmente per scacciare le lacrime, e sentì bruciare anche i propri occhi.

Le parole gli si fermarono in gola, ma si costrinse a farle uscire. "Ti sono grato per avermi concesso di spiegarmi."

Damon alzò la testa. Aveva le narici dilatate e la mascella serrata: stava chiaramente cercando di soffocare una qualche emozione. Tristezza. Rimpianto. Delusione. Probabilmente erano le stesse cose che provava anche lui. Il pilota lo tirò a sé, appoggiando la fronte sulla sua.

"Mi dispiace per ciò che hai dovuto passare, per tutto quello che ti ha fatto tua madre. Dal giorno in cui ha iniziato a impartirti una lezione che non avresti mai dovuto imparare, al giorno in cui hai trovato le tue risposte da solo. Da *solo*. Io ci sarei stato per te, Trev. Sarei stato sempre al tuo fianco, cazzo."

"No," sussurrò Trevor. "Sono felice che tu non ci fossi. È stato orribile. Avevo bisogno di farcela da solo e tornare da te come uomo migliore. Più sano. Un uomo in grado di amarti come meriti. Un uomo in grado di accettare il tuo amore in tutto e per tutto. Il mio unico rimpianto è averci messo così tanto e averti perso per sempre."

Damon contrasse le dita e chiuse gli occhi. Le loro bocche

erano talmente vicine che il respiro caldo di Damon gli sfiorò le labbra. Gli premette una mano sul petto, all'altezza del cuore, e sentì un battito più veloce del normale.

Nonostante il desiderio, Trevor non avrebbe mai fatto la prima mossa. Aveva bisogno che Damon fosse sicuro di voler fare un passo avanti. Non voleva costringerlo a fare qualcosa che lo avrebbe messo a disagio, quindi sarebbe toccato al pilota prendere l'iniziativa.

Non era nemmeno sicuro di poter sopportare il dolore di un rifiuto.

Tuttavia, quel frammento di speranza si riaffacciò e il cuore iniziò a battergli forte, come quello di Damon.

Il pilota si staccò e spostò le dita dalla nuca alla gola di Trevor, sentendone il battito accelerato.

"Non ho mai smesso di amarti," confessò dolcemente Trevor.

"Nemmeno io."

Il frammento divenne più grande... fino a prendere il sopravvento, quando Damon colmò la distanza che li separava e lo baciò.

Capitolo Dieci

DAMON SENTÌ GIRARE la testa mentre premeva le labbra su quelle di Trevor. L'impulso di baciarlo era stato troppo forte per combatterlo. Sapeva che lasciarsi andare era sbagliato. Avrebbe dovuto dire a Trevor di andarsene, ora che aveva avuto l'occasione di spiegarsi.

Ma non era sicuro di poterlo lasciar andare.

Era combattuto tra il suo amore per Trevor – un uomo che lo aveva ferito, abbandonandolo senza dire una parola – e una donna che aveva appena incontrato e con cui riusciva a intravedere un futuro. Non aveva detto bugie: tra loro era scoccata una scintilla, e il legame che li univa era reale.

Non voleva gettarlo alle ortiche. Ma non sapeva nemmeno cosa fare con Trevor, l'uomo che aveva custodito il suo cuore per anni per poi spezzarlo.

Damon non poteva negare di provare ancora qualcosa per lui. Aveva cercato di reprimere quei sentimenti per tanto di quel tempo... e sentire la storia straziante dell'ex gli aveva scombussolato ancora di più i pensieri e le emozioni.

Trevor gli era mancato più di quanto pensasse. Ricordava

ancora quando si erano baciati per la prima volta, la sera in cui si erano incontrati. Erano giovani e desiderosi di soddisfare i propri desideri sessuali, nonostante si conoscessero da poco. Nell'arco della loro relazione, avevano spesso bruciato le tappe. Erano andati spediti, come un treno in corsa, dal giorno del loro incontro a quando avevano deciso di convivere. Quel treno, però, aveva deragliato quando Trevor era sparito.

Damon aveva percepito il dolore e il rimpianto del suo ex, quando gli aveva parlato del percorso che aveva faticosamente portato avanti. Non avrebbe voluto fare altro che alleviare un po' di quel dolore.

Non aveva mai pensato che l'avrebbe perdonato, e invece stava succedendo. Forse non stava dimenticando il passato, ma semplicemente perdonando l'uomo che gli stava accanto.

Non era sicuro di volergli concedere una seconda possibilità.

Ma non era nemmeno certo di non volerlo fare.

Stavano esplorando le reciproche bocche, con le lingue che si lambivano timidamente, nel tentativo di riscoprire i rispettivi gusti e lasciare che i sentimenti a lungo repressi sbocciassero di nuovo.

Damon provò una fitta al cuore quando li sentì riaffiorare, accompagnati dalla voglia di dimenticare gli ultimi cinque anni, seppur temporaneamente. Voleva davvero riallacciare i rapporti con Trevor? Voleva aprirsi di nuovo al dolore?

Oppure voleva continuare a corteggiare MacKenzie? Erano usciti insieme un paio di volte e avevano fatto sesso in una sola occasione. O meglio, avevano passato una notte insieme.

A letto avevano chimica, e anche a parlare se la cavavano molto bene. Era passato molto tempo dall'ultima volta che aveva trovato una persona del genere.

Un tempo pensava che fosse Trevor quella persona.

Ma non avrebbe dovuto scegliere uno o l'altra seduta stante. Poteva esplorare il suo rapporto con Trevor per vedere se l'intesa che avevano prima esisteva ancora. E se non fosse stato così? Se le cose fossero cambiate?

In quel caso...

Si scosse da quei pensieri. Non era giusto nei confronti di Trevor, e nemmeno di MacKenzie. Sarebbe stato egoista da parte sua. Poteva uscire con entrambi e capire chi faceva più al caso suo?

Non avrebbero mai accettato. E lui non li avrebbe biasimati.

Dubitava che Trevor volesse condividerlo con Mac, e anche lei non sarebbe stata d'accordo.

Imbarcarsi in un triangolo amoroso poteva rivelarsi pericoloso, e qualcuno poteva farsi male. Forse persino lui.

Mentre la sua mente cercava di dare un senso a tutto ciò, il suo corpo stava facendo qualcosa di diverso. Reagiva a Trevor come se non ne fosse mai andato via. Come se tutto fosse rimasto uguale.

Trevor gli aveva afferrato il viso e lo teneva fermo, ricambiando il bacio con trasporto. Incoraggiava Damon a non fermarsi, a continuare ad esplorare la sua bocca, a intrecciare le lingue.

Entrambi gemettero nello stesso momento. Damon sentiva l'erezione pulsare contro l'asciugamano umido. Sperava che Trevor lo toccasse. Che gli togliesse il telo, si inginocchiasse e glielo prendesse in bocca.

Trevor sembrò leggergli nel pensiero: una mano scivolò sulla sua vita, allentando l'asciugamano. Si spostò sull'addome, poi ancora più giù. Le sue lunghe dita si strinsero intorno al membro di Damon, che non riuscì a soffocare un nuovo gemito.

Il bacio divenne più intenso, più frenetico, e Trevor iniziò a masturbarlo. A ogni affondo della mano, Trevor gli stringeva leggermente i testicoli, poi si concentrava di nuovo sulla base e faceva scorrere il palmo verso l'alto. Gli sfiorò la punta con il pollice, raccogliendo la perla di piacere che vi si era formata.

Trevor era sempre stato bravo con le mani. Era un massoterapista qualificato, e le sue dita erano forti e abili. Damon si chiese se facesse ancora quel tipo di lavoro. Gli era mancato quel contatto, che si trattasse di sesso o di semplici massaggi. Quelle mani lo avevo sempre fatto sentire bene, seppur in modi diversi. Trevor sapeva come farlo impazzire, sia a letto che sul lettino.

Anche se erano seduti, in quel momento si trovavano su un letto e, ancora una volta, le mani di Trevor lo stavano ribaltando come un calzino. Soprattutto quando il suo ex gli sfiorò i capezzoli, continuando a tormentargli l'erezione ormai gonfia e dolente.

Era passato poco tempo da quando aveva fatto sesso con Mac su quello stesso letto, e ora non riusciva a smettere di pensare di farlo anche con Trevor.

Era sbagliato.

Non era giusto nei confronti di Trevor, e nemmeno di Mac.

Non poteva farlo, non *doveva*. E non l'avrebbe fatto.

Non a lei.

No, perché per quanto in quel momento desiderasse Trevor, voleva anche MacKenzie.

Non voleva stroncare sul nascere una relazione che avrebbe potuto trasformarsi in qualcosa di fantastico.

Doveva dare a se stesso e Mac una possibilità. Per quanto desiderasse Trevor, aveva bisogno di essere lucido e capire che agli occhi del suo ex avrebbe potuto trattarsi di qualcosa di più di una semplice scopata.

Avrebbe potuto pensare che lo rivolesse con sé, che lo stesse accogliendo di nuovo nella sua vita.

E Damon non era sicuro di poterlo fare.

Poteva perdonarlo, certo. Ma non poteva donargli nuovamente il suo cuore, non così facilmente.

Sarebbe stato uno sciocco a farlo.

Interrompere quel bacio fu un'impresa ardua, così come allontanarsi e impedire alle mani di Trevor di continuare a dargli piacere.

Era in guerra con se stesso, ma si sforzò di pensare lucidamente.

Far accomodare Trevor su un letto disfatto da lui e Mac era semplicemente... sbagliato.

"Damon," sussurrò Trevor con voce roca.

Il pilota scosse la testa, cercando di dissipare la nebbia indotta dalla passione. "No, Trevor. Non possiamo."

"È per lei?"

"No, per *noi*. Il sesso non sistemerà le cose tra me e te. Tutt'altro. Non farà che incasinarmi di nuovo la vita. E non posso permettertelo... Diavolo, non posso *permettermelo*."

Damon si tirò l'asciugamano in grembo e cercò di annodarlo nuovamente in vita. Tuttavia, la sua erezione era ancora gonfia ed era quasi impossibile contenerla.

"Lo vedi come un tradimento nei suoi confronti?"

Damon ci pensò attentamente. "No, non abbiamo ancora una relazione esclusiva, ma questo non significa che non sia sbagliato. Prima che ti presentassi qui stamattina, non ho fatto altro che pensare a lei. Non riesco a togliermela dalla testa. Vorrà pur dire qualcosa, e io desidero capirlo."

"Quindi sono arrivato troppo tardi."

"Non so che dirti, Trev. A essere sincero, non lo so

proprio. Devo pensare alle cose che mi hai detto... E devo parlare con Mac. Mi hai messo in confusione, e prima di decidere qualsiasi cosa ho bisogno di schiarirmi le idee. Fare sesso con te non aiuterebbe, non riuscirei a tenerlo nascosto a Mac. Potrebbe distruggere ogni possibilità che ho con lei ancora prima di arrivare a qualcosa di concreto.”

“Ma se non sei sicuro, non sarebbe meglio chiuderla ancora prima di iniziare?”

Damon aggrottò la fronte. “Hai detto che desideri la mia felicità; che se lei mi rende felice, allora lo sei anche tu. Era un’altra bugia?”

Trevor chiuse gli occhi. “No. Non voglio altro che la tua felicità, con o senza di me. Non era una bugia. È solo che... beh, è difficile da digerire.”

“Non ti sto escludendo completamente, Trev. Ho solo bisogno di un po’ di tempo. Devo...” Damon abbassò la testa e si passò una mano tra i capelli. “Accidenti, devo parlare con Mac.” Doveva capire a che punto fosse il loro rapporto. Che aspettative avesse Mac in merito alla loro relazione, e se pensava che potesse durare.

“Ad ogni modo, Day, se decidi che tra noi non c’è più niente, mi piacerebbe comunque che rimanessimo amici. Vorrei che continuassi a far parte della mia vita.”

Sarebbe stato possibile? Damon sarebbe stato in grado di avere una relazione con Mac e rimanere amico di Trevor, pur sapendo che era a Boston e che avrebbe incontrato altre persone?

Sarebbero potuti uscire per qualche cena a quattro? Sarebbero riusciti ad andare al cinema come un normale gruppetto di amici? Damon non si sarebbe fatto prendere dalla gelosia?

A Trevor sarebbe andato bene che Damon stesse con Mac?

Gli ex potevano rimanere amici?

Ecco altre cose su cui riflettere. Prima, però, doveva decidere se riaccogliere Trevor e dargli una seconda possibilità. In caso contrario, doveva capire se potevano rimanere amici.

Aveva anche bisogno di cacciare di casa il suo ex il prima possibile. Quella situazione non lo aiutava certo a pensare lucidamente.

"Ti vedo in difficoltà, Day, quindi ora tolgo il disturbo. Ti chiedo solo di pensarci seriamente. E di non lasciarmi senza una risposta."

"Ti sei stabilito definitivamente a Boston?"

Trevor annuì. "Sì, ho affittato un appartamentino in città. Ho anche rinnovato la mia licenza da massaggiatore, e ho ricominciato a farmi una clientela. Alcuni vecchi clienti hanno già preso degli appuntamenti e stanno invitando i loro amici a fare lo stesso."

"Sei sempre stato bravo con le mani."

"Beh, quando vorrai un massaggio..."

Era troppo allettante. E sapevano entrambi come sarebbe andata a finire. Come era finita ogni volta che, in passato, Trevor aveva praticato le sue tecniche su Damon: entrambi senza fiato, ricoperti di sperma e olio da massaggio, con indosso solo dei sorrisi soddisfatti.

Un dolore acuto, frutto della nostalgia per quei momenti, gli trafisse il petto.

Merda. Gli mancava Trevor.

Ma qualsiasi decisione impulsiva avesse preso in quel momento, avrebbe finito per pentirsene.

"Allora vado," disse Trevor, alzandosi in piedi. Damon non riuscì a ignorare l'erezione dell'ex. La loro attrazione reciproca non si era affatto affievolita.

Damon si alzò e si sistemò l'asciugamano, assicurandolo in vita.

"So dov'è l'uscita," disse Trevor, incamminandosi verso la porta.

"Trev..."

Trevor si fermò e si voltò. Damon prese il telefono dal comodino, lo accese e glielo porse.

"Dammi il tuo numero."

Il massaggiatore digitò il numero e gli restituì il dispositivo. "Usalo, ti prego. Anche solo per dirmi di sparire."

Damon serrò le labbra e annuì. "Va bene. Ehi..." Si avvicinò a Trevor, che aggrottò la fronte in attesa.

Damon allungò una mano e gli accarezzò il mento, dopodiché gli stampò un leggero bacio sulle labbra. "Qualunque cosa accada, ricorda solo che ti amo," disse. "Ma devo amare anche me stesso... Fare ciò che è meglio per me... E questo potrebbe voler dire escluderti dalla mia vita."

Trevor lottò per mantenere un'espressione neutrale, ma Damon riuscì a leggere il dolore nei suoi occhi e sul suo viso. Persino nel suo linguaggio del corpo.

Non voleva fargli del male, ma doveva anche proteggere il proprio cuore.

ALLO SQUILLO DEL CELLULARE, Mac sobbalzò. Non riceveva molte chiamate, a meno che non avessero a che fare con il lavoro. Ma era sabato pomeriggio, quindi non poteva trattarsi di quello.

Era seduta alla scrivania nel suo piccolo ufficio domestico, cercando di concentrarsi su un po' di quel lavoro. Non aveva bisogno di recuperare ore, ma quella mattina si era svegliata con la voglia di distrarsi e quando aveva cercato di leggere qualcosa, la sua mente aveva continuato a vagare. Il lavoro, invece, necessitava un'assoluta concentrazione.

Doveva essersi concentrata talmente tanto che lo squillo del telefono la spaventò a morte. Si mise una mano sul petto per calmare il cuore impazzito e fece scorrere il dito sullo schermo, dopodiché si portò il cellulare all'orecchio.

"Ciao," esordì con tono gentile.

"Ciao a te. Come stai?"

"Bene, perché?"

Damon fece una pausa fin troppo lunga per i gusti di Mac. "Beh, sai... per quello che è successo stamattina."

"Hai ricevuto una visita."

"Sai anche tu che non era una persona qualunque."

Già, lo sapeva bene. Trevor era molto più di questo.

"Com'è andata?" Mac mantenne un tono leggero e allegro, anche se iniziò a tormentarsi il labbro inferiore.

Damon le piaceva. Anzi, forse provava anche qualcosa di più. E il fatto che un suo ex fosse improvvisamente ripiombato nella sua vita, proprio quando loro due stavano cominciando a conoscersi, era una delusione.

Non era il tipo di persona che si metteva in mezzo a due innamorati.

E poi lei e Damon non avevano alcuna relazione. Era più un'attrazione reciproca.

Ma comunque... Lui le piaceva *davvero*. Il sesso era stato fantastico, e Mac sentiva una certa affinità con quell'uomo. Un'affinità che non aveva mai provato con nessuno.

Erano compatibili, e andavano molto d'accordo.

Il ritorno di Trevor nella vita del pilota era frutto di un pessimo tempismo.

"Ti ha chiesto di tornare con lui?" Mac non aveva diritti su Damon, quindi avrebbe dovuto accettare qualunque sua decisione.

"Ne ha passate tante. Cose di cui non ero a conoscenza. Non spetta a me parlarne, dal momento che sono affari suoi, ma... Sì, vuole che gli conceda una seconda possibilità."

Mac si sentì mancare il fiato e si portò una mano alla nuca, cominciando istintivamente a massaggiarla. "Capisco."

"Sono contento che qualcuno capisca qualcosa, perché io sono maledettamente confuso."

Mac si appoggiò allo schienale della poltrona. "Ma lo ami, vero?"

"Io..."

"Se è così, non dovresti concedergli quella possibilità?"

"Non so che dirti, MacKenzie. Mi dispiace... Io..."

Faceva male sentirlo così in difficoltà. "Cosa?"

"Non mi piace nascondere le cose alle persone che ritengo importanti per me, anche se in questo caso ho una buona ragione per farlo. Ma devo dirti una cosa."

Erano andati a letto insieme. Quando era andata via, Damon aveva fatto sesso con Trevor nello stesso letto in cui si erano addormentati insieme la sera prima. Tra le stesse lenzuola, nemmeno un'ora dopo.

Mac chiuse gli occhi e massaggiò con più forza la nuca tesa.

"Io... Noi..."

"Ci arrivo anche da sola, Damon. Non c'è bisogno che tu me lo dica."

Dall'altro capo del telefono arrivò un sospiro. "Non abbiamo fatto sesso."

Mac si sentì pervadere da una profonda sensazione di sollievo, ma durò a malapena un secondo.

"Ma ci siamo baciati."

"E poi?"

"E... Io... Noi... Lui... *Merda*."

In tutte le conversazioni che avevano avuto, Damon non

era mai stato a corto di parole come in quel momento. Si stava trattenendo.

"Hai avuto la tentazione di andare oltre."

"Sì."

"Ma non l'hai fatto. Perché?"

Damon si lasciò sfuggire una risata severa. "Perché si tratta di Trevor. E, cosa più importante, perché ho pensato a te."

Mac si accigliò. "A me? Tu non mi devi niente, Damon. Nemmeno una scusa. Il nostro era un rapporto senza impegno." *Era.*

"Ah, sì?"

"Tu non credi?"

"No, io non la consideravo una cosa senza impegno."

"Oh."

"Tu sì?"

Mac ignorò la sua domanda. "Beh, a quanto pare era così, dal momento che provi dei sentimenti per quell'uomo. A meno che, baciandolo, tu non ti sia reso conto di aver commesso un errore che non capiterà mai più."

"Non posso prometterti questo." Damon fece un respiro profondo, poi gemette al telefono. "Io e Trevor ne abbiamo passate tante insieme. È stato fuori dalla mia vita per cinque anni."

"Non è così, se hai accettato che vi entrasse di nuovo."

"Non so bene cosa succederà d'ora in avanti. Se lo faccio tornare, devo dargli una seconda possibilità che non sono sicuro di volergli concedere."

"Ma ti ha spiegato perché se n'è andato? Era una ragione valida?"

"Non lo so. Era una ragione, ma penso che avrebbe potuto rimanere e affrontare meglio la situazione."

"Forse devi dargli una possibilità. Provare a riallacciare i rapporti."

"Ma io non voglio perderti."

Mac non sapeva come rispondere. "Non mi è chiaro ciò che vuoi," ammise dopo un po'.

"Non sei l'unica. Ti faccio una domanda: come immagini il nostro futuro dopo quello che abbiamo fatto ieri sera o nell'ultima settimana?"

Stava cercando un motivo per interrompere la loro frequentazione?

"Mi è piaciuto passare del tempo con te, sia di persona che al telefono. Su quello non ci sono dubbi. Ieri sera... Stamattina... Avrei voluto più momenti così. Avrei voluto viverti di più. Quindi, se mi stai chiedendo se vorrei che continuassimo a vederci, la risposta è sì."

"Anch'io."

"Allora ci siamo chiariti," disse lei, sperando che fosse vero.

"Devo risolvere i miei problemi con Trevor..."

Quelle parole lasciate in sospeso le fecero contrarre le viscere. "A letto." Non era una domanda: Mac sapeva benissimo dove stava andando a parare.

"Forse, sì. A letto, fuori dal letto. Nella mia testa, nel mio cuore."

"Allora non c'è posto per me. Non voglio complicarti le cose."

"È qui che ti sbagli. Lo spazio per te c'è eccome..."

"Un momento... Vuoi che continui a frequentarti, a fare sesso con te e guardarti mentre 'risolvi i tuoi problemi' con il tuo ex ragazzo? Ne ho sentite tante, ma questa le batte tutte."

"Ti sto chiedendo molto, lo so. Ed è una cosa fuori dal comune."

"Per non dire altro."

"Ma non voglio gettare al vento quello che abbiamo."

"Non abbiamo niente, Damon. Forse col tempo l'avremmo avuto, ma la situazione ha preso una brutta piega. Non ti sto dando la colpa, sia chiaro, ma..." Mac fece un lungo respiro. "Cosa succederà quando avrai 'risolto' i tuoi problemi con Trevor? Quando deciderai che tu e lui siete destinati a stare insieme e io avrò perso tempo e sarò stata male per te? Mi dispiace, non voglio far parte di questa lotteria. Insomma, perché dovrei?"

"Hai ragione, non dovresti. Potresti darmi solo un po' di tempo?"

"Di quanto tempo stiamo parlando? Hai intenzione di andare a letto con Trevor?"

"No."

"E io?"

"Tu cosa?"

"Vuoi che venga a letto con te durante questo 'tempo' di cui hai bisogno per capire?"

Ancora una volta, Damon rimase in silenzio più a lungo del necessario. "Mi piacerebbe, ma solo se sei d'accordo."

"Sarebbe giusto nei confronti di Trevor?"

"Lui sa che fai parte della mia vita."

"A malapena."

"Cosa?"

"Faccio a malapena parte della tua vita. Abbiamo appena iniziato a conoscerci."

"MacKenzie..."

Lei lo interruppe. "Immagino che dovrei essere contenta che sia successo ora, invece che più in là, a relazione ormai avviata." Si sentiva sempre più tesa. Aveva bisogno di prendere uno di quei tappetini riscaldati. "Che ne dici se entrambi ci prendiamo questo fine settimana per pensarci su?

Ne riparleremo la settimana prossima. Vedremo a che punto saremo arrivati e ripartiremo da lì."

"Da domani sera avrò un sacco di voli. Mi terranno impegnato per la maggior parte della settimana."

"Il tuo lavoro non ci ha mai impedito di parlare."

Damon si zittì per un altro lungo momento. "Ti chiamo più tardi," disse infine.

Mac chiuse gli occhi e trattenne un grugnito. Le stava rendendo le cose più difficili. "Perché?"

"Perché mi piace parlare con te. Mi piacciono le nostre conversazioni... A te no?"

"Sì."

"Allora ci sentiamo più tardi. Possiamo parlare del più e del meno. Niente riguardo a Trevor."

"Va bene."

"Non vedo l'ora."

Purtroppo, anche lei aspettava con ansia quel momento.

Poi il telefono si zittì.

La cosa più semplice e intelligente che avrebbe potuto fare era tagliare immediatamente i legami con lui e andare avanti con la propria vita.

Aprì la galleria fotografica e trovò la foto che le aveva mandato Damon, quella con l'uniforme da capitano. Passò un dito sullo schermo, studiandola attentamente, ripensando a quella mattina e alla notte appena passata. Ricordò che aspetto aveva da nudo, la sua pelle scura lucida di sudore mentre facevano sesso. Era stato fantastico, e Mac non era sicura di volerci rinunciare... E nemmeno di rinunciare a lui.

Non ancora.

Capitolo Undici

T REVOR SAPEVA che non avrebbe dovuto farlo, che era sbagliato. ma non era riuscito a trattenersi. Aveva bisogno di sapere cosa Damon vedesse in lei. Doveva assolutamente conoscerla. Voleva sapere perché il suo ex faticava a prendere una decisione.

Le sue azioni erano sicuramente parte della ragione, ma se Mac non fosse entrata nella sua vita, a quest'ora sarebbero stati a letto a fare sesso, e forse avrebbero iniziato a risanare la loro relazione.

Anche Damon aveva confessato che il rapporto con MacKenzie era una cosa nuova.

Forse Trevor avrebbe scoperto che era perfetta per Damon, e avrebbe preso una decisione per conto suo. D'altronde, chi lo conosceva meglio di lui?

Non aveva mentito, quando aveva detto che voleva che Damon fosse felice. Era vero. Se lo meritava, e se Mac era davvero la persona giusta...

Lui si sarebbe fatto da parte.

Non voleva vedere il suo ex spinto in due direzioni

diverse. Gli aveva già causato abbastanza scompiglio. Inoltre, non aveva alcuna intenzione di ferire una donna innocente, che si era ritrovata in una situazione così incasinata.

Damon sarebbe andato su tutte le furie se avesse saputo che Trevor era davanti alla porta di casa di Mac, a un passo dal fare qualcosa che non avrebbe dovuto.

Non voleva che il pilota avesse rimpianti, sia nei confronti del suo ex che in quelli di Mac.

Merda. Trevor non sarebbe dovuto trovarsi lì, ma ormai era troppo tardi per andarsene, perché aveva già premuto il campanello e sentiva dei passi dirigersi verso la porta. Non poteva certo scappare via come un bambino.

Deglutì a fatica, passandosi le mani sudate sulle cosce nel tentativo di nascondere il tremore. Fece un respiro profondo appena un secondo prima che la porta si spalancasse.

I due si fissarono per un momento imbarazzante, poi Trevor fece cadere l'occhio verso il termoforo che Mac si teneva sulla spalla.

"Stai bene?"

La sua preoccupazione doveva averla confusa, perché la donna aggrottò la fronte. "Mi fa solo un po' male il collo. Credo di aver passato troppe ore davanti al computer." Fece per muovere il muscolo, poi trasalì. "Ma tu non sei certo venuto qui per parlare della mia salute."

Le mani di Trevor avrebbero voluto alleviarle quel fastidio. "No."

"Perché sei qui, Trevor? Vuoi valutare la concorrenza?"

"È questo che siamo?"

"Spero di no."

"Francamente, lo spero anch'io. Sono venuto per un paio di motivi..."

"Come fai a sapere dove abito?" Lo interruppe lei.

Cazzo. Quando aveva inserito il proprio numero di telefono nel cellulare di Damon, aveva preso nota del cognome di Mac e, una volta tornato a casa, aveva fatto qualche ricerca su Internet. In quel momento sì sentì uno stalker.

"Ti ho cercata su Google."

Mac lo guardò allibita e impallidì. "E sei riuscito a trovare il mio indirizzo di casa così facilmente?"

"Sì. Non è stato difficile trovarti, con un nome così particolare."

"Accidenti," mormorò la donna. "Meno male che non ho nemici."

"Solo me." Trevor alzò una mano, e lei sgranò gli occhi. "Scherzo... Scusa, era di cattivo gusto."

"Sono tua nemica, Trevor? Pensi che io sia una minaccia per te? T'impedisco di avere ciò che vuoi?"

Trevor fece un paio di respiri profondi. "No. Amo Damon, ma voglio solo il meglio per lui."

"Che risposta comoda."

"Già, ma è così." Mac non disse nulla, quindi Trevor riprese a parlare. "Tu gli piaci molto."

"Mi conosce a malapena."

"Non m'interessa rovinare la vostra relazione."

"Ah, no?"

Trevor passò in rassegna Mac, dai capelli rossi al termoforo sulla spalla, per poi scendere sulle curve snelle avvolte da una canottiera bianca larga e un paio di pantaloncini di cotone neri altrettanto ampi, fino ad arrivare ai piedi nudi.

"Ora mi stai mettendo un po' a disagio."

Il massaggiatore le rivolse un sorrisetto e alzò di nuovo lo sguardo. "Capisco perché Damon è interessato a te."

"È così superficiale?"

"No. Sono sicuro che lo sappia anche tu, ormai."

"Come ho già detto, ci conosciamo a malapena."

"Abbastanza per andare a letto insieme."

Mac serrò le labbra per qualche secondo. "Mi stai giudicando?" Chiese.

"Nient'affatto. Non sono certo un puritano, credimi."

"Sei stato lontano da lui per cinque anni, e stamattina volevi farci sesso."

Porca miseria. Damon gliel'aveva detto appena lui se n'era andato? "Avete parlato."

"Sì, mi ha detto che ti ama."

Al suono di quelle parole, Trevor provò una fitta al cuore. Rimase stupito dal fatto che Damon avesse confidato una cosa del genere alla donna a cui era interessato. "Non significa che mi rivoglia indietro."

"Ma tu vuoi che lo faccia."

"Posso entrare?" Non voleva continuare quella conversazione sulla soglia.

"Non credo sia una buona idea."

"Io... Io... Hai ragione, scusa. È una pessima idea. Me ne vado."

Trevor si voltò per allontanarsi, ma Mac lo fermò: "Aspetta. Dai, entra. Posso preparare un tè o un caffè... o magari qualcosa di più forte."

"Beh, credo che un drink farebbe bene a entrambi," replicò Trevor con tono sarcastico.

"Già." Mac fece un passo indietro e sollevò il braccio, invitandolo a entrare. "Non c'è motivo di essere nemici, e nemmeno gelosi l'uno dell'altra... Possiamo comportarci in modo civile. Non ho mai litigato per un uomo prima d'ora, e non ho intenzione di cominciare adesso."

Trevor la fissò per un momento. Era sincera. Non c'era niente di falso o pretenzioso in lei. Con quello sguardo da ragazza della porta accanto, Trevor capì perché Damon aveva instaurato un legame immediato con lei.

In materia di donne, lui e Damon avevano scoperto di

avere gli stessi gusti. Non ne avevano mai condiviso una prima, ma spesso capitava che, quando uscivano insieme – per andare al ristorante, in un bar o persino al centro commerciale – si divertissero a indicare donne e uomini che trovavano attraenti. E quasi sempre sceglievano lo stesso tipo di persone.

Per loro era diventato un gioco: indicare la stessa persona che entrambi avrebbero scelto di portare a casa con loro. Sempre *se* i diretti interessati fossero stati d'accordo.

Non avevano mai provato a portare a termine la missione, ma era divertente fantasticare.

Più a lungo fissava Mac, più Trevor vedeva in lei ciò che aveva visto il pilota.

"Allora che fai, entri?" Gli chiese Mac, riportandolo alla realtà.

Trevor la seguì in casa, attraversando il corridoio dell'appartamento a due piani verso quella che sembrava la cucina.

La casa era piccola ma deliziosa e, da quello che Trevor era riuscito a vedere fino a quel momento, anche pulita e ordinata. Un dettaglio che Damon avrebbe apprezzato, visto che era come lui. Trevor tendeva a essere più disordinato, e Damon lo aveva sempre esortato a pulire e a smettere di lasciare le cose in giro per il loro appartamento.

Mac aprì il frigorifero e sbirciò dentro. "Non ho birra..."

"Non c'è problema, non ne bevo."

La testa della donna fece capolino dal frigorifero. "Vino?"

Trevor fece di nuovo cenno di no. "La verità è che non bevo."

Mac lo guardò sbalordita.

"Non è che non posso, ma non dovrei."

"Prendi dei farmaci?" Sussultò. "No, non me lo dire. Accidenti, con il lavoro che faccio dovrei sapere che non si fanno domande del genere."

"Che lavoro fai?"

"Indago sulle frodi di natura medica. Lavoro da casa." Indicò il termoforo acceso ancora sulla spalla. "Per mia sfortuna, sto troppo seduta davanti al computer. Su un'orribile poltroncina da ufficio che dovrei cambiare, ma quella che voglio costa una fortuna. Penso di avere un nervo infiammato o qualcosa del genere."

"Io posso aiutarti."

Mac lo guardò con aria scettica, ma ignorò la sua offerta. "Tè freddo, allora?"

"Sarebbe fantastico, grazie."

"Ti dispiace se prendo un bicchiere di vino? Penso di averne bisogno."

"No, affatto. Potrebbe alleviare un po' della tensione che hai nelle spalle."

"Tensione?"

Lui le rivolse un sorriso complice. "Sì."

"Come fai a saperlo?"

"Sono un massaggiatore."

La donna lo guardò di nuovo basita. Era carina, soprattutto con quelle lentiggini che le punteggiavano il naso e le guance. "Ah, ecco perché hai detto che potevi aiutarmi."

"Già. Non ho intenzione di strangolarti, tranquilla" scherzò lui, poi le si avvicinò e indicò il tappetino elettrico. "Posso?"

Vide un'espressione di conflitto sul volto della donna. Poi, senza dire una parola, Mac annuì. Posò la brocca di tè freddo sul bancone e Trevor la liberò del termoforo.

"Dovrò toccarti," la avvertì dolcemente.

Lei annuì. "Immaginavo che non avessi la vista a raggi X."

Trevor si lasciò andare a una risata, ma si ricompose rapidamente mentre le premeva la mano sulla spalla, massaggiandola con le dita e cercando di ignorare la pelle d'oca che le increspava la cute chiara. "Proprio come immaginavo... E' una contrattura, e come ho detto, le tue spalle sono molto tese. Ti fa male anche il collo?"

"Sì," sussurrò lei.

"Dato che passi molto tempo seduta, vai da un chiropratico?"

"Occasionalmente."

"Dovresti farlo regolarmente." Le fece scorrere le dita sul collo, spingendo con delicatezza. Lei rabbrividì e fece un respiro profondo. "Posso risolvere la contrattura, se vuoi. Ho un lettino da massaggio portatile in macchina."

"Lo porti in giro con te?"

"Sì. Non ho ancora un ufficio, quindi faccio visite a domicilio."

"Ancora," gli fece eco Mac.

"Sono tornato in città solo poche settimane fa... Mi sto ancora ambientando."

"Dov'eri?"

"Non qui."

Trevor apprezzò il cenno del capo di Mac, che non osò insistere. Il massaggiatore fece un passo indietro e le lasciò un po' di spazio. "Prendi il vino. Io prendo il tè e un po' di dolcificante, se ce l'hai. Vado a sistemare il lettino. Va bene in salotto?"

"Sì, ma non ho contanti. Accetteresti un assegno?"

Trevor le rivolse un sorrisetto. "Non ho intenzione di farti pagare. Sai, potrebbe essere l'occasione giusta per conoscerci meglio."

"Non possiamo semplicemente usare una sedia?"

Il sorriso di Trevor si fece più ampio. "Non mi piace fare le cose a metà. Non penso che i tuoi problemi siano dovuti solo alla tua scadente sedia da ufficio. Io stesso credo di averne causati un paio, presentandomi a casa di Damon e rovinandovi la mattinata. E dal momento che sono parte del problema, vorrei essere anche la soluzione."

Quando lei aprì la bocca per ribattere, Trevor alzò una mano per interromperla. "Ti prego, lascia che ti faccia questo favore."

Mac serrò le labbra e annuì. Prima che potesse cambiare idea, Trevor corse in macchina a prendere le sue cose.

MAC NON RIUSCÌ A TRATTENERE un gemito mentre le dita, i palmi, i gomiti di Trevor e chissà quale altre parti del corpo le lavoravano i muscoli.

Porca miseria! Erano secoli che non si faceva fare un massaggio. Perché? Perché si era privata di un tale momento di beatitudine?

Probabilmente perché l'ultima volta aveva usato un buono sconto, e la massaggiatrice le aveva causato più fastidio che sollievo.

Trevor, invece...

Era davvero esperto con le mani. Non che lei ne avesse ricevuti così tanti, di massaggi, in vita sua. Era solita vederli come un lusso che normalmente non poteva permettersi. Non le era mai capitato di essere massaggiata da un uomo.

Ma, oh...

Trevor.

Le sue mani erano grandi e forti, e sapeva come farle lavorare nel modo giusto. Mac era praticamente diventata di gelatina. Aveva sentito un po' di dolore solo quando Trevor le aveva risolto la contrattura nella zona delle spalle. Ma dopo aver tolto di mezzo quel problemino...

Si sentiva in paradiso.

Il più paradisiaco dei paradisi.

Le si erano chiusi gli occhi. Non era sicura che le fossero rimaste delle ossa in corpo, ed era pronta a sposare quell'uomo.

Sembravano trascorse ore da quando quell'uomo aveva cominciato a massaggiarla, e si sentiva vibrare sotto il suo tocco. Sapeva che in realtà erano passate poche decine di minuti, ma... Come faceva a non stancarsi?

Damon si faceva massaggiare da lui regolarmente? All'improvviso si sentiva maledettamente gelosa!

Trevor aveva sistemato il suo lettino da massaggio in soggiorno, lo aveva coperto di lenzuola, aveva acceso della musica rilassante usando un lettore portatile e poi le aveva detto di spogliarsi completamente. Se non si fosse sentita a suo agio, avrebbe potuto lasciarsi addosso le mutandine.

Mac se l'era tolte, ed era contenta di averlo fatto, così Trevor le aveva massaggiato anche la parte superiore delle cosce e i glutei.

E anche se sapeva che non c'era nulla di sensuale nel suo tocco, aveva sentito un paio di fitte nel basso ventre.

Aveva sentito dire che gli uomini potevano avere erezioni spontanee durante i massaggi, e lei non era messa tanto meglio. Sentiva i capezzoli turgidi, e le sue parti intime imploravano attenzioni.

Il che era del tutto inappropriato.

Ma comunque...

Comunque niente. Era inappropriato desiderare che quelle dita lunghe e forti le regalassero piacere in altri modi.

Era ancora sdraiata a pancia in giù, e lui le stava massaggiando i piedi.

Mac si lasciò sfuggire un altro gemito.

Accidenti. Chi avrebbe mai pensato che un massaggio alle dita e all'arco del piede potesse provocarle un orgasmo?

Se fosse arrivata a quel punto, avrebbe dovuto nasconderlo.

Non aveva idea che i piedi fossero una zona erogena. D'ora in poi avrebbe programmato un massaggio a settimana per i successivi cinquant'anni. Forse anche cento.

Quando lui terminò, coprendole i piedi con le lenzuola, Mac trattenne un mugolio di delusione.

Trevor si spostò al suo fianco.

Mac aprì gli occhi controvoglia e fissò l'uomo alto e affascinante dalle mani magiche, rivolgendogli un sorriso sbilenco.

Si chiese se fosse gay o bisessuale.

No. No. No. Totalmente inappropriato!

"Stai bene?"

"Oh, non ne hai nemmeno idea," biascicò. *Accidenti.* Aveva bevuto solo un paio di sorsi di vino prima di salire sul lettino... Non poteva essere ubriaca.

Poi gli fece l'occhiolino.

Merda.

Merda.

Merda!

Doveva controllare le proprie reazioni.

Tirò fuori un braccio da sotto il lenzuolo e si sfregò rapidamente l'occhio indisciplinato. "Ho qualcosa nell'occhio," borbottò.

"Hai bisogno di un minuto?"

Con il suo vibratore? Sì.

"No!" Esclamò, facendo una smorfia per il tono di voce troppo alto. "No. Sto... bene."

Gli occhi grigi di lui vennero attraversati da uno strano bagliore e la sua bocca si contrasse. "Va bene, allora. Puoi girarti."

Oh. Un momento... Se si fosse girata, Trevor avrebbe visto quanto erano duri i suoi capezzoli.

Prima che potesse obiettare, il massaggiatore si chinò su di lei e, con entrambe le mani, afferrò il bordo del lenzuolo. "Lo tengo sollevato mentre ti giri verso di me. Prometto di non spiare."

Mentre teneva un lembo del lenzuolo, Mac si spostò un po' verso il basso, girandosi rapidamente e sistemandosi di schiena. Si guardò il petto.

Già. I capezzoli erano come dei piccoli razzi pronti per il decollo.

Trevor si spostò all'estremità del tavolo e rimosse il poggiatesta, mettendolo da parte.

"Ti dispiace se ti massaggio la testa? Ti scompiglierà un po' i capelli."

Mac lo guardò. Era a testa in giù, ma da quell'angolazione aveva una buona visuale della mascella squadrata coperta da una barba leggera. I peli ispidi erano un po' più scuri dei capelli.

Non era solo bello... Era *stupendo*. Aveva un sorriso fantastico, occhi grigi meravigliosamente espressivi... e quelle dita...

"Non importa, tanto i miei capelli sono già un disastro."

Trevor ne prese una lunga ciocca tra le dita e cominciò ad arricciarli. "Adoro questo colore, e non sono per niente un disastro. Ti stanno bene."

"Perché anch'io sono un disastro?"

Mac venne ipnotizzata dalla sua risata. "No, nemmeno tu lo sei. Credimi, a Damon non piacciono i disastri."

"È un maniaco dell'ordine?"

"No, non lo definirei un maniaco, ma gli piace essere organizzato. Quando torna a casa dal lavoro dopo essere stato via per giorni, non vuole ritrovarsi in una discarica."

"Lo capisco."

Trevor iniziò a massaggiarle la parte superiore della testa con la punta delle dita. Era bello come farsi lavare i capelli dal parrucchiere. Tuttavia, quella vista era decisamente migliore.

Mac cominciò a sentire le palpebre pesanti, ma Trevor riprese a parlare. "Non ho detto molto quando eri a pancia in giù perché volevo che ti rilassassi, ma voglio davvero conoscerti meglio."

"Sì, come no. Vuoi studiare la concorrenza..." Stava scherzando. Più o meno.

L'uomo spostò le dita sul suo viso, massaggiandole la fronte, le guance e il mento in piccoli cerchi.

"Damon è un brav'uomo," cominciò a dire Trevor.

"Sì, è stata una delle prime cose che ho notato, anche se lo conosco da poco."

"Non mi ha detto da quanto tempo vi conoscete. Solo che era una cosa 'nuova'."

"È vero. È passata poco più di una settimana. Era il pilota del mio volo di ritorno a Boston, ma entrambi avevamo un profilo su *Boston Single*. Lui mi aveva già vista lì."

"Cos'è?"

Mac diventò rossa. Avrebbe dovuto tralasciare quella parte. Le sue labbra erano sciolte tanto quanto i muscoli. "Un'app di incontri."

Le dita di Trevor si fermarono. "Damon era su un'app di incontri?"

Mac non sapeva cosa rispondere. Trevor passò dal viso al collo, poi alle spalle. La sua espressione era volutamente indecifrabile.

"Ti aspettavi che non frequentasse più nessuno o non facesse mai più sesso?"

Trevor rallentò, e i loro sguardi si incrociarono. "No."

"Pensava che te ne fossi andato per sempre, giusto?" Prima che Trevor potesse rispondere, Mac gli chiese: "Tu non l'hai fatto per cinque anni?"

Trevor serrò la mascella e iniziò a fare grandi movimenti sulla parte superiore del petto di Mac, sopra il lenzuolo. Lei trattenne il respiro, perché la pressione che stava esercitando era un po' troppa.

Riuscì a vederlo scrollarsi di dosso dei pensieri. "Scusa, fammi sapere se la pressione va bene."

"Ora sì. Ma non devi continuare, se non ti va più."

Trevor esitò di nuovo. "Non vuoi che continui?"

"Oh, no, io voglio. Dio, è il miglior massaggio che abbia mai ricevuto."

Trevor sorrise. "Ho mani esperte."

Era proprio vero.

Ogni volta che le sfiorava i seni, i capezzoli di Mac cominciavano a farle male.

Perché era così in sintonia con quel tocco? Con il resto delle massaggiatrici non era mai successo. Forse perché non le piacevano le donne? Però il suo ginecologo era un uomo, e non aveva mai provato sensazioni strane con lui. A dire il vero, ogni volta non vedeva l'ora che finisse.

Forse si sentiva così perché Trevor era l'amante di Damon, e lei riusciva a immaginarli insieme. *Mmmh...*

Quando i polpastrelli di Trevor sfiorarono il bordo superiore del lenzuolo, proprio dove iniziava la curva superiore dei seni, Mac sussultò.

Ma che diavolo le passava per la mente? Non avrebbe desiderato fare altro che chiudere gli occhi e fantasticare su Damon e Trevor insieme, mentre le mani dell'ultimo la toccavano ovunque.

Forse avrebbe dovuto dirgli di smetterla.

Il massaggiatore le tirò fuori un braccio da sotto il

lenzuolo e, dopo essersi unto le mani di olio, iniziò a passargliele su e giù per tutta la lunghezza. D'un tratto si fermò, sollevandole il gomito.

"Pazzesco. Hai una lentiggine proprio qui." Trevor passò il pollice sulla stessa macchia che Damon aveva baciato proprio quella mattina.

"È di Damon," si lasciò sfuggire lei, prima che potesse trattenersi. Rabbrividì. *Merda!* Avere le labbra così rilassate era pericoloso.

"Che vuol dire?"

Un certo calore le si riversò sulle guance. *Di nuovo.* Era da tanto che non arrossiva così. "Quella è la lentiggine di Damon. Ha detto lui che è sua."

Trevor abbassò la testa per nascondere la sua espressione, ma a Mac non sfuggì la tristezza dipinta sul suo viso.

Non si trattava né di gelosia, né di rabbia. Era tristezza.

Gli doleva il cuore.

Mac era stata con un paio di ragazzi alle superiori e al college, persino nell'ultimo decennio, ma non si era mai innamorata di un uomo. Mai. Le piaceva l'idea di trovare la propria anima gemella, l'unica persona in grado di completarla, ma purtroppo non l'aveva mai incontrata.

Era uscita con dei veri bastardi. Lei li definiva *Stronzi Alfa.* Non volevano fare altro che darle ordini e governare la sua vita.

Quindi non riusciva a immaginare di provare un sentimento profondo per una persona e poi perderla. Certo, era stato Trevor ad andarsene, ma doveva credere che fosse per una buona ragione. Altrimenti, perché mai sarebbe tornato? No, Trevor se n'era andato per un motivo ed era tornato sperando in una seconda possibilità con un uomo che amava ancora.

Anche Damon aveva ammesso di amarlo.

Potevano essere anime gemelle.

Perché Mac si sentiva come se stesse ostacolando il loro ritorno di fiamma? Non doveva; avrebbe dovuto dire a Damon di seguire il suo cuore e riprendere Trevor con sé. Mac non voleva continuare a frequentare il pilota per poi passare il tempo a chiedersi se stesse pensando a Trevor, se gli mancasse o se rimpiangesse di averlo respinto.

No, doveva dire a Damon che lei era la scelta sbagliata.

Trevor finì di massaggiarle il braccio destro, poi si spostò alla sua sinistra. Entrambi rimasero in silenzio.

Pochi minuti dopo, l'uomo le scoprì la gamba sinistra e infilò il lenzuolo nell'incavo. Così facendo, sentì il calore tra le sue cosce.

Mac, intanto, fissava il soffitto, desiderosa di smettere di reagire al tocco del massaggiatore.

Per lo meno a livello sessuale.

Non era un comportamento appropriato. Le sue azioni... I suoi pensieri...

Mac doveva cominciare a pensare alla frutta, alla verdura, magari al meteo. Qualsiasi cosa in grado di distrarla.

"Trevor," disse con voce un po' sgarbata. "Damon deve darti una seconda possibilità."

"Dipende da lui."

"Gli parlerò io."

Le dita di Trevor erano impegnate a lavorare i muscoli della parte superiore della coscia. Mac trattenne un gemito.

"No, non sono venuto qui per questo. E se Damon scopre che ci siamo visti..."

"Perché sei venuto, allora?"

"Per conoscerti. Per capire se sei la persona giusta per Damon. Se lo sei, sono disposto ad andarmene."

"E in caso contrario?"

"Allora lascerò che sia lui a prendere una decisione."

Accidenti, la stava massaggiando *proprio lì*. Mac faceva fatica a pensare. "Trevor..."

"Sì?"

"Perché deve per forza prendere una decisione?"

Le dita di Trevor si fermarono. "Che intendi dire?"

Mac si sollevò sui gomiti e afferrò rapidamente il lenzuolo prima che le scivolasse del tutto dal petto. "Perché non possiamo decidere noi per lui?"

Trevor aggrottò la fronte e scosse la testa. "Mi sono perso."

"Perché uno dei due deve rinunciare a esplorare il rapporto con lui? Diamogli il tempo di capire cosa vuole e prendiamocelo anche noi. Insomma, è una novità anche per me. Non abbiamo un rapporto esclusivo... Ancora non ci stiamo nemmeno frequentando. Sembrava che stessimo andando in quella direzione, ma ripeto, non so se desidero qualcosa di serio con lui."

"Col tempo capirai di volerlo."

"Forse hai ragione, ma mentre ero sdraiata qui pensavo... E se mi mettessi con Damon e lui si pentisse di averti lasciato andare? Insomma, non te lo chiederesti anche tu? Se tornasse con te, non ti chiederesti se si è pentito di non avermi mai dato una vera possibilità?"

"Tutto questo è assurdo."

Mac sorrise. "Lo so. Credo che il tuo massaggio mi abbia ridotto il cervello in poltiglia." Mac si lasciò cadere di nuovo sul lettino e fissò il soffitto. "Trevor."

L'uomo la fissò. "Che c'è?"

"Vuoi sentire un'altra cosa assurda?"

"È una confessione piccante?"

"Sì."

Trevor fece una lieve smorfia. "Allora sputa il rospo."

"Per tutto questo tempo, con te che mi toccavi..." Dannazione, arrossiva troppo facilmente! "Non riuscivo a fare a meno di pensare a quanto mi piacesse."

Il massaggiatore sorrise. "Sì, l'avevo capito."

"Ma non nel modo in cui pensi."

"Mac..."

"E non è tutto."

Trevor inarcò un sopracciglio, continuando a fissarla. Sembrava quasi un'inquisizione.

"Coraggio, dimmi," sussurrò lui.

"Ogni volta che chiudevo gli occhi, immaginavo te e Damon..."

"Fare cosa?"

"Lo sai cosa."

"Ti eccita?"

Lei annuì.

"Sei mai stata con uomini bisessuali?"

"Solo con Damon."

"Mai più di uno?"

"Alla volta?" Gli chiese con voce stranamente acuta.

"Sì."

"No, Damon è l'unico bisessuale con cui so di essere stata. Tu non mi ha detto se sei bisessuale o gay."

"Non è qualcosa che annuncio tutte le volte che entro in casa di qualcuno."

"Spero che non sia un dettaglio così importante da doverlo fare."

"Beh, in questa situazione..."

"Questa è una situazione atipica, e la tua risposta potrebbe essere fondamentale." Mac si tirò di nuovo su, fissandosi il lenzuolo al petto.

"Io e Damon abbiamo gli stessi gusti."

"In fatto di uomini?"

Trevor annuì. "Anche di donne."

Mac si sentì invadere dall'eccitazione. Quello che stava suggerendo era folle...

Trevor la guardò attentamente. "Devo solo chiarire una cosa. Intendi dire che vorresti che Damon uscisse con entrambi allo stesso tempo, ma separatamente? Oppure uscire tutti *insieme* come un *trio*?"

Mac si portò una mano alle guance ormai bollenti. "Non lo so con certezza, ma ammetto di averci pensato."

"Sei interessata a me? Insomma, mi conosci da un'ora."

"Mi sono interessata a Damon dopo appena cinque minuti."

Trevor rise. "Anche io." Inclinò la testa con fare pensieroso. "Non ho mai condiviso un partner, prima d'ora."

"Non dobbiamo fare sesso in tre, ma magari passare del tempo insieme per conoscerci meglio."

Trevor aggrottò la fronte. "Non vuoi venire a letto con me?"

Accidenti. Presto le sarebbero spuntate delle vesciche sulle guance, per quanto erano ardenti. "Penso che tu sia molto attraente."

"E sono bravo con le mani."

"Vero, anche quello."

"Insomma, possiamo uscire insieme e frequentarci, per poi passare alla fase successiva se scopriamo di essere sessualmente compatibili. Niente fretta, no?"

"No," convenne Mac.

"Credo che le cose a tre siano piuttosto complicate. È possibile non essere gelosi gli uni degli altri?"

Mac non era sicura di come funzionasse la faccenda della possessività, della gelosia e del non avere preferenze, ma conosceva alcuni esperti in materia. "Beh, ho un'amica..."

Trevor emise un verso.

"No, non in quel senso," si affrettò ad aggiungere Mac. "Ha due fratelli."

Trevor si mostrò talmente sorpreso che le sopracciglia s'inarcarono fin quasi all'attaccatura dei capelli. "Sei stata con loro?"

"No! Lasciami spiegare."

Trevor annuì, rimanendo in silenzio.

"Sono entrambi bisessuali."

"Entrambi?"

Mac gli lanciò un'occhiataccia e lui alzò le mani. "Scusa, continua." Si portò due dita alle labbra e mimò il movimento di chiuderle a chiave.

Se la situazione non fosse stata tanto seria, Mac avrebbe riso. "Hanno entrambi delle relazioni... Non conosco la definizione esatta..."

"Ménage à trois?"

"Sì, ma sono relazioni serie... Sono praticamente sposati. Una di loro ha avuto dei figli di recente. Hanno messo su famiglia."

"Capita."

"Davvero? Conosci altre persone che l'hanno fatto?"

"Personalmente no. È questo che stai suggerendo?"

Mac si passò una mano sulla fronte. "Non so, sono molto confusa... Forse devo prima parlarne con Gia."

"Chi è Gia?"

"La mia amica."

"Ma non è lei quella nella cosa a tre, giusto?"

"No, ma è in città e in questo momento è ospite della famiglia di suo fratello. Sarebbe il momento perfetto per tornare a trovarla, prima che se ne vada, così potremmo... studiarli? Conosco i suoi fratelli da quando io e Gia andavamo al college, quindi forse posso far loro qualche domanda."

"Ad esempio, quant'è piacevole il sesso a tre?"

Mac storse il naso. "No, magari non quella."

"Beh, sarebbe un'ottima domanda."

"Non farei mai una domanda a cui io stessa non vorrei rispondere." Forse Mac avrebbe potuto parlare con Paige in privato, o persino andare a cena da Gryff e discuterne con Rayne. Perché non aveva senso iniziare qualcosa, se era destinato a fallire.

Stava pensando di rimanere invischiata con un uomo che conosceva da circa un'ora e un altro che, anche se ci aveva già fatto sesso, conosceva praticamente da una settimana.

Aveva passato un lungo periodo di magra: era per quello che era così entusiasta di quell'idea? Due uomini...

Non significa che farai sesso con entrambi contemporaneamente. Ma sarebbe potuto accadere, se tutti fossero stati d'accordo.

Merda. "Non stiamo dimenticando qualcosa di importante?"

Trevor aggrottò la fronte. "Ovvero?"

Non qualcosa, ma *qualcuno.* Qualcuno che non aveva idea di cosa lei e Trevor stessero pianificando, e che forse non sarebbe stato nemmeno d'accordo. "Damon."

Capitolo Dodici

Quel sabato, Mac aveva rimandato la chiacchierata con Damon accampando scuse via messaggio. Dopo aver contattato Gia, era stata invitata a cena da Grae la domenica sera. A dire il vero si era invitata da sola. A quell'ora, Damon sarebbe stato di nuovo in volo.

Lei e Trevor avevano deciso di raccogliere alcuni dati, poi si sarebbero visti per architettare un piano e solo successivamente ne avrebbero parlato con Damon, *insieme*.

Se lui si fosse rifiutato, allora avrebbero solo perso tempo. Ma almeno era una buona occasione per andare a far visita a Gia. Non era sicura di quanto a lungo la donna sarebbe rimasta in città per dare una mano con i gemelli.

Tuttavia, quando le aveva parlato al telefono, le era sembrata un po' esausta. Forse aveva qualcosa a che fare con i due bambini che piangevano in sottofondo. Stava facendo loro da babysitter perché Grae e Connor erano fuori a occuparsi delle tipiche faccende da uomini di casa, mentre Paige si godeva un po' di meritato riposo.

A causa delle grida dei bambini, Gia aveva tagliato corto e

non aveva avuto il tempo di chiedere a Mac per quale motivo le avesse chiesto di unirsi a loro per cena. Meno male, dal momento che Gia era implacabile nel ficcare il naso negli affari privati dell'amica.

Tuttavia, quando la porta d'ingresso della piccola villa dei Ward si aprì, Mac si ritrovò davanti allo sguardo sospettoso di Gia. "Perché sei voluta venire qui per cena? Sai bene che il mio cervello ci sta pensando ininterrottamente da quando ci siamo sentite, ieri. Per tua fortuna ho avuto da fare con i miei nipoti."

"Beh, ciao anche a te," esordì Mac in tono seccato, entrando nell'atrio della villetta.

"Non hai bisogno di un motivo per venire a trovarmi, ma cavolo..." Gia arricciò il naso. "Cosa *cuoce* in pentola?"

"Non si dice così."

Gia agitò una mano per liquidare il commento dell'amica. "Hai capito cosa intendo."

Sì, Mac l'aveva capito benissimo.

"Allora sputa il rospo."

Quella frase le fece venire in mente Trevor. Mac pensò al motivo per cui si trovava lì, e il cuore prese a batterle forte. Era ovvio che fosse lì anche per vedere la sua migliore amica.

"Vorrei parlare con Paige, se è possibile."

Gia serrò le labbra e socchiuse gli occhi. "La vedrai a cena." Poi si voltò e si diresse verso la parte posteriore della casa.

"Da sola."

La ragazza si fermò di colpo e Mac le andò quasi addosso. "La pianti di fermarti all'improvviso? Dovrò metterti dei fanali posteriori."

Gia si voltò verso di lei. "È sufficiente mantenere una certa distanza dal mio culo." Agitò di nuovo la mano in aria.

"Ma non cambiare discorso. Perché hai bisogno di parlare con Paige? Stai pensando di avere due gemelli?"

L'amica stava facendo la furba.

"Proprio così. Ho preso appuntamento in una banca del seme, perché non c'è niente che voglio di più di due bambini urlanti con pannolini pieni di cacca e che vomitano a spruzzo."

"Ben detto," mormorò Gia. "Appena torno in Arizona, mi faccio legare le tube."

Quando Mac cercò di spingere Gia ad avanzare lungo il corridoio, l'amica la bloccò con un braccio. "No, tu non ti muovi da qui. In questo momento sono la guardiana di Paige. Se vuoi che ti lasci passare devi dirmi che diavolo sta succedendo."

"Sei fuori di testa."

Gia si grattò via una macchia secca dalla maglietta. "Vedi questa roba? Sai cos'è? Vomito. Quindi sì, sono assolutamente fuori di testa."

"Pensi che possa avere qualche momento da sola con Paige?"

Gia la guardò di nuovo con sospetto. "Non senza di me."

Mac sospirò. "Va bene, allora solo noi tre. Una chiacchierata tra ragazze ci darebbe una buona scusa per allontanarla dai suoi uomini."

Gia spalancò gli occhi castani e si mise a saltellare, battendo le mani. "Spero che sia una bella chiacchierata. Mi stai nascondendo qualcosa? Un momento! Ha a che fare con quel pilota?" Sussultò e si mise una mano sulla bocca. " Oddio! È proprio così. È un ragazzaccio?"

"Prendi fiato, per favore. E sì, ha a che fare con Damon."

"*Evviva!* Damon, l'adone dalla pelle scura." Gia si leccò le labbra, poi ricominciò a fissare Mac con occhi socchiusi. "Però... Non capisco perché devi parlare con Paige. È perché lui è il tuo primo...," alzò le mani, facendo congiungere i palmi, "È il tuo primo Ringo?"

Mac aggrottò la fronte. "Ringo?"

Gia alzò gli occhi al cielo. "Sai, come i biscotti: una parte alla vaniglia e l'altra al cioccolato. Sarà meglio che sia così, perché non ricordo che tu mi abbia mai confidato il contrario."

Mac si sentì arrossire. "Non lo è."

Gia sussultò di nuovo. "Allora mi hai davvero nascosto qualcosa!"

"Sono mai stata con qualcuno di cui valesse la pena parlare?"

Gia si tamburellò il labbro inferiore con un dito e guardò verso il soffitto. "Mmmh, no. Ma non è che tu abbia mai avuto molta fortuna con gli uomini *in generale*."

"Perché, tu sì?" Le domandò Mac in tono piatto.

"Non proiettare i tuoi problemi su di me. Sei tu che continui a sceglierti questi *Stronzi Alfa*, come li chiami tu. Anche Damon è uno Stronzo Alfa?"

"Se lo è, lo nasconde bene."

"Allora ha del potenziale. Allora, perché hai bisogno di..."

"Gia!" Gridò una voce da una stanza attigua. "Vieni qui a darmi una mano."

Alla richiesta del fratello Grae, Gia alzò gli occhi al cielo. "Non sono nient'altro che una cameriera, in questa casa," brontolò. "Faranno meglio a darsi una regolata, o prenderò il prossimo volo per Phoenix." Puntò il dito contro Mac. "Questa conversazione non è ancora finita."

"Ne riparleremo quando saremo sole con Paige."

Gia sbuffò sonoramente e si diresse verso la cucina con Mac alle calcagna. "Allora userò la mia magia."

Mac sorrise.

TREVOR ACCETTÒ un bicchiere di tè freddo da Mac. Lasciò che il proprio sguardo vagasse sui capelli rossi della donna, le lentiggini e i fianchi snelli ma ricurvi al punto giusto. Non era la prima volta che gli capitava di mangiarsela con gli occhi, da quando aveva messo piede nel suo appartamento.

Lui e Damon avevano proprio gli stessi gusti. Come il pilota, anche lui preferiva gli uomini alle donne. Ne aveva conosciute diverse che l'avevano stregato, prima di incontrare Damon e fare sul serio con lui. Dopo, invece...

Non era più stato con nessuno per puro piacere. Era stato solo per soddisfare quell'anomalo desiderio.

Tuttavia, da quando le aveva fatto quel massaggio e aveva visto le sue discrete reazioni nei suoi confronti – quelle che Mac aveva cercato di nascondere senza successo – Trevor era stato attratto dall'idea di una relazione a tre.

Ecco perché era di nuovo a casa della donna che Damon voleva fare sua. Il pilota non aveva idea di cosa stessero architettando alle sue spalle.

Tutta quella situazione avrebbe certamente potuto ritorcersi contro entrambi.

Trevor sperava che, nel peggiore dei casi, Damon avrebbe almeno deciso di frequentarli per un po', anche se separatamente.

Sarebbe stata una mossa poco convenzionale, ma c'erano molte coppie che non avevano un rapporto esclusivo o intrattenevano una relazione aperta e che, pur avendo un partner ufficiale, uscivano con altre persone.

Negli ultimi tre giorni, Trevor non era riuscito a pensare ad altro. Durante tutte le sedute con i clienti, si era ritrovato a fantasticare su come sarebbe stato avere una relazione a tre con Damon e Mac.

Anche se lui e Damon ci avevano scherzato su, non avevano mai considerato seriamente quella possibilità. Il pilota non aveva mai cercato di inserire qualcun altro nella loro relazione. Trevor, dal canto suo, non era sicuro che aggiungere un terzo avrebbe potuto impedirgli di crollare. Con ogni probabilità, sarebbe successo ugualmente.

Mac prese il proprio bicchiere di tè freddo e si appoggiò al bancone accanto a Trevor, proponendo un brindisi.

Senza pensarci troppo, Trevor allungò una mano e attorcigliò una ciocca di capelli di Mac intorno al dito, studiandone il colore. Dal momento che la donna indossava solo una canottiera blu scuro e un paio di pantaloncini di cotone bianchi, non aveva potuto non notare i capezzoli turgidi sotto il tessuto elastico.

"Questo blu ti mette davvero in risalto i capelli," mormorò il massaggiatore. Sentiva il bisogno di toccarli ancora di più. "E anche gli occhi."

Mac si portò il bicchiere alle labbra. "Ci hai pensato tanto quanto me?"

Trevor bevve un sorso di tè, dopodiché posò il bicchiere sul bancone e si voltò verso di lei.

"Vuoi la verità?"

Mac annuì, evitando di incontrare lo sguardo dell'altro. Stava già diventando rossa. Non ci voleva molto, con una pelle così chiara.

"Non riesco a pensare ad altro. Non solo ce l'ho sempre duro, ma ho anche massaggiato il piede sinistro di una delle mie clienti per venti minuti consecutivi, invece dei soliti cinque."

Mac rise e lo guardò. "E lei non ha detto niente?"

"Si è addormentata."

"Fai questo effetto alle persone."

"Stai dicendo che sono noioso?"

Mac sorrise. "Sto dicendo che le tue mani sono magiche."

Trevor ricambiò il sorriso. "Allora immagino che non rifiuterai un altro massaggio."

"Inseriscimi nella tua agenda settimanale."

"Certo. Non vedo l'ora di toccarti di nuovo con le mie mani magiche." Agitò le dita.

Mac posò il bicchiere e si voltò verso di lui, ma non aprì bocca.

Trevor la guardò confuso, deglutendo a fatica quando la vide abbassare lo sguardo sulle sue labbra. Lui se le leccò istintivamente.

"Tra me e Damon c'è chimica," disse lei.

"Lo so."

"Prima di parlare con lui, penso che dovremmo scoprire se anche tra noi funziona."

"È questo che ti ha detto la tua amica?"

Lei annuì, mordendosi il labbro inferiore.

"Dovrei baciarti?" Le domandò con cautela.

Mac annuì di nuovo e lasciò andare il labbro, facendovi scorrere la punta della lingua.

Trevor venne attraversato da una scossa di calore che lo colpì dritto nel basso ventre. Immaginava già che tra loro ci fosse una sorta di connessione, seppur solo sessuale.

Allungò lentamente una mano e le passò il pollice sul labbro inferiore, prima di portarsi a pochi centimetri da lei. "Allora ti bacerò," la avvertì, guardandola negli occhi.

Mac annuì di nuovo, senza dire niente.

Era nervosa?

Trevor era sicuramente teso. Stavano navigando in un territorio inesplorato. L'ultima cosa che avrebbero voluto fare era allontanare Damon con il loro comportamento.

Mac schiuse leggermente le labbra quando lui le prese il

viso tra le mani, senza mai distogliere lo sguardo. Poi l'uomo chinò il capo e sussurrò: "Sei pronta?"

Sentì l'alito caldo di lei proprio prima di posare la bocca sulla sua. Poi, finalmente, la invase con la lingua: aveva le labbra morbide e sapeva di tè e zucchero.

Mac si lasciò sfuggire un gemito sommesso e Trevor la baciò con più foga, sentendo il sangue accumularsi nel membro già eretto. Probabilmente anche Mac riusciva a sentirlo premere sulla parte inferiore dell'addome.

Era passato almeno un anno dall'ultima volta che Trevor era stato con una donna, ed era rimasto sorpreso di scoprire quanto Mac lo eccitasse. La morbidezza delle sue labbra, la pressione dei suoi seni sul petto. Uomini o donne che fossero, ognuno aveva qualcosa di diverso da offrire.

Trevor non voleva esagerare... A dire il vero avrebbe voluto, ma sapeva che non era il momento giusto, quindi s'impose di mantenere la calma, seppur con fatica. Per quanto volesse toccare ogni centimetro di quel corpo perfetto, e non solo durante un massaggio, sapeva che era meglio aspettare. Dovevano coinvolgere anche Damon. Quantomeno avrebbe dovuto saperlo.

Trevor interruppe il bacio, a corto di fiato quanto Mac.

Le guance arrossate le facevano brillare gli occhi. Non era solo adorabile, ma anche sensuale. E poi baciava benissimo.

Trevor fece a malincuore un passo indietro, impaziente di sistemarsi il cavallo dei pantaloni per dare sollievo all'erezione incastrata nei boxer.

"E adesso?" Chiese Mac, ansimando.

"Adesso parliamo di come lo diremo a Damon. Questo bacio è piaciuto a entrambi, questo è chiaro. Avrei anche voluto di più. E tu?"

"Anch'io."

"Cos'hai scoperto dai tuoi amici?"

"Ho parlato solo con la donna."

"E cosa ti ha detto?"

"Beh, Paige... era sposata con Connor, e poi hanno deciso di trovare un terzo. Avevano già un legame, una relazione che volevano esplorare. Noi non siamo a quel punto. Tu avevi una relazione con Damon, ma vi siete lasciati, mentre io sono la nuova aggiunta nell'equazione."

"Dal momento che ci siamo lasciati, è come se stessimo ricominciando da zero, no?"

"Non credo. Non state più insieme ma vi amate ancora, provate ancora qualcosa l'uno per l'altro, anche se Damon cerca di reprimere i propri sentimenti. In ogni caso, ho la sensazione di essere la terza incomoda. Paige ci ha suggerito di uscire tutti e tre a cena con Gryff, Rayne e Trey."

"Chi sono?"

"I cognati di Paige. Gryff è il fratello di Grae. Da quello che mi hanno detto Paige e Gia, ha iniziato una relazione con Rayne e Trey quasi nello stesso momento."

"Erano tutti single."

"Esatto."

Interessante. "Pensi che sarebbero disposti a incontrarci? Così potremmo studiare le loro dinamiche."

"Sì, penso di sì. Gia mi ha assicurato che avrebbe chiamato il fratello per spiegargli la situazione, ma non sono gli unici che dobbiamo convincere."

"Giusto. C'è ancora una persona all'oscuro di tutto questo."

"E se dicesse di no...?" Si lasciò sfuggire Mac.

"Lo accetteremo. Il mio rapporto con lui sarà finito per sempre, e quello che spero di sviluppare con te non avrà futuro."

"Vuoi instaurare un vero rapporto con me?"

Trevor abbassò lo sguardo per qualche secondo, raccogliendo i pensieri. Doveva stare attento a usare le parole giuste. "Voglio risanare il mio rapporto con Damon. Se questo significa includere anche te, allora sono disposto a provarci. La verità è che anch'io sono attratto da te, e quello che trovo più sorprendente è che non provo alcuna gelosia, se penso a te e Damon insieme."

"Nemmeno un briciolo?" Mac non gli credeva.

"Non dopo sabato scorso. Ho avuto modo di conoscerti un po'. Ho capito cosa vede Damon in te. Inoltre non mi pare di aver percepito gelosia da parte tua."

"Questo perché non ho motivo di esserlo. Damon e io ci conosciamo da poco più di una settimana. Noi..." Si allontanò, e d'un tratto un rossore le invase il volto fino alla punta delle orecchie.

Trevor si avvicinò di nuovo, le mise una mano sotto il mento e le sollevò il viso. "Mac, ti imbarazzi troppo facilmente. So cos'è successo venerdì sera, tra voi due. Non c'è motivo di vergognarsi... E anche se sabato mattina ero un po' seccato, mi sta bene. Non ho altra scelta." Le passò un pollice sul mento. "Forse dovrei essere geloso, ma non del fatto che tu stia con Damon, o che Damon stia con te. Da sabato, sono *io* che vorrei passare più tempo con te, e se Damon non fosse d'accordo, avrei difficoltà ad accettarlo."

"A meno che Damon non scappi a gambe levate da entrambi per aver avuto pensieri così folli."

Trevor scoppiò a ridere. "Vero. Potrebbe tranquillamente succedere, ma spero che non lo faccia," concluse sussurrando.

"Anch'io spero che resti," commentò lei con tono altrettanto lieve.

"Non lo sapremo mai finché non glielo chiediamo."

"Quando possiamo dirglielo? Gia ha detto che avrebbe

chiesto a Gryff e i suoi partner se erano disponibili questo fine settimana."

"Allora glielo diremo una volta che sarà tornato da questo lungo viaggio di lavoro."

"Mi ha detto che rientra domani."

Domani. Trevor provò una sensazione di terrore ed eccitazione al tempo stesso. Fece un respiro profondo.

All'improvviso, il suo telefono squillò. Lo tirò fuori per far partire la segreteria, poi vide chi lo stava chiamando e si bloccò.

Merda.

Girò il telefono in modo che Mac potesse leggere il nome che lampeggiava sullo schermo.

"Merda," gli fece eco la donna.

Trevor alzò un dito come per dirle di attendere un momento e si portò il telefono all'orecchio. "Day."

Sentendo la voce arrabbiata del pilota, Trevor si acciglio. "Sono fermo dietro la tua macchina. Per quale accidenti di motivo è parcheggiata nel vialetto di Mac?"

Trevor fece un respiro profondo per rispondere, ma Damon non glielo permise.

"Sarà meglio che ci sia una buona ragione. Un'*ottima* ragione. Di' a MacKenzie di aprire la porta. E fareste meglio a vestirvi."

La comunicazione s'interruppe. Trevor guardò lo schermo e vide che Damon aveva riattaccato.

Poi qualcuno iniziò a bussare insistentemente alla porta d'ingresso.

Merda.

"Merda," ripeté di nuovo Mac, come se gli avesse letto nel pensiero. "È lui?"

Trevor annuì, sentendosi impallidire. "E non è molto contento."

"Già, da come bussa pare proprio di no. Come fa a sapere dove vivo?"

I due si guardarono. "Google!" Esclamarono all'unisono.

Mac si portò una mano sulla fronte. "Dici che devo andare ad aprire? Non siamo ancora pronti."

"Immagino che ci toccherà improvvisare."

"Ne sei proprio sicuro, allora?" Gli chiese Mac.

"Tu?" Ribatté Trevor.

Mac rispose correndo verso la porta d'ingresso.

Merda.

Capitolo Tredici

LA PORTA d'ingresso dell'appartamento si spalancò e, dopo aver dato una rapida occhiata a Mac, Damon alzò lo sguardo per fissare Trevor, che era immobile nel corridoio, davanti a quella che sembrava la porta della cucina.

Brutto stronzo.

"Mi stavi evitando. Ora so perché."

Mac fece un respiro profondo, riportando l'attenzione del pilota su di sé.

"Non pensavo che saresti tornato prima di domani sera."

Bella scusa. "Ho fatto cambio rotta con un altro pilota. Stavi evitando le mie chiamate, e ho pensato che fosse il caso di capirne il motivo." Lo sguardo dell'uomo tornò su Trevor. "Ora lo so. Sul serio, Trev? Hai agito alle mie spalle per corteggiare la donna che mi interessa? Che cazzo ci fai qui?"

Trevor serrò le labbra in una linea sottile.

"Non è come sembra..." Mac lasciò cadere la frase, e Damon notò la smorfia sul suo viso.

"Ah, no?"

"Beh, non è *esattamente* come pensi," lo corresse lei.

"Si prospetta un gran bello spettacolo," mormorò il pilota. Perché era ancora lì? Avrebbe dovuto girare i tacchi e andarsene. Se il suo ex stava facendo la corte alla donna a cui era interessato, allora...

Non aveva motivo di interferire.

Damon scosse la testa e fece per uscire di casa, ma Trevor lo fermò gridando: "No! Damon! Non andartene."

Il pilota si bloccò sul pianerottolo, fissando l'auto di Trevor nel vialetto.

Il cuore prese a battergli un po' troppo forte.

"Damon," ripeté Trevor, questa volta con voce più bassa. "Non è come pensi, credimi."

Il pilota si voltò a guardarlo: Trevor era immobile dietro Mac. La faceva sembrare molto più bassa, dal momento che lui era alto circa un metro e ottantacinque.

"Ti ho già dato l'opportunità di spiegarmi per quale motivo sei sparito cinque anni fa, ma non sono sicuro di avere la pazienza di lasciarti spiegare anche questo. Colpito e affondato, Trev! Avete appena reso la mia decisione molto più facile, tutti e due."

"Damon, per favore, torna qui e parliamone. Se non vuoi dare a lui la possibilità di spiegarti ogni cosa, lascia che sia io a farlo. *Ti prego*," lo supplicò Mac.

Damon chiuse gli occhi e, quando li riaprì, l'auto di Trevor era ancora lì. Non aveva senso.

Si voltò a guardarli. "Stai cercando di ferirmi di nuovo, Trev? Ti ho fatto qualcosa? Perché continui a spezzarmi il cuore? Dimmelo!"

"Non sto cercando di farti del male, ma di renderti felice."

Damon scosse la testa, incredulo. "Come?"

Trevor passò accanto a Mac e si parò di fronte al suo ex, abbastanza vicino perché il pilota potesse vedere le pagliuzze argentate nelle sue iridi. L'odore familiare di Trevor gli riempì le narici.

"So che l'impressione non è delle migliori, ma non è niente di brutto... O almeno non voleva esserlo. Sabato pomeriggio sono venuto qui per conoscere Mac. Ho pensato che se avessi scoperto che era perfetta per te, ti avrei lasciato andare. Perché voglio che tu sia felice, Day. Non c'è niente che io desideri di più. Te lo meriti, dopo quello che ho fatto."

"Trovarti qui non mi rende affatto felice."

"Lo so. Non era nei nostri piani che ci vedessi così."

Piani? Cosa stavano architettando, e perché? "Vuoi dirmi per quale accidenti di motivo sei venuto qui, sabato?"

Mac si unì a loro, fermandosi accanto a Trevor. "È venuto a parlarmi. Voleva spiegarmi perché si è presentato alla tua porta, quella mattina."

Forse Mac pensava di aiutare Trevor, ma non stava funzionando. "Perché l'hai fatto, Trev? Ti ho detto che dovevo pensarci su. Sono venuto qui per scusarmi con te proprio di questo, Mac. Ho provato a chiamarti diverse volte, ma mi hai ignorato. Se non sei più interessata a me, potevi dirmelo. Ti ho già detto che la comunicazione e la sincerità sono fondamentali per me."

Trevor posò una mano sul bicipite di Damon. "Day, vieni dentro. Lascia che ti spieghiamo tutto."

"Ci sei andato a letto?"

Trevor lo guardò dritto negli occhi. "No."

Perché quella risposta non lo faceva sentire sollevato? Forse perché stava succedendo qualcos'altro. Tramavano qualcosa alle sue spalle, e la cosa non gli andava giù.

Forse avrebbe dovuto porre quella domanda in modo diverso. "Vuoi andare a letto con lei?"

"Possiamo evitare di parlarne qui fuori, per favore?" Chiese il massaggiatore, stringendogli il braccio.

Damon fissò le dita dell'ex intorno al proprio bicipite. Avrebbe dovuto essere arrabbiato con lui, non sentire la sua mancanza. Cercò di respingere quel sentimento.

"Non è una risposta, Trev. Di certo non era un no."

"No, infatti," rispose l'altro.

Damon s'irrigidì, raddrizzando la schiena. "Allora non c'è motivo che io resti qui." Quando tornò a voltarsi, Trevor gli strinse più forte il braccio, impedendogli di andarsene... A meno che non si divincolasse con la forza. "Lasciami andare."

"No, non ti lascio."

Damon spostò lo sguardo dalla mano di Trevor ai suoi occhi grigi. Nascondevano una determinazione e un'aria dominante che il pilota non aveva mai visto, nemmeno tanti anni prima. Trevor aveva sempre lasciato che fosse Damon a prendere il comando nella loro relazione, ma sembrava che durante il 'percorso' che aveva affrontato avesse vissuto un'intera nuova vita, quindi le cose sarebbero potute cambiare.

Quella fiducia in se stesso, quel senso di potere, fece sorprendentemente risvegliare l'erezione del pilota.

"Vieni dentro e lasciaci spiegare," disse Trevor con più fermezza, tenendo saldamente il suo ex per il braccio.

Non avrebbe accettato un rifiuto. Damon sentì il battito accelerare. Studiò l'uomo di fronte a sé, e si sentì travolgere dal desiderio, dall'amore e da una certa esigenza.

"Sei cambiato," mormorò Damon.

"Non avevo altra scelta. Ho dovuto prendere il controllo della mia vita, altrimenti mi avrebbe distrutto."

Lo sguardo di Damon si posò su Mac, che teneva una mano sul fianco di Trevor. Era per intervenire nel caso fossero passati alle mani? Peggio per lei: si sarebbe solo fatta del male.

Ad ogni modo, non c'era pericolo. Non avrebbe mai

picchiato Trevor, nemmeno con tutta quella rabbia dentro. I veri uomini non si comportavano in quel modo con le persone che amavano. Usavano le parole per chiarire, non certo le mani. Chiarire: una cosa che Trevor gli aveva negato, in passato.

In quel momento, lui stava facendo lo stesso.

Damon annuì, più a se stesso che a loro, e ingoiò il nodo che sentiva in gola. "E va bene, parliamone."

Trevor allentò la presa e sospirò. "Grazie."

Il pilota si costrinse ad annuire di nuovo e li seguì in casa. Mac gli fece cenno di andare in soggiorno.

"Prego, accomodati. Vuoi una birra?"

Non sarebbe bastata una birra a calmarlo. "Hai qualcosa di più forte?"

"Captain Morgan?"

Il rum non era il suo distillato preferito, ma sarebbe andato comunque bene. "Ok," disse, sedendosi a un'estremità del divano. Rimase sorpreso quando vide che Trevor non faceva lo stesso.

"Ti aiuto," disse il suo ex, seguendo Mac fuori dalla stanza.

Beh, dannazione.

I pensieri di Damon cominciarono a vorticare mentre appoggiava la testa al divano e fissava il soffitto. Perché non riusciva a farsi una ragione del fatto che Trevor si trovasse a casa di Mac?

Quella che provava non era gelosia ma delusione. Delusione nel sapere che Trevor aveva contattato Mac, pur non avendone alcun diritto.

Un momento... Aveva detto di averlo fatto per spiegarle il motivo per cui si era presentato a casa di Damon il sabato prima. Era lui a doverle dare qualche spiegazione, non Trevor.

Il pilota udì dei passi, così si raddrizzò sul divano. Trevor entrò per primo e gli porse un bicchiere.

Damon bevve un sorso e tossì. "Accidenti, è bello forte."

Le labbra di Trevor si curvarono leggermente agli angoli. "Ho pensato che ne avresti avuto bisogno."

"Devo anche guidare."

"Non preoccuparti. Starai benone."

Damon bevve un sorso più lungo, ormai preparato al bruciore. "Ci avete messo almeno un po' di soda?"

"Sì."

Damon guardò Trevor sedersi all'estremità opposta del divano, distante da lui. "Tu cosa bevi?" Sembrava qualcosa di molto più leggero, ma non era birra.

"Tè freddo. È fatto in casa."

Fatto in casa.

Trevor sapeva qualcosa su Mac di cui lui non era al corrente. *Ma che cazzo.*

"Non bevo più," spiegò il massaggiatore.

Damon si voltò di scatto verso il suo ex. "Pensavo che non fossi dipendente."

"Non lo sono."

"Allora è una scelta personale?"

Trevor sorseggiò il tè, dopodiché posò il bicchiere sul tavolino davanti al divano. "Sì. È meglio così."

"Trevor," sussurrò Damon, prendendogli la mano. "È stato molto peggio di quanto mi hai raccontato, vero?"

"Sì," confermò l'altro, senza incontrare lo sguardo del pilota.

"Mi dispiace."

"Anche a me."

Mac entrò in salotto con un bicchiere di liquido simile a quello di Trevor, ma già mezzo vuoto. Lo appoggiò sul tavolino e prese una sedia per accomodarsi di fronte al divano.

Damon la guardò attentamente. Avrebbe dovuto essere arrabbiato con lei per aver fatto entrare Trevor in casa sua, nella sua vita, nella loro relazione ancora in erba.

Ma non lo era; in fondo, sperava che ci fosse una buona ragione.

Bevve ancora un po' di quel drink forte, sentendo il calore pervadergli lo stomaco. Poi mise da parte il bicchiere e incrociò le braccia sul petto.

Non vedeva l'ora di sapere quale ragione ci fosse dietro quell'assurda situazione.

Dopo aver preparato il drink per Damon e aver chiesto a Trevor di portarglielo, Mac era rimasta in cucina per alcuni minuti.

Non erano riusciti a dirsi molto: erano entrambi troppo nervosi per pensare a un piano migliore. Avrebbero dovuto improvvisare.

Dopo essersi versata del rum nel tè, Mac pensò alla conversazione che aveva avuto con Gia. Erano riuscite a passare del tempo da sole con Paige, ma la sua amica aveva monopolizzato la conversazione. Tipico di Gia. Paige era intervenuta solo quando necessario.

Quando Gia aveva scoperto perché Mac volesse parlare con Paige, era quasi implosa. Poi le aveva detto, senza mezzi termini, che sarebbe stata una sciocca a lasciarsi scappare l'opportunità di stare con due uomini.

A sorpresa, Gia era stata quasi la voce della ragione. "Qual è la differenza tra frequentare un uomo o due? Devi comunque capire se può fare al caso tuo, se potresti starci bene insieme e costruirci un futuro. In altre parole, devi capire se ti trovi bene con due uomini invece di uno solo."

"È già abbastanza difficile con uno," si era lamentata Mac.

"Ma lui ti piace. Il sesso è eccitante?" Aveva chiesto Gia, alzando una mano. "Ti prego, dimmi che il sesso è straordinario. Perché se chiudo gli occhi me lo immagino già, quel pilota affascinante con indosso la sua uniforme da sogno. Per favore, regalami questa fantasia per sognare anche me, stasera."

"È... Abbiamo solo... A essere sincera è stato il miglior sesso che abbia mai fatto." Era assolutamente vero, nonostante si fosse trattato solo di una notte.

E di una mattina.

Gia aveva agitato la mano per aria. "Quest'altro ragazzo, l'ex, quello che si è presentato all'improvviso... è bello?"

"A dire il vero è stupendo, molto sensuale. Tra di loro c'è già un legame, visto che sono stati insieme per anni. Non sono sicura di potermi inserire nel loro rapporto."

"Sì che puoi. Puoi inserirti, strusciarti e incastrarti tra di loro, così potrai sperimentare entrambi... Wow." Gia si era sventolata il viso. "Mi sto eccitando solo a pensarci."

"Ascolta," aveva detto finalmente Paige, "prima di incontrare Grae amavo da morire Connor. E anche se all'inizio è stato un po' difficile, una volta che le cose sono andate al loro posto..." Mi aveva rivolto un sorriso. "Ne è *davvero* valsa la pena. Ogni tanto la situazione è un po' frenetica, e questo prima che arrivassero i gemelli. Ma l'importante è mettere da parte la gelosia, e che tutti siano sullo stesso piano. Non esistono preferiti, anche se non vuol dire che dobbiate andare a letto tutti insieme. Ci sono volte in cui Grae trascina Connor a letto prima del previsto, e non so mai se posso unirmi a loro?" Paige aveva scrollato le spalle. "Certo, non direbbero mai di no, ma a volte hanno bisogno di stare un po' insieme per conto loro. Io posso passare tutto il tempo che voglio tra le lenzuola con Grae quando Connor è via per lavoro. Lo stesso vale per me e Connor, quando Grae va in giro per college a reclutare giocatori di football. Ma lascia che ti dica quant'è bello vederli insieme..." Un sorriso le aveva attraversato il viso, e la sua espressione si era addolcita. "È davvero eccitante vedere i due uomini che amo fare l'amore. E poi, quando entrambi rivolgono le loro attenzioni a me..."

"È così che sei rimasta incinta di entrambi," le aveva ricordato Gia. "Hai portato il termine 'Ringo' su un nuovo livello."

"Giusto," aveva mormorato Paige.

Quando poi Gia aveva sbattuto una mano sul tavolo in riva al lago, dove le amiche si erano sedute, Mac aveva sussultato per lo spavento. "Com'è possibile che continui a succedere? Io voglio una relazione a tre da tempo, e tutti quelli che mi circondano, in un modo o nell'altro, ci finiscono dentro! Se anche Gayle viene a dirmi che ha un ménage à trois, penso che mi butterò da un dirupo."

"Hai mai pensato che forse non è il tuo destino? Che là fuori potrebbe esserci l'uomo perfetto per te, disposto a baciare la terra su cui cammini? Non sarebbe sufficiente?"

Gia aveva stretto le labbra, prendendo in considerazione le parole di Paige, poi aveva scosso la testa. "No. Se esiste, allora è meglio che si dia una svegliata e ci trovi un terzo. Essere adorata da due uomini è il mio obiettivo di vita."

"Qualità, non quantità," aveva mormorato Mac.

"Parli proprio tu, che hai l'occasione per cui io farei carte false. Devi almeno provarci. Damon ti piace." Gia si era fermata per un momento, poi aveva ripreso a parlare: "Se non ci provi, pensi che lo perderai?"

"Non lo so. Come ho detto, lui e Trevor hanno un legame forte. Può anche essere danneggiato, ma dalla piccola interazione che ho visto, non credo che ci vorrà molto perché si rafforzi."

"Tra te e Damon c'è sicuramente qualcosa?" Aveva chiesto Paige.

"Sì, eccome."

"E con questo Trevor, invece?"

"Anche, quantomeno a livello sessuale. Non abbiamo passato abbastanza tempo insieme perché si trasformasse in qualcosa di più."

"Aspetta un attimo!" Aveva gridato Gia, facendo sussultare sia Paige che Mac. "Hai fatto sesso anche con Trevor?"

"Non ancora, ma mi ha fatto un massaggio... e non era il tipico massaggio che ti fanno alla spa." Mac era diventata tutta rossa.

"Ti ha fatto un massaggio con happy ending, allora?"

"No, ma sentivo che c'era sicuramente qualcosa tra di noi. Ripeto, era solo un'attrazione sessuale."

"È tutto ciò di cui hai bisogno, per cominciare," aveva detto Paige. "Io mi sono quasi sciolta la prima volta che ho visto Grae, e tutto questo con mio marito seduto accanto."

Mac l'aveva guardata sorpresa. "E non gli è dispiaciuto?"

"No, anche lui era interessato."

"Sembra troppo facile." E sicuramente il loro matrimonio era tutt'altro che tradizionale.

"Come ho già detto, non lo è stato. Per niente. All'inizio abbiamo avuto i nostri momenti difficili. Il sesso era fantastico, ma Grae si sentiva un terzo incomodo, perché io e Connor stavamo già insieme da tanto tempo. Anche noi avevamo quel forte legame di cui parli."

"È proprio questa la mia paura. Sentirmi la terza incomoda. Trevor e Damon non stanno più insieme, ma un tempo erano una coppia... Hanno dei trascorsi."

"Allora riscrivili," le aveva suggerito Gia, ammiccando.

"Non puoi riscrivere il passato," aveva commentato Paige. "Devi forgiare un nuovo percorso. Diamine, potresti doverti fare strada con un machete tra quei due. Ma come ho già detto, potrebbe valerne la pena. Per noi è stato così. E anche per mio fratello, e il fratello di Grae."

"Trey è tuo fratello?"

Paige sorrise. "Mio fratello si chiama Logan. Anche lui è impegnato in un rapporto a tre;, ora hanno anche dei figli."

"Porca miseria," aveva sussurrato Mac.

"Vero?" Si era accodata Gia. "Devo assolutamente scoprire il vostro segreto."

"Se siete disposti a fare un tentativo, invitali qui. Potreste uscire con Gryff, Rayne e Trey. A volte Logan, Ty e Quinn fanno delle grigliate alla fattoria. Studiate come funzionano le dinamiche in un rapporto a tre rispetto a quello di una coppia."

"Non pensavo che così tante persone fossero attratte dal poliamore," aveva mormorato Mac, sorpresa.

"Anche se non è una cosa tanto comune, non è nemmeno così insolita," aveva affermato Paige. "Noi siamo aperti, ma questo non vale per tutte le relazioni poliamorose. Qualsiasi relazione considerata 'diversa' può essere disprezzata da quelli che pensano che non siamo 'normali'." Paige aveva scrollato le spalle. "A ognuno il suo. Siamo tutti adulti consenzienti che hanno messo su famiglia. Se alla gente non piace, che vada a farsi fottere," aveva concluso, prima di tornare in casa per allattare i gemelli.

Gia e Mac erano rimaste giù al molo.

"Devi almeno esplorare questa opportunità."

"Non abbiamo ancora parlato con Damon."

"Allora fatelo."

"E se non fosse d'accordo?"

"Beh, in quel caso, sarebbe davvero uno sciocco."

Mac non era così sicura che fosse vero. Forse era stata lei la sciocca, ad aver suggerito un'idea simile.

In quel momento, però, seduta di fronte al divano del suo appartamento dove erano accomodati i due uomini, cercò di non agitarsi.

Lanciò un'occhiata interrogativa a Trevor, chiedendosi chi dovesse iniziare. Lui le rivolse un cenno discreto, cercando di non farsi vedere da Damon.

Merda.

Mac fece un respiro profondo e iniziò: "Damon..." Agguantò immediatamente il drink e ne bevve un bel sorso. Poi, visto che le tremava la mano, lo posò nuovamente sul tavolino. "Mi è piaciuto molto il tempo che abbiamo passato insieme a parlare, conoscerci e... altre cose." Dannazione, persino le punte delle orecchie le stavano andando a fuoco.

"*Altre cose,*" mormorò Damon con un cipiglio.

Lanciò una rapida occhiata a Trevor, che sembrava un po' divertito. "Intende il sesso, Day."

Il cipiglio di Damon si fece più profondo mentre girava la testa verso il suo ex. "So cosa intende." Poi il pilota si rivolse a Mac. "È piaciuto molto anche a me. Ecco perché sono sorpreso di trovare Trevor qui e scoprire che sabato è venuto a casa tua."

"Lui... Ehm... Noi..." Mac si morse il labbro inferiore, cercando di schiarirsi le idee. "Anche se sabato si è presentato da me all'improvviso, gli ho dato una possibilità, Damon. Non gli ho chiuso la porta in faccia."

"E stasera?"

"L'ho invitato io."

"Perché?"

"Per parlare di come procedere." Damon s'incupì ancora di più, e Mac si affrettò a riprendere il discorso. "Ho visto... *Vedo* quanto ti ama... ancora, e quanto desidera che tu gli dia una seconda possibilità."

Trevor si decise finalmente a parlare. "Ma non riuscivo

nemmeno a ignorare quello che tu hai visto in Mac. Abbiamo sempre avuto gli stessi gusti in fatto di uomini e donne, dico bene?"

Damon fissò il suo ex, con la fronte ancora corrugata. "E questo che c'entra?"

"Devi sapere che, quando sono passato a trovarla, sabato scorso, Mac aveva una contrattura muscolare."

"E tu sei stato così gentile da risolverla, vero?"

"Sì," intervenne Mac.

Damon la fissò per un istante di troppo. "E una cosa ha tirato l'altra?"

"Non proprio," mormorò Trevor, passandosi le mani sul viso. Si mosse sul divano, voltandosi verso Damon. "Abbiamo entrambi percepito una lieve attrazione reciproca..."

"Lieve?"

"Ok, forte," ammise Trevor. "Ne abbiamo parlato."

"Ah, giusto, la comunicazione è fondamentale," commentò Damon a denti stretti.

"E mi sono sentito in colpa per averti messo in questa situazione."

"Non c'è nessuna situazione. Sono interessato a MacKenzie." Gli occhi scuri di Damon inchiodarono Mac sul posto. "O almeno lo ero."

"Se non fossi ancora interessato, non saresti qui," disse Trevor a voce bassa.

"Allora vi dispiace arrivare al punto e dirmi per quale accidenti di motivo sono seduto qui?"

Capitolo Quattordici

QUELLA POTEVA ESSERE LA FINE. Damon poteva arrabbiarsi e andarsene. Trevor lanciò un'occhiata furtiva a Mac, il cui viso era più pallido del solito.

Avrebbe dovuto essere lei a intavolare la questione. Dopotutto era stata una sua idea, sebbene anche lui la ritenesse valida.

Forse Damon l'avrebbe presa in considerazione più seriamente, se l'avesse sentita dalle sue labbra. Trevor aveva paura che se fosse stato lui a proporgliela, il pilota non gli avrebbe dato ascolto. Avrebbe detto di no ancora prima di pensarci bene.

Trevor inarcò un sopracciglio verso Mac, le cui labbra si contrassero per il nervosismo. Poi la donna tirò fuori tutta la sua sicurezza e si voltò per affrontare il pilota. "Abbiamo pensato che potresti frequentare entrambi."

Damon aprì la bocca, ma non uscì nulla. Si grattò la fronte con il pollice, fissando perplesso Mac. "Non capisco."

"Pensaci: noi stiamo iniziando a conoscerci solo adesso, e ovviamente potremmo continuare a vederci. Tu e Trevor potreste sistemare il vostro rapporto, sempre se siete disposti a farlo."

"Nello stesso momento?" Uno sguardo confuso attraversò il viso del pilota. "Non sono sicuro di aver capito bene. Vuoi dire che una sera potrei uscire con Trev, e quella dopo con te?"

"Beh..."

Accidenti. La situazione si stava mettendo male: Trevor doveva sbrigarsi a intervenire. "Sì, questo sarebbe un modo, ma noi abbiamo pensato anche a un'altra opzione."

"Lasciare che io frequenti MacKenzie da solo e rifarti una vita per conto tuo?"

Trevor cercò di nascondere la delusione. "No. Mac ha suggerito di frequentarci tutti insieme, di conoscerci a vicenda."

"Conoscerci a vicenda," gli fece eco Damon, sussurrando. Prese il drink e ne scolò metà.

"Potremmo uscire a coppie, ma anche insieme," spiegò Mac, guardando Damon tracannare il resto del liquido ambrato. "L'ho fatto piuttosto forte."

"Non abbastanza," rispose lui, posando il bicchiere ormai vuoto sul tavolino con una certa foga. "Perché giuro di averti appena sentita proporre un... ménage a trois? A letto?"

"Anche fuori dal letto," si affrettò ad aggiungere Trevor.

"È questo che volete?"

"È solo un'idea," disse Mac, portandosi una mano sulla guancia accaldata.

Damon la fissò. "Vuoi fare sesso con due uomini contemporaneamente?"

"Tu non ci hai mai pensato?" Ribatté lei.

Damon chiuse la bocca, fino a quel momento spalancata, e si accomodò meglio sul divano, guardandosi le mani strette a pugno.

Per una serie di istanti molto lunghi e imbarazzanti, nessuno proferì parola.

Alla fine il pilota alzò la testa e fissò Trevor, il cui cuore batteva con furia. "Ci abbiamo scherzato, fantasticato, ma non abbiamo mai aggiunto un terzo alla nostra relazione."

"Ma ora ne abbiamo la possibilità," sussurrò Trevor, posando la mano su uno dei pugni stretti di Damon.

Il pilota si allontanò. "Solo se ti permetto di tornare nella mia vita. Quando sono venuto qui oggi, avevo preso la decisione di non farlo, Trevor. Volevo continuare a vedere Mac."

"Ora potrai continuare a farlo."

"Ma tu vuoi che la condivida con te."

"E io condividerò te con lei."

"E io vi condividerò entrambi," aggiunse Mac, cercando di mostrarsi utile nella spiegazione.

"È assurdo. Mi state prendendo in giro? Perché comincio a pensarlo."

"Se non ti interessa, allora non c'è niente che possiamo fare," disse Mac con fermezza, sorprendendo Trevor. "Quindi scegli."

Damon fece una smorfia, sentendosi profondamente a disagio. *Oh, cavolo.* Se l'avessero costretto a scegliere, Trevor era sicuro che l'avrebbe tagliato fuori. Cosa pensava di fare Mac?

Damon aprì la bocca per rispondere, e Trevor s'irrigidì. Sarebbe finito tutto. Non avrebbe avuto una seconda possibilità con l'ex. Niente da fare. Kaput. Avevano agito nel modo sbagliato.

"Non posso scegliere," sussurrò Damon, così piano che Trevor scosse la testa, chiedendosi se lo avesse soltanto immaginato.

"Cosa? Hai detto qualcosa?" Chiese il massaggiatore. "Credo di non aver sentito."

"Hai sentito bene, invece," disse Damon con voce più alta. "Sai esattamente cosa ho detto."

"Se non riesci a scegliere, allora questa è la soluzione perfetta," s'intromise Mac senza giri di parole, cogliendo ancora una volta Trevor di sorpresa. Quella donna arrossiva per qualsiasi cosa, ma sentirla parlare gli fece capire che in realtà era più forte di quanto pensasse.

Damon la guardò. "Non posso credere che tu sia interessata."

Mac aggrottò la fronte. "Perché non posso esserlo? Perché non può piacermi il sesso quanto a un qualsiasi uomo? Perché non posso essere egoista e avere due uomini tutti per me? Due uomini che soddisfino le mie esigenze?"

Porca miseria, si stava arrabbiando, il che avrebbe potuto non essere un bene per la situazione. Prima che Trevor potesse intervenire, Damon riprese la parola: "Quello che stai proponendo non è un legame alla *Big Love* o *Io e le mie mogli*, MacKenzie."

"Hai ragione, non lo è. In quel caso, l'uomo non fa sesso con tutte le sue mogli contemporaneamente. Fanno a turni. Per svariate notti, una di loro si perde tutta l'azione. Questo potrebbe portare a gelosia e competizione."

Trevor fissò Mac. Aveva fatto delle ricerche, oltre a parlare con Gia e la sua famiglia?

"Ma anche se accettassi di fare un tentativo, mi capiterà spesso di essere via per lavoro. Cosa succederà in quel caso? Vi divertirete senza di me?"

Trevor sperava che Mac avesse una valida risposta a quella domanda.

"Sì."

Merda. Non era quella in cui sperava.

Mac, però, non aveva finito. "E ci sarebbero dei momenti in cui io e te passeremo del tempo da soli." Fece un cenno a

Trevor. "O tu e Trevor. Succede in ogni relazione poliamorosa, a meno che non si decida in anticipo che comportamenti simili sono inaccettabili. Avere delle regole di base chiare è di vitale importanza."

Accidenti. Aveva *davvero* fatto delle ricerche.

"Relazione poliamorosa," ripeté Damon, quasi come se volesse assaporare quella parola.

Trevor aspettò che la sputasse fuori come un seme di cocomero.

Il pilota, però, non lo fece. Al contrario, si rivolse al suo ex: "Non sarei in grado di concentrarmi sapendo che te la scopi alle mie spalle."

"Non sarebbe alle tue spalle. Lo farei con il tuo permesso. Proprio come io ti darei il permesso di divertirti con Mac quando non ci sono. E così via..."

"Io non vi impedirei mai di avere momenti intimi se non ci sono, Damon. Non penso che sarebbe giusto," disse Mac.

"Credo che all'inizio dovremmo passare quei momenti tutti insieme. E solo più tardi, forse..." Damon si coprì il viso con le mani ed emise un gemito. "Dio, devo essere uscito di senno," esclamò. "Ci sto pensando sul serio."

Trevor fece un cenno a Mac, comunicandolo con lo sguardo di sedersi tra loro. Non aveva senso starsene tutti rintanati nei propri angoli. Se dovevano fare sesso insieme, avevano bisogno di fare progressi. Era necessario stabilire una connessione fisica. Forse allora Damon si sarebbe scrollato di dosso qualche dubbio.

Ma sarebbe stato disposto a fare quel passo avanti seduta stante?

Il cuore di Trevor iniziò a battere forte, e il suo membro si irrigidì. Sarebbe riuscito finalmente a stare di nuovo con Damon? Non pensava che sarebbe stato ancora possibile. Forse, grazie alla donna che si avvicinava a loro dall'altra parte del tavolino, Trevor ne avrebbe avuto l'opportunità. Ad ogni modo, stava accettando di condividere l'uomo che amava con lei.

Sarebbe davvero riuscito a sopportare quel peso?

Invece di sedersi tra di loro, Mac si fermò davanti a Damon e gli tese la mano. Lui la fissò, come se fosse indeciso. Lei rimase ferma, poi tese l'altra mano verso Trevor.

Il massaggiatore la prese senza esitare, alzandosi in piedi. Mac lo strinse forte, e lui percepì nella stretta un leggero tremolio di incertezza. Anche lui tremava.

Quella relazione avrebbe potuto funzionare alla grande o finire molto male.

"Damon," sussurrò Trevor, quasi supplicandolo.

Quando il pilota si allungò incerto verso Mac e le prese la mano, Trevor sentì una stretta al cuore. Damon si alzò in piedi, ma lei non si mosse di un millimetro. Anzi, strinse ancora di più la mano del massaggiatore, tirandolo più vicino a sé.

I tre erano talmente vicini che i loro piedi si toccavano.

Trevor fece un respiro profondo.

Qualcuno doveva fare la prima mossa. Non potevano certo stare lì tutta la notte a tenersi per mano.

"Cosa facciamo?" Chiese Damon. Trevor non aveva mai visto il suo ex così insicuro. Aveva sempre dimostrato un certo senso di autorità.

"Qualsiasi cosa venga naturale," rispose Trevor.

"Non c'è niente di naturale in questa storia," mormorò Damon, guardando prima l'ex e poi Mac.

"E chi lo dice?" Domandò la donna. "Possiamo crearci delle regole tutte nostre, seguire i nostri desideri. Nessuno ha il potere di ostacolarci, tranne noi stessi."

"Ne sei proprio sicura?" Le chiese Damon.

Mac sorrise, sentendosi d'un tratto la persona più sicura

nella stanza. "Adesso sì."

DAMON SI FERMÒ al centro della camera da letto di Mac e si guardò intorno. Aveva un semplice letto matrimoniale, quindi si chiese come avrebbe potuto funzionare... Insomma, la questione sesso, l'esplorarsi a vicenda, la potenziale relazione.

Da un lato non riusciva a credere di aver acconsentito. C'era ancora tempo per tirarsi indietro, visto che non si erano ancora spogliati. Dall'altro, visto che si erano spostati al piano di sopra, non riusciva a pensare di farlo. Più si immaginava non solo insieme a Trevor, ma anche con Mac, più sentiva il sangue scorrergli impetuoso nelle vene.

Il sesso con Trevor era sempre stato facile. Sapevano cosa piaceva all'altro, almeno finché Trevor non aveva iniziato a implorarlo di essere abusato, e le cose avevano preso una piega un po' scomoda. Prima di allora, si erano sempre capiti alla perfezione.

Il sesso con Mac, d'altro canto, era stato spettacolare. Non riusciva a togliersela dalla testa dal momento in cui l'aveva incontrata, ma ancora di più da quel sabato, quando il desiderio per la rossa era diventato più intenso.

A essere onesto, non riusciva a togliersi dai pensieri nemmeno Trevor.

Ciò lo infastidiva. Era combattuto tra il suo amore per l'ex, che continuava a essere innegabile e radicato in profondità, la sua incapacità di dimenticare ciò che gli aveva fatto e l'improvvisa scintilla di desiderio che aveva sentito nei confronti di MacKenzie.

Alla fine aveva deciso di esplorare le possibilità con Mac, e non voleva rovinare tutto. Ma trovare il suo ex a casa della nuova fiamma...

L'aveva devastato. Si era sentito come se il cuore gli venisse strappato ancora una volta dal petto.

Le aspettative su un futuro con Mac si erano dissipate.

Ma poi erano tornate.

Insieme a un tranello.

Un tranello di nome Trevor, che al momento stava abbracciando Mac e la stava baciando con così tanto trasporto che il membro gli era diventato duro come la roccia e già produceva il suo nettare.

Damon stava aspettando che la gelosia lo travolgesse. Tuttavia, con sua enorme sorpresa, non fu così. Al contrario, voleva unirsi a loro al più presto. Voleva che si dessero il cambio e le strappassero gemiti di piacere, proprio come stava facendo il massaggiatore in quel momento. Mac stringeva la camicia di Trevor, ansimando mentre i pollici del massaggiatore le sfioravano i capezzoli turgidi che premevano sul tessuto della canottiera.

Anche a lui mancava il fiato, e i suoi occhi grigi erano socchiusi e colmi di desiderio. Si voltò verso Damon.

"Voglio che tu sia al cento per cento te stesso, Day. Ho bisogno che tu prenda il comando."

"Questa situazione è nuova per me." Damon sentì un tremore nella sua stessa voce. In parte era dovuto alla trepidazione, ma più che altro era per via dell'attesa nei confronti di ciò che sarebbe successo di lì a breve.

"È una novità per tutti," commentò Mac, le cui labbra erano schiuse e leggermente gonfie per il bacio di Trevor.

Damon lanciò un'occhiata al massaggiatore. "È vero, Trev?"

Qualcosa balenò sul viso dell'altro, ma lo nascose con rapidità. "No, mi è capitato di..."

"Non devi parlarne ora," lo rassicurò Mac.

Trevor la guardò. "Ma prima o poi dovrete saperlo."

"Non stasera."

"Concordo," disse Damon, volendo sollevare il suo ex da qualsiasi imbarazzo. "Non stasera. Temo che questo sarà già abbastanza imbarazzante... Dovremo trovare il modo di muoverci l'uno con l'altro. Forse dovresti prendere tu il comando, Trev, visto che hai già qualche... esperienza."

Trevor scosse la testa. "No, ho bisogno che tu sia te stesso."

"Non provocherà qualche reazione sgradita?"

Il massaggiatore esitò troppo a lungo per i gusti di Damon.

"Piccolo..." riprese il pilota con tono più dolce, "dimmi che non provocherà reazioni sgradite."

Nel sentire il nomignolo che Damon gli aveva dato tanti anni prima, le narici di Trevor si dilatarono.

"Non dovrebbe."

"In caso contrario, cambieremo tattica," disse Mac, la voce della ragione. Si staccò dalle braccia di Trevor e si avvicinò a Damon. "Quando mi ha baciata, Trevor mi ha tolto il fiato, quindi ho bisogno di prendere in prestito il tuo." Gli mise una mano dietro la nuca e lo tirò a sé per un bacio intenso.

Damon le accarezzò istintivamente il viso, muovendo le labbra contro le sue. Mac lo stuzzicò con la lingua finché non schiuse la bocca, permettendole di prendere momentaneamente il controllo.

Quando le due lingue si toccarono, Damon prese il sopravvento, baciandola con foga e strappandole un gemito gutturale.

Sentiva l'erezione pulsare, desiderosa di sprofondare nel calore della donna. L'intenso desiderio di marchiarla, dentro e fuori, lo fece fermare per riprendere fiato. Con i pollici le sfiorò le guance arrossate, dove le lentiggini stavano praticamente brillando. Gli occhi azzurri della donna, annebbiati dal desiderio, incontrarono quelli di lui.

Damon alzò la testa e vide Trevor fermo vicino al letto, con la mano premuta sull'erezione turgida costretta dai jeans. Quando gli sguardi dei due uomini s'incontrarono, il desiderio di Damon di marchiare Trevor allo stesso modo di Mac ebbe la meglio. Aveva bisogno di farlo suo ancora una volta.

E l'avrebbe fatto quella sera stessa. Li avrebbe fatti suoi *entrambi*.

In cambio, Damon sarebbe appartenuto a loro. Avrebbe fatto del suo meglio per dar loro tutto ciò che desideravano. Sperava solo che i due accettassero ogni sua richiesta... o ordine.

Ma Damon aveva anche paura.

Paura di perdersi il secondo che avrebbe toccato e baciato Trevor. Paura di venir risucchiato nella totale devozione vero un uomo che amava tanto. Doveva tenere a mente che non c'erano solo lui e Trevor, e nemmeno solo lui e Mac.

Erano tutti e tre coinvolti allo stesso modo in quella storia. Non si sarebbe potuto innamorare troppo di nessuno dei due. Se voleva che la relazione funzionasse, avrebbe dovuto mantenere un attento equilibrio.

Quello che c'era tra lui e Mac era nuovo. Quello che aveva con Trevor, invece, era familiare, seppur arrugginito.

Trevor era nella stessa situazione.

Dovevano entrambi sforzarsi di non escludere Mac in alcun modo. Era lei la ragione per cui stava dando a Trevor una seconda possibilità. Damon non avrebbe mai voluto farla pentire della sua proposta.

In verità, non voleva che nessuno di loro se ne pentisse. Anche se era stato l'ultimo a saperlo, Trevor voleva che fosse lui al comando di quella serata.

In quel momento non c'era niente che Damon deside-rasse di più, tranne i due corpi ancora vestiti.

Voleva vedere Mac nuda, in ginocchio, e togliere le scarpe a Trevor prima di spogliarlo del resto dei vestiti. Damon doveva solo decidere a chi spettasse il compito di spogliare MacKenzie.

Prima di procedere, tuttavia, aveva bisogno di sapere... "Hai dei preservativi e del lubrificante?"

Mac e Damon non si sarebbero concessi a Trevor senza un preservativo. A causa del suo passato autolesionista, avrebbe prima dovuto sottoporsi a dei test. Era necessario per fugare ogni dubbio, ma per il momento avrebbero preso qualche precauzione extra. Senza quelle, la serata sarebbe finita seduta stante.

"Ho un preservativo nel portafoglio," disse Trevor, tiran-dolo fuori dalla tasca posteriore. "E un campioncino di lubri-ficante, ma potrebbe non bastare."

"Avremo bisogno di più di un solo preservativo. Ne ho uno anch'io nel portafoglio, ma niente lubrificante."

Damon volse lo sguardo verso Mac, le cui orecchie erano di un rosso vivo. "Non ho preservativi, ma ho un tubetto di lubrificante."

Per il momento sarebbe stato sufficiente. "Dov'è?"

"Nel mio comodino."

Damon impartì il primo ordine: "Prendilo, Trevor."

"Aspetta!" Gridò Mac, facendo immobilizzare l'altro sul posto. "Vado io."

Lo sguardo divertito del massaggiatore incontrò quello di Damon. "Ha dei giocattoli."

"Pare proprio di sì," mormorò il pilota. Mac iniziò ad allontanarsi, ma Damon l'afferrò per un braccio e la tirò indietro. "Allora dovrai aspettare... Prima voglio vederti nuda." La fece voltare, in modo che gli desse le spalle e fosse rivolta verso Trevor. Poi si sporse in avanti per sussurrarle qualcosa all'orecchio. "Ti dispiace se prendo il comando?"

Mac venne percorsa da un brivido. "No."

"Se diventa troppo, dimmelo. Ricordati, la comunicazione è tutto."

Lei annuì.

Damon fece scivolare le dita sotto le spalline sottili della canottiera e gliele fece scivolare lungo le spalle. Poi la spinse verso il basso, fino a scoprirle i seni, che si posarono sul tessuto come sorretti da una mensola. Damon ci passò sopra le dita, meravigliandosi della differenza di tono tra la carnagione della donna e la propria. Lui era parecchio scuro, in confronto alla pelle diafana di Mac. Sul seno aveva poche lentiggini sparse. Fece scorrere la punta di un dito da una all'altra, unendole in un disegno invisibile.

Mac fece un respiro profondo.

E il pilota le sfiorò un capezzolo con il pollice.

"Quella la voglio io," disse Trevor, che non si era mosso dal suo posto vicino al letto.

Gli occhi di Damon si posarono su di lui.

"Tu hai voluto quella vicino al gomito. Io voglio quella... È mia."

Damon le passò la punta della lingua sull'orecchio. "È sua."

Il respiro di Mac si fece più affannoso.

Damon continuò a esplorarle i seni, disegnando cerchi intorno ai piccoli capezzoli turgidi, ma senza toccarli. Voleva stuzzicarla. Voleva che si dimenasse sotto il suo tocco.

Continuò a disegnare percorsi sulla pelle morbida dei seni.

"*Ti prego*," mugolò lei.

Damon ignorò la sua supplica: le afferrò la canottiera e gliela sfilò da sopra la testa per poi gettarla da parte. Le fece scorrere le dita lungo le costole, sulla piega intorno alla vita, poi sulla leggera curva dei fianchi, infilandole i pollici nell'elastico dei pantaloncini in cotone. Mentre li faceva scivolare lentamente verso il basso, si assicurò che portassero giù anche le mutandine.

Si fermò appena sopra la piccola isoletta di peli rosso fuoco. Alzò di nuovo lo sguardo verso Trevor: aveva gli occhi pieni di desiderio, le gambe larghe e si stava accarezzando l'erezione con sempre più foga.

Il massaggiatore incrociò lo sguardo di Damon. "Cazzo."

"L'hai già vista?" Meglio per lui se avesse risposto…

"No."

Mac attirò di nuovo l'attenzione di Damon, iniziando a tremare.

"Pazienza," le sussurrò, facendole scivolare i pantaloncini e le mutandine lungo le cosce e lasciandoli cadere ai suoi piedi. "Girati, guardami in faccia e mettiti in ginocchio."

Damon ignorò un verso proveniente da Trevor, concentrandosi invece su Mac, che si affrettò a obbedire. Il corpo del pilota era tutto in tensione: sentiva i testicoli contrarsi e l'erezione andare in cerca di un disperato sollievo.

Abbi pazienza, disse, rivolto a se stesso. Se avesse perso il controllo, la serata sarebbe andata a rotoli.

Quando Mac si inginocchiò davanti a lui, le sollevò la testa con un dito e la fissò negli occhi azzurri. "Apri la bocca."

Lei obbedì, e Damon vi infilò un pollice, sentendo il respiro caldo di Mac sulle dita. Raccolse un po' di saliva e le inumidì il labbro inferiore.

"Non muoverti." Si slacciò rapidamente la cintura; il rumore del cuoio che scivolava sul tessuto dei pantaloni la fece rabbrividire di nuovo. Damon gettò la cintura sul letto, con il fermo proposito di utilizzarla più tardi. Si prese il suo tempo, sbottonandosi i pantaloni e abbassando la zip. Poi s'infilò una mano nei boxer e tirò fuori l'erezione pulsante. "Apri di più quella bocca," le ordinò. "E tira fuori la lingua."

Lo sguardo di Mac gli fece venire voglia di vedere quelle lentiggini ricoperte dal suo nettare. Rabbrividì al solo pensiero. Prima, però, avrebbe dovuto farla sua in altri modi.

"Piccolo, mettiti dietro di lei, ma non toccarla."

Damon non si degnò di assicurarsi che l'altro seguisse gli ordini: era troppo concentrato su Mac, che attendeva con la bocca aperta e la lingua in mostra.

"Brava ragazza," sussurrò.

Mac arrossì ancora una volta dal petto al viso, e barcollò sulle ginocchia. Damon le si avvicinò con l'erezione in mano.

"Mani sulle mie cosce."

Lei obbedì rapidamente, il che la aiutò a riprendere l'equilibrio.

"Non spostarle, a meno che non ti dica di farlo." Le passò la punta della lunghezza sulla lingua, pulendo la goccia di liquido seminale. Poi le penetrò la bocca più a fondo possibile, toccandole il mento con le dita per dirle di chiudere le labbra.

"Ferma così, assaporalo per un momento."

A Mac sfuggì un gemito, ma nulla più. A quel punto, il pilota le raccolse i capelli in una coda di cavallo e la strinse con forza.

Avrebbe voluto chiudere gli occhi e sprofondare nel calore umido di quella bocca. Ma non sarebbe stato in grado di resistere a lungo, e non aveva nemmeno iniziato a muoversi. Tuttavia, trovarsi nella bocca di Mac sotto lo sguardo attento ed eccitato di Trevor gli faceva battere forte il cuore. Era davvero difficile mantenere il controllo in quella situazione.

Le ordinò di iniziare a succhiare, e la donna iniziò a farlo, muovendosi costantemente avanti e indietro, aiutata dalla presa di Damon sui suoi capelli. Non era sicuro di quanto potesse andare in profondità, quindi la mise alla prova a ogni affondo.

Quando la vide in difficoltà, indietreggiò di qualche millimetro e cominciò a muoversi a un ritmo che gli avrebbe permesso di resistere ancora un po'. Mac lo stava ancora fissando con i suoi straordinari occhi azzurri, il che rendeva tutto molto eccitante. Glielo succhiava con un entusiasmo che Damon non vedeva da tempo.

Da quanto stava con Trevor, per l'esattezza.

Distolse lo sguardo da Mac e vide che il massaggiatore si stava slacciando i jeans. Esclamò un brusco "no", e Trevor abbassò subito le mani. I loro sguardo s'incontrarono.

"Hai voluto che prendessi il controllo, quindo ora dovrai obbedirmi," ricordò a Trevor.

Erano molto vicini, separati solo dal corpo di Mac. Gli mancava baciare Trevor, farlo suo, tenerlo stretto a sé mentre dormivano. Al pensiero di poter riavere tutte quelle cose, il cuore di Damon prese a battere ancora più forte. Pensava di averlo perso per sempre.

Non era sicuro di essere pronto ad aprirsi ed esporsi a nuovo dolore, ma lo avrebbe fatto comunque: avrebbe permesso a Trevor di tornare nella sua vita. Una relazione a tre era rischiosa, indipendentemente dalle parti coinvolte.

"Ho bisogno di baciarti, Day."

Damon gli fece un leggero cenno di assenso e, mentre lui continuava a guidare la testa di Mac, facendole scivolare la bocca lungo l'erezione, Trevor si sporse in avanti e incollò le labbra a quelle del pilota.

Porca miseria, era come tornare a casa.

Quel sapore, la familiarità della sua bocca... Si erano baciati anche il sabato precedente, ma era stato diverso. Sapeva che, in quel momento, il bacio avrebbe portato a qualcosa di più, a differenza di qualche giorno prima, quando ancora non era sicuro che fosse la cosa giusta da fare.

Ora finalmente ci credeva. Era qualcosa che entrambi volevano e di cui avevano disperatamente bisogno.

Mentre si baciavano, i ricordi del loro passato travolsero Damon. Il suo amore per Trevor si innalzò come una marea, pronto a inghiottirlo di nuovo e trascinarlo negli abissi.

Il suo cuore smise di battere per una frazione di secondo, mentre Trevor gli avvolgeva la mano che teneva i capelli di Mac, e i due cominciarono a guidarla avanti e indietro.

Quando sentì un gemito, Damon capì che non sarebbe durato ancora a lungo. Doveva lasciarsi andare e aspettare di riprendersi prima di continuare, oppure doveva fermare Mac. La lingua della donna gli lambiva il membro a ogni affondo, e i suoi denti gli graffiavano leggermente il glande, ancora e ancora.

Poiché quel movimento e il bacio di Trevor stavano mettendo a dura prova il suo autocontrollo, Damon decise di staccarsi da entrambi per riprendere fiato.

Così interruppe il bacio e fermò Mac, tirandole forte i capelli. Senza lasciarla andare, si rivolse a Trevor: "Tira fuori il cazzo," mormorò.

In quel modo si sarebbe fatto un'idea di cosa volesse dire condividere una donna con l'uomo che amava. Prima di spostarsi sul letto, Damon doveva assicurarsi che tutti fossero a proprio agio, perché da lì non si tornava più indietro.

Doveva anche assicurarsi che Mac non avesse ripensamenti.

Si tirò abbastanza indietro da farle scivolare via il membro dalle labbra. Le passò le dita lungo la guancia, poi le accarezzò il mento, sollevandole ancora una volta il viso arrossato. "Sei sicura di voler continuare?"

Il suo "sì" fu affannoso ma deciso. Non lasciava alcun dubbio sul fatto che fosse consenziente.

Era bellissima in ginocchio, nuda, con la pelle diafana arrossata, i capelli rossi avvolti intorno alle dita del pilota e le labbra un po' gonfie. Non avevano ancora finito con quelle.

Trevor, intanto, aveva tirato fuori la propria erezione e stava muovendo il pollice sulla punta lucida, cospargendola di nettare. Come Damon, si era slacciato i pantaloni solo per tirarselo fuori. Faceva soltanto ciò che gli ordinava l'ex.

"Bravo ragazzo," sussurrò il pilota. Rimase sorpreso dalla facilità con cui aveva pronunciato quell'elogio. A Trevor mancò il fiato, e spalancò gli occhi quel tanto che bastava perché Damon lo notasse. Non aveva mai usato quella frase con nessuno, oltre a lui.

"Cazzo, Day," gemette il massaggiatore.

"Prendi il mio posto." Senza lasciar andare i capelli di Mac, i due uomini si scambiarono di posto.

Damon, posizionatosi alle spalle della donna, le tirò i capelli per inclinarle la testa all'indietro e si chinò abbastanza da baciarla per un istante, prima di lasciarla andare a malincuore. "Apri la bocca."

Lei obbedì, proprio come aveva fatto qualche minuto prima. Spalancò la bocca e tirò fuori la lingua.

"Dalle il tuo cazzo, Trev" ordinò Damon al massaggiatore. Si aspettava quasi che Trevor si rifiutasse e gli chiedesse qualcosa del tipo: "Sei sicuro, Day?" Invece non fu così: Trevor si affrettò a infilare il membro nella bocca aperta di Mac e chiuse gli occhi. A quella vista, il pilota trattenne un gemito: sapeva esattamente cosa stava provando il suo ex.

"Occhi su di me," disse in tono autoritario.

Il massaggiatore riaprì subito gli occhi e strinse i denti, cercando palesemente di reprimere un orgasmo precoce.

"Non verrai finché non te lo dirò io, chiaro?"

Trevor annuì a malapena, con le palpebre pesanti e il respiro affannoso.

Una goccia di saliva sfuggì dall'angolo della bocca di Mac, e Damon la portò via con il pollice, continuando a dettare il ritmo con la mano che teneva i capelli. Seguì il profilo delle sue labbra con il dito.

"Day." Il tono di Trevor era teso.

"Non verrai finché non te lo dirò io," gli ricordò Damon.

"Day... Io..."

Trevor non aveva mai avuto problemi a trattenersi. Damon lo guardò. "Quanto tempo è passato?"

"Io... È... Quasi un anno."

Damon per poco non lasciò andare i capelli di Mac per la sorpresa. Quando era entrato in quella struttura per la riabilitazione, e quanto tempo vi era rimasto?

Damon tirò i capelli di Mac. "Lascialo andare."

Un sonoro schiocco riempì l'aria.

"In piedi." Si frugò nella tasca anteriore dei pantaloni e tirò fuori il preservativo. "Prendi i preservativi e il lubrificante e mettili sul comodino, a portata di mano. Poi torna qui a spogliare Trevor."

Mac obbedì, e Damon si prese del tempo per analizzare la situazione. "Abbiamo solo due preservativi, quindi dovremo limitarci."

"Per stasera."

"Per stasera," concordò il pilota. "Se vuoi che continui a guidare la serata, lo farò, ma dovrai obbedirmi senza indugio."

Trevor annuì e Damon seguì di nuovo Mac con lo sguardo, mentre la donna si avvicinava al massaggiatore e iniziava a sfilargli la maglietta.

"Spoglialo e basta."

Mac gli lanciò un'occhiata. "Quando potrò toccarlo?"

"Quando lo dico io."

Capitolo Quindici

Nel corso della sua vita, Mac era stata con diversi Stronzi Alfa - più di quanti sarebbe mai stata disposta ad ammettere - ma non era mai stata con un uomo autoritario come Damon. C'era qualcosa nella sua voce profonda ed esigente che le provocava sensazioni che non avrebbe mai pensato di vivere.

Di solito non le piaceva ricevere ordini; aveva un bel caratterino. Quella sera, però, stava lasciando andare tutti i freni inibitori. Trevor aveva voluto che fosse Damon a prendere le redini della serata, e il pilota si era rivelato molto bravo.

Mac era bagnata fradicia e pronta a fare molto di più che prendere in bocca le erezioni dei due uomini; sentiva già un certo formicolio insinuarsi dappertutto.

Se quella sera fosse andato tutto liscio, Mac lo avrebbe rifatto volentieri, ancora e ancora. Aveva capito appieno perché Gia anelasse a una vita simile, e non erano ancora andati a letto.

Essere al centro dell'attenzione...

Ammesso che fosse andata così. I due uomini avrebbero potuto cambiare idea molto in fretta. Farsi coinvolgere da due amanti con un passato comune era un rischio.

La preoccupazione che Mac aveva espresso a Gia e Paige rimaneva valida.

Sfilò la polo da Trevor con dita tremanti, facendo attenzione a seguire diligentemente le istruzioni di Damon e non lasciare che le proprie mani indugiassero sulla pelle dell'uomo.

Il respiro affannoso del pilota mentre pronunciava il nome di Trevor la riportò al presente.

Quando vide perché aveva reagito, ricacciò indietro un sussulto.

Trevor aveva un piercing sul capezzolo destro. Non solo, il capezzolo era più lungo del normale, tanto da sembrare eretto. L'altro non ne aveva, ma era circondato da tessuto cicatriziale che faceva pensare che qualcuno glielo avesse strappato via.

A quel pensiero, Mac venne percorsa da un brivido freddo. Quanto doveva essere crudele o spietata una persona per fare una cosa del genere? Il massaggiatore aveva accolto con favore quella crudeltà o l'aveva subita suo malgrado?

Il petto e le spalle erano punteggiate da piccole cicatrici circolari. Erano forse una mezza dozzina, delle dimensioni di un tizzone di sigaretta. Mac non riusciva a immaginare che si trattasse di qualcos'altro. Anche il resto del suo corpo era disseminato di cicatrici. Niente di profondo; nessuna di esse era in rilievo, e avevano un aspetto sbiadito. Tagli che andavano abbastanza in profondità da farlo sanguinare ma non fargli troppo male.

Trevor aggrottò la fronte e rivolse loro uno sguardo di apprensione. "Avrei dovuto dirvelo prima."

"Niente avrebbe potuto prepararmi a questo, piccolo," disse Damon con voce rotta.

"Quello che vedete non è nemmeno il peggio."

Lo sguardo di Mac si spostò dal punto in cui Damon lo stava toccando agli occhi di Trevor. Lui, però, era impegnato a fissare il pilota.

Non erano state le cicatrici o il capezzolo sfigurato a destare l'attenzione di Damon. Le sue dita stavano tracciando un tatuaggio – all'apparenza professionale – sul cuore dell'ex. Raffigurava un mezzo sole e una mezza luna, uniti insieme a rappresentare il giorno e la notte.

"Nei momenti più bui, l'unica luce rimasta erano i miei pensieri su di te. Il desiderio di tornare a casa ha fatto sì che rimanessi in quel centro di riabilitazione, e mi ha spinto a dare tutto me stesso per tornare a essere un uomo completo. Due metà che formano un tutt'uno, proprio come questo tatuaggio. La luna sono io e rappresenta il mio periodo nero. Il sole sei tu, Day."

Dopo qualche attimo, Damon aprì la bocca e parlò con voce dura. "Finisci di spogliarlo," disse, rivolgendosi a Mac.

Il pilota non si allontanò, e Mac sentì il suo calore sulla schiena mentre sfiorava per sbaglio l'erezione di Trevor sotto i jeans, facendolo sussultare leggermente. Tornando a concentrarsi, gli abbassò i pantaloni e, proprio come Damon aveva fatto con lei, gli infilò le dita nell'elastico dei boxer, facendoli scivolare verso il basso.

Quando arrivò ai polpacci, si inginocchiò di nuovo per sfilargli le scarpe e i calzini. Trevor sollevò prima un piede e poi l'altro, mentre lei lasciava cadere i vestiti a terra.

Poi si raddrizzò, ma notò qualcos'altro sul fianco del massaggiatore. Un altro segno. Non poteva considerarsi una cicatrice, era una specie di tatuaggio, ma non aveva l'aria di essere stato fatto da un professionista.

Sembravano lettere sottili e irregolari, come se fossero state scarabocchiate a una matita da un bambino. La scritta diceva "Animaletto."

Mac non aveva idea di cosa significasse. *Animaletto.*

Se fosse stato un tatuaggio, avrebbe dovuto avere un aspetto simile a quello inciso sul petto.

Questo, però, era impreciso; sembrava fatto da un dilettante. Qualcuno aveva voluto umiliarlo, trasformandolo nel proprio animaletto domestico? A farglielo era stata la stessa persona che l'aveva bruciato e ferito o qualcun altro?

MacKenzie si raddrizzò del tutto e alzò lo sguardo, ma Trevor stava fissando di nuovo Damon, con la mascella serrata e il mento sollevato. Forse stava aspettando che l'ex reagisse o dicesse qualcosa.

Il pilota non fece nulla per almeno un minuto, e anche Mac si ritrovò incerta sul da farsi. L'erezione di Trevor si era afflosciata, e Mac immaginava che quella di Damon fosse nelle stesse condizioni.

"Hai fatto un percorso, giusto?"

Trevor non le rispose. Si sentiva nel bel mezzo di uno scontro tra i due uomini.

"Ogni cicatrice e ogni segno sono un passo verso quel percorso. È così che la vedremo, ok?" Mac si voltò verso Damon e gli mise il palmo della mano sul cuore, che gli batteva a mille. "Ok?" Ripeté, sussurrando.

Con le narici dilatate, il pilota abbassò lo sguardo sulla donna e annuì.

"Si era perso. Quel percorso lo ha riportato a casa da te, Damon." Mac allungò una mano e gli sfiorò il viso. Il pilota chiuse gli occhi e inclinò la testa finché la sua guancia non aderì al palmo della donna.

"Non è la cosa peggiore," ripeté Trevor, facendo riaprire gli occhi a Damon.

Il pilota afferrò la mano di Mac, la girò e le baciò il centro del palmo, poi affrontò Trevor, che si voltò dando loro le spalle. Proprio come sul petto, le cicatrici bianche e sottili ricoprivano la maggior parte della sua schiena. Ancora una volta, non sembravano ferite gravi. Tuttavia, in mezzo c'erano alcune "protuberanze". Sembravano segni di frustate o di colpi inferti tramite qualcosa di lungo, come un frustino per cavalli.

Mac sentì contrarsi le viscere. Non sapeva molto di BDSM, ma se quelli erano i risultati delle pratiche, non avrebbe mai voluto provarle. Il suo sguardo vagò sulla schiena ampia e muscolosa del massaggiatore, per poi fermarsi su un altro tatuaggio fatto in maniera approssimativa, questa volta proprio sopra il sedere, che diceva "Puttanella."

Le ginocchia di Mac vacillarono, così allungò una mano dietro di sé per aggrapparsi a Damon. Lui le afferrò il gomito e la tenne in piedi.

"C'è qualcos'altro che devi sapere, Day," sussurrò Trevor con voce arcigna.

"Hai detto di essere risultato negativo ai test."

"Sì... Ma..."

Mac si fece avanti e gli avvolse le braccia intorno alla vita. Trevor stava facendo fatica, e lei non sapeva nemmeno metà di tutto ciò che aveva subito. Qualunque cosa fosse, non aveva lasciato solo cicatrici visibili.

Gli premette la guancia sulla schiena calda e lui le avvolse le dita intorno agli avambracci, non per allontanarla, ma per tenerla più vicina a sé, come una specie di coperta di sicurezza. Se farlo l'avesse aiutato, Mac non si sarebbe tirata indietro. Non sapeva come altro fare, dal momento che non conosceva tutta la situazione.

Sperava di arrivare a conoscerla, un giorno, se Trevor fosse stato disposto a raccontarsi. In quel momento, però, era troppo presto, e non era il caso. Mac lo capiva e voleva rispettare la privacy dell'uomo.

Damon si avvicinò a loro e si mise davanti al massaggiatore. "Dimmi quello che devo sapere in *questo* momento. Il resto possiamo sistemarlo più tardi; qualunque cosa sia, la supereremo."

Trevor fece un respiro profondo. "Sono sempre stato il tuo passivo..."

"È quello che volevi," si affrettò a replicare Damon con tono sorpreso.

"Sì, ed è ancora quello che voglio."

"E?" Lo incoraggiò dolcemente l'ex.

"È importante che tu lo sappia, prima di andare oltre. Ho delle cicatrici..."

Mac chiuse gli occhi e strinse più forte le braccia.

"Io... Non devo..." Mac non aveva mai sentito Damon così poco sicuro di sé.

Trevor le sussultò tra le braccia. "No, voglio che tu lo sappia. Ci vuole solo... un po' più di sforzo... di tempo..."

"Piccolo," sussurrò Damon, come se il suo cuore si stesse spezzando.

"Voglio dirtelo," disse Trevor con più fermezza. "Ne ho bisogno, Day. Ho bisogno di te." Afferrò più forte il braccio di Mac e la fece voltare finché non gli diede le spalle. Poi le cinse la vita con un braccio e la tirò a sé. "E voglio anche lei. È l'anello mancante che ci permetterà di riconnetterci, lo sento."

Mac non ne era così sicura, ma non aveva intenzione di obiettare. Col tempo avrebbero capito se era vero o no.

Avevano anche molto altro da capire, ma in quel momento, lei e Trevor erano nudi e Damon era l'unico ancora vestito.

Paige aveva detto che bisognava essere tutti sullo stesso

piano perché la relazione funzionasse, sebbene per loro fosse la prima notte insieme. Quindi, agli occhi di Mac, anche Damon doveva essere nudo. Doveva essere vulnerabile quanto lei e Trevor. Mettersi al loro livello.

E con i vestiti addosso non era possibile.

Forse era arrivato il momento che prendesse lei il comando, anche se per poco.

"Trevor, non trovi che Damon sia ancora troppo vestito?" Gli sorrise. L'aria nella stanza era diventata fin troppo pesante per i suoi gusti. Doveva assolutamente cambiare.

Quella serata avrebbe dovuto essere divertente, sensuale e illuminante... E anche se le risposte ad alcune incognite erano finalmente venute a galla, non era certo quello che si aspettavano.

Mac voleva entrare in intimità con entrambi gli uomini. Si sentiva ansiosa all'idea, ma anche eccitata.

Sapeva che la loro relazione avrebbe attraversato anche qualche momento buio. Paige aveva detto che all'inizio le cose erano state un po' difficili, prima che la situazione diventasse più tranquilla. Osservare lei, Connor e Grae insieme, quella sera, aveva mostrato a Mac quanto potesse essere bello un rapporto simile. Quanto potesse essere naturale, e quanto tre persone potessero amarsi incondizionatamente.

Trevor e Damon erano ancora lontani dal provare amore per lei. Chissà se sarebbero mai arrivati a quel punto.

Non avrebbe dovuto farsi tutti quei viaggi mentali prima del tempo. Prima avrebbe dovuto concentrarsi sulla loro intimità, perché se non avessero trovato un'intesa a livello fisico, allora forse non sarebbe valsa la pena di continuare.

Incontrò lo sguardo del pilota. "Damon, hai troppi vestiti addosso."

Il pilota le rivolse un sorrisetto quasi impercettibile, ma

lei lo notò comunque. "Spogliami, Trev," disse Damon con un cenno del capo.

"Io posso dargli una mano," aggiunse Mac.

"No, voglio che tu ti metta sul letto e ci guardi."

Anche quella sembrava una buona idea.

Trevor stava iniziando a sbottonare la camicia di Damon quando Mac si voltò per andare a mettersi sul letto. Si sistemò a pancia in giù di fronte a loro, con la testa ai piedi del materasso.

Si sarebbe goduta lo spettacolo.

Aveva già fantasticato su Trevor e Damon insieme: finalmente ne sarebbe stata testimone. Strinse le cosce, sentendo accumularsi un certo calore.

Trevor si prese del tempo per sfilare la camicia a Damon. A differenza di Mac, fece scorrere le dita su ogni lembo di pelle e muscoli dell'uomo. E non solo quelle: passò anche le labbra su ogni centimetro esposto che riusciva a raggiungere. Dopo avergli tolto la camicia, Trevor diede uno strattone alla canottiera. Il cotone bianco sulla pelle scura di Damon sottolineava quanto fosse ricca e uniforme la sua carnagione.

Trevor non aveva fretta di sfilargliela, così gli fece scivolare le mani sotto la canottiera e sull'addome, lasciando che il tessuto seguisse il movimento.

Le mani di Trevor si mossero sotto il cotone fino ad arrivare ai capezzoli, dove si trattennero per un lungo momento. Damon si mordicchiò il labbro inferiore. Qualunque cosa stesse facendo l'ex, era chiaro che gli piaceva da morire. Mac non vedeva l'ora di vederlo senza quella dannata canottiera. Lo voleva *nudo*.

"Pazienza," si disse.

La vista delle cicatrici e dei tatuaggi di Trevor gli aveva fatto perdere lo slancio, ma la situazione si stava finalmente scaldando di nuovo.

Damon si tolse d'impeto la canottiera e la gettò da parte. Poi allungò la mano verso il suo ex, afferrandolo per il viso e tirandolo a sé per baciarlo.

Gemettero tutti e tre nello stesso istante. Guardare quei due baciarsi con così tanta foga fece sì che ogni area sensibile del corpo di Mac si contrasse di desiderio e iniziasse a pulsare.

Trevor si portò alle spalle del pilota, facendolo girare per assicurarsi che Mac avesse una visuale chiara. Poi allungò le mani e iniziò a spingere lentamente giù i pantaloni già sbottonati. Glieli tolse proprio come aveva fatto Mac con lui, inginocchiandosi per liberarlo anche delle scarpe.

Finalmente anche Damon era nudo. Trevor gli passò le mani sulle gambe, esplorandone ogni centimetro e tornando a conoscere il corpo del suo ex.

Mac notò Damon fare di tutto per rimanere in piedi. Una delle mani di Trevor scomparve dalla vista, mentre l'altra gli scivolò sotto i testicoli, massaggiandoli, per poi spostarsi sull'asta e stringere la base.

Mentre Trevor lo accarezzava lentamente, Damon sentì la sua bocca sulla nuca. Quel contatto gli provocò un brivido che gli fece quasi chiudere gli occhi dal piacere. Tuttavia, riuscì a rimanere concentrato su Mac.

La donna era tentata di saltare giù dal letto e vedere cosa stesse facendo Trevor. La sua immaginazione si stava scatenando, ma si costrinse a rimanere ferma e lasciare che la piccola fiamma dell'attesa si trasformasse in un falò ruggente.

Damon disse qualcosa, ma lei non lo capì. A ogni modo, quelle parole fecero sì che Trevor lo lasciasse andare. Il massaggiatore fece un passo indietro e si avvicinò a Mac, che era sdraiata sul letto in attesa e osservava Damon con sguardo attento. Anche il pilota si portò ai piedi del letto. La donna sentì chiaramente il materasso affossarsi sotto il peso di Trevor, che nel frattempo si era avvicinato ancora di più a lei.

Quando Damon si allungò verso di lei, Mac pensò che volesse toccarla, ma l'uomo non lo fece. Raccolse la cintura che aveva gettato sul letto, la strinse in una mano e la fissò per un momento.

Aveva intenzione di usarla quella sera stessa?

Prima che lei potesse dire qualcosa, il pilota la lanciò verso i vestiti che giacevano a terra.

La tensione che aveva avvertito mentre lui fissava la stringa di cuoio si dissolse in un baleno.

Mac aveva la mente aperta e, a patto che le piacesse e non sentisse dolore, non era contraria a provare nuove esperienze. Ma dopo aver visto le cicatrici di Trevor, non pensava che quella sarebbe stata la serata giusta per provarci.

Quel momento avrebbe dovuto essere solo per loro tre. Si sarebbero esplorati a vicenda. Avrebbero goduto. Avrebbero tastato il terreno per una relazione duratura. Damon e Trevor si sarebbero riconnessi l'uno con l'altro, e Mac vi avrebbe preso parte.

Era talmente distratta dall'espressione di Damon, dal suo fisico statuario e dalla sua presenza imponente in fondo al letto, dall'erezione a pochi centimetri dalla sua bocca, che quando Trevor le strisciò addosso, strillò per la sorpresa.

Scoppiò a ridere, e una parte della tensione nella stanza svanì come neve al sole. L'espressione seria di Damon si trasformò in un ampio sorriso.

Anche Trevor ridacchiò, sfiorandole la spina dorsale con le labbra per poi spostarsi verso il basso, usando solo la punta della lingua.

Le sfuggì un lieve gemito mentre divideva finalmente la sua attenzione, concentrandosi non solo su Damon – ancora intento a guardare – ma anche su quello che stava facendo

Trevor. L'uomo le succhiò la pelle sopra le natiche, facendola ansimare, mentre con le dita ne tracciava le curve esterne.

Le stampò un bacio quasi nel solco, dopodiché alzò la testa e disse: "Hai una lentiggine anche qui. Avrei dovuto fare mia *questa*."

Trevor avrebbe potuto possederle tutte, e lo stesso valeva per Damon. "Che ne dite di condividere le mie lentiggini?" Suggerì con voce roca.

"Certo," rispose il pilota, avvicinandosi al bordo del letto.

Mac era quasi faccia a faccia con la sua lunghezza, quindi aprì la bocca e tirò fuori la lingua come aveva fatto poco prima.

Damon, però, scosse la testa e disse: "Chiudi la bocca." Mac obbedì. "Brava ragazza," mormorò lui.

Non aveva idea del perché, ma a quelle parole si sentì travolgere dal calore. Avrebbe dovuto detestarlo, far presente al pilota che era una cosa umiliante. Ma quando l'aveva detto, le era sembrato... giusto.

Voleva sentirglielo dire ancora e ancora.

Voleva essere la sua brava ragazza.

Forse era quello il senso di essere un "animaletto". A Trevor era stato detto che era un "cattivo ragazzo" ed era stato punito? Si era comportato male *di proposito* per essere punito?

Trevor, intanto, le stava leccando il solco del fondoschiena, soffermandosi in un punto che lei non si era mai fatta lambire prima. Aveva tracciato un cerchio un paio di volte con la punta della lingua, poi aveva continuato verso l'alto, era tornato giù, e ne aveva disegnato un altro.

Trevor le infilò due dita tra le natiche, e Mac sapeva benissimo cosa avrebbe trovato. Era bagnata fradicia, pronta per loro. Non aveva bisogno di ulteriori preliminari; le era bastata quella lunga attesa.

Quello non voleva dire che non fosse ancora nervosa per tutta la situazione. Un conto era fare sesso con Damon... Ma non era ancora stata con Trevor, e la loro prima volta sarebbe stata insieme al pilota. Oppure... avrebbe potuto vederla come la seconda volta insieme a Damon, alla quale avrebbe partecipato anche Trevor.

In ogni caso, era un po' snervante. Avrebbe quasi voluto dire a Damon di godersi l'intimità con Trevor, e che lei avrebbe potuto guardare. Poi, non appena si fosse sentita pronta, si sarebbe unita a loro.

Anche se forse si sarebbe divertita un mondo a guardare quei due. Prese mentalmente nota del fatto che, in futuro, se avessero continuato a stare insieme, le sarebbe piaciuto fare la voyeur. Essere una mosca sul muro mentre si godeva lo spettacolo dei suoi due uomini insieme.

Rabbrividì e si rese conto di aver chiuso gli occhi, gustandosi ancora una volta quella fantasia.

Trevor alzò la testa. "Non ti piace?"

"Le piace eccome," rispose Damon per lei. "La sto guardando in faccia, osservo le sue reazioni... Ti stai trattenendo, MacKenzie. Devi goderti quello che ti sta facendo Trevor. Se hai bisogno di dimenarti, fallo. Se hai bisogno di gemere a voce alta, vogliamo sentirti. Lasciati andare."

"Nessuno mi ha mai fatto quello che mi sta facendo lui."

Damon sorrise di nuovo. "Non ti piace?" Il suo tono era più provocatorio che serio.

"Comincia a piacermi."

Damon scoppiò a ridere. "Buono a sapersi. Allora non ti dispiace se lo faccio anch'io?"

"Adesso?"

"No, per oggi ho altri piani. Magari più tardi, o la prossima volta."

La prossima volta.

Mac si contorse quando Trevor le fece scivolare due dita dentro e fuori, sfiorandole di tanto in tanto il clitoride con la punta del pollice. Abbastanza da stuzzicarla, ma senza portarla all'orgasmo. Tuttavia, se avesse continuato a muovere la lingua e le dita in quel modo, ci sarebbe arrivata *molto* presto.

Anche Damon era altrettanto sicuro, perché si accovacciò davanti a lei e la guardò dritta negli occhi. "Falla venire. Voglio guardarla in faccia quando finalmente smetterà di trattenersi e si lascerà andare."

"Non mi sto trattenendo," insistette lei, con voce un po' troppo affannata.

"Sì, invece. Smettila. Fai la brava e lasciati andare."

Fai la brava.

Lasciò andare la mente, mantenendo il contatto visivo con Damon. "Falla venire, piccolo," ripeté lui.

Rilassati. Lasciati andare, si disse Mac. Il viso di Damon si perse in lontananza mentre si concentrava sui movimenti di Trevor. Lingua, dita, denti...

Era *davvero* bravo. Immaginava che fosse più giovane di Damon di qualche anno, quindi si chiese se avesse imparato un po' della sua tecnica da lui. In quel caso, aveva avuto il miglior insegnante di tutti.

Dire a se stessa di rilassarsi divenne inutile quando le dita del massaggiatore si piegarono e cominciarono a toccarla nel punto più sensibile. Nel frattempo, Trevor la lambiva con la lingua, muovendola in cerchi lenti e penetranti.

"Lasciati andare."

Damon l'aveva detto davvero o se l'era immaginato?

In ogni caso, Mac si ripeté quelle medesime parole. L'orgasmo iniziò a montarle dentro come un'onda, e quando finalmente la raggiunse, la trascinò con sé negli abissi del piacere.

Mentre apriva la bocca per gemere, Damon annullò la

distanza tra loro, premendo le labbra contro quelle della donna e catturando i suoi mugolii. Mac lasciò che gli occhi le si chiudessero mentre assaporava quel bacio, il sapore di Damon, insieme a quei leggeri tremolii che sentiva da quando Trevor aveva rallentato i suoi movimenti.

Damon la lasciò andare e si rivolse al suo ex. "Bravo ragazzo," gli disse, dopodiché impartì un ordine a Mac: "Adesso girati di schiena."

Ma prima che lei potesse farlo, Trevor prese l'iniziativa e la girò, mettendosi a cavalcioni sopra di lei e rivolgendole un sorriso, che Mac si affrettò a ricambiare.

Capitolo Sedici

TREVOR AVEVA un disperato bisogno che Damon lo facesse suo. Necessitava di sentire ancora una volta quella connessione. Gli mancava, così come gli era mancato l'uomo che in quel momento si trovava dietro di lui, sul letto.

Sebbene fosse entusiasta che Damon gli stesse dando una seconda possibilità, e felice che Mac fosse riuscita nel suo intento, era deluso dal fatto che quella sera non avrebbe goduto per mano del pilota. Trevor era certo che fosse perché aveva parlato e mostrato loro le cicatrici.

Damon ne era rimasto sconvolto.

E nonostante il massaggiatore apprezzasse la sua preoccupazione, sapeva anche che quella serata avrebbe potuto non essere abbastanza per lui, quindi le cose fra i tre dovevano funzionare al meglio.

Damon aveva appoggiato la testa di Mac su un paio di cuscini e ordinato a Trevor di mettersi a cavalcioni su di lei, dandogli le spalle.

L'ex gli aveva chiesto di prendere il comando della serata, ed era esattamente quello che stava facendo.

Il massaggiatore si fidava dell'istinto dell'altro e, quella sera, avrebbe accettato qualsiasi cosa Damon gli avrebbe permesso di avere. Era un inizio, uno in cui Trevor aveva sperato e che si riteneva fortunato ad aver ricevuto.

Ancora una volta, tutto grazie a Mac. Se non si fosse presentato alla porta della donna, forse tutto questo non sarebbe successo. Il rischio che aveva corso aveva dato i suoi frutti.

"Bravo ragazzo," gli sussurrò di nuovo Damon, facendolo rabbrividire.

Era capitato spesso che a Trevor venisse detto "Bravo ragazzo" o "Bravo animaletto", ma sentire quelle parole dalla bocca di Damon era ben diverso dal sentirle pronunciare da un estraneo.

Il pilota le rendeva amorevoli e piene di significato, cosa che gli sconosciuti non facevano affatto. Soprattutto perché non era quello che Trevor stava cercando.

Il più delle volte gli veniva detto che era un "cattivo ragazzo" o un "cattivo animaletto" perché si comportava in malo modo di proposito. Disobbedire agli ordini voleva dire essere puniti. Ecco cosa cercava Trevor.

L'umiliazione. Il dolore. Il disgusto.

Tutte cose che Damon non voleva o non poteva dargli.

Ma ormai era sicuro di aver superato quella fase. Aveva affrontato i propri demoni a testa alta e li aveva sconfitti. O almeno, li aveva riconosciuti per ciò che erano veramente.

Quindi, quella sera si sarebbe crogiolato nelle parole di Damon ogni singola volta che le avesse pronunciate.

Anche se ormai non era più un "ragazzo".

Nemmeno Mac era più una "ragazza", ma non sembrava contrariata nel sentire rivolgersi lo stesso termina dal pilota. Al contrario, le sue reazioni avevano dimostrato che quelle parole la eccitavano.

Era un dettaglio promettente, sia per entrambi gli uomini, sia per la possibilità di trasformare il loro rapporto in una relazione poliamorosa solida.

A ogni modo, prima avrebbero dovuto superare quella serata, e anche se Trevor non avesse potuto concedersi a Damon, quel piacere se lo sarebbe preso in altri modi.

Senza dover dire molto, Damon aveva incaricato Mac di prendere di nuovo in bocca l'erezione del suo ex.

La donna lo fece senza esitazione, guadagnandosi un altro "brava ragazza".

Era brava *davvero*.

Infatti Trevor non era sicuro di quanto sarebbe durato, con lei che glielo lavorava con la bocca. Di certo non aiutava il fatto che avesse una linguetta pestifera che lo spingeva al limite ogni volta che gliela passava sulla punta. Le mani della donna erano altrettanto pericolose. Gli aveva stretto la base dell'asta con due dita, mentre con l'altra mano gli massaggiava i testicoli.

In passato, Trevor aveva conosciuto uomini gay o bisessuali molto talentuosi in materia di sesso orale – incluso Damon – ma anche Mac non scherzava affatto. Ogni secondo che passava, quella donna scalava la personale classifica del massaggiatore.

Trevor si accorse dell'istante preciso in cui Damon la penetrò. Mac sgranò gli occhi ed emise un gemito, che a sua volta gli strappò un mugolio di piacere. Poi la donna richiuse gli occhi e sul suo viso emerse un'espressione beata di cui Trevor era leggermente geloso.

Ricordò a se stesso che sentimenti simili sarebbero dovuti rimanere al di fuori del loro rapporto a tre. Non solo in camera da letto, ma anche in ogni altra occasione.

Trevor si lasciò dietro quella fitta di gelosia e si concentrò sul movimento di Damon, che entrava e usciva da Mac senza alcuna fatica. Quando sentì lo schiocco del tappo del lubrificante che la donna aveva preso dal cassetto, venne percorso da un brivido. Damon gli aveva appena fatto capire fin dove si sarebbero spinti quella sera, e anche se avrebbe tanto voluto essere al posto di Mac, era sicuro che gli sarebbe toccato qualcosa di altrettanto appagante.

Damon sfiorò il fianco di Trevor e lui si alzò sulle ginocchia, piegandosi un po' in avanti e spingendosi ancora più in profondità nella bocca di Mac.

Un paio di dita umide gli lambirono l'entrata, accarezzandola e incoraggiandolo a rilassarsi. Era difficile, visto quello che stava facendo Mac, ma ci provò comunque. A causa del tessuto cicatriziale, non era più elastico come una volta, e quella era la preoccupazione maggiore di Damon. La lunghezza del suo membro era nella media, ma non lo spessore. E sebbene in passato Trevor avesse accolto dentro di sé oggetti ben più grandi dell'erezione del pilota, erano stati proprio quelli la causa delle sue cicatrici.

Alcuni più di altri. Quando lo avevano legato con catene, cinghie, corde e imbavagliato, non aveva potuto fare niente per impedirlo.

Smettila di pensarci.

Questo è il passato. Ora siamo nel presente. Qui ci sono Damon e Mac.

Non avrebbe provato altro che piacere. Nessuno dei due voleva fargli del male. Desideravano entrambi divertirsi con lui, e che lui si divertisse con loro.

Damon lo mise alla prova, facendo scivolare il mignolo oltre l'entrata stretta.

Santo cielo, che bella sensazione. Damon voleva essere cauto, ma il mignolo non era abbastanza.

"Day," gemette Trevor.

Il pilota ignorò la sua supplica e lo penetrò un paio di

volte, avanti e indietro. Quando tirò fuori il dito, Trevor si irrigidì per un momento, consapevole di cosa sarebbe successo di lì a breve.

Chiuse gli occhi e gemette, inclinando la testa all'indietro per appoggiarla sulla spalla di Damon.

Il pilota prese a lavorarlo con il dito medio, dopodiché andò ancora più in profondità e lo piegò per sfiorargli la prostata.

Damon glielo aveva preannunciato, e finalmente si era deciso. Prima, però, voleva far sì che i muscoli di Trevor si rilassassero. Doveva capire quanto fosse in grado di aprirsi a lui.

Trevor conosceva già la risposta: non quanto prima.

Ciononostante, era certo di poter ancora accogliere Damon al massimo della sua erezione. Era passato molto tempo dall'ultima volta che aveva fatto sesso, ma quelle cicatrici erano lì da prima di entrare nella struttura di riabilitazione, e fino a quel momento non aveva mai avuto problemi nei rapporti.

Dopo qualche secondo, Damon aggiunse l'indice, aprendo e chiudendo le dita per allargare l'entrata di Trevor.

Il pilota gli stampò un bacio sull'orecchio e sussurrò le tanto desiderate parole: "Bravo ragazzo."

Quando Damon iniziò ad accarezzare il punto delle dimensioni di una noce, il massaggiatore alzò gli occhi al cielo per il piacere.

Avrebbe voluto mettere in guardia Mac, ma non era abbastanza lucido da formulare una frase coerente. Quello che stava facendo Damon, peraltro con sublime abilità, non avrebbe portato a uno dei soliti orgasmi, ma a un senso di beatitudine come nient'altro al mondo poteva fare.

Ciò significava anche che il nettare in uscita dal suo membro sarebbe stato molto più copioso delle poche gocce che Mac stava già spazzando via con la lingua. La donna avrebbe pensato che fosse quello il risultato dell'orgasmo, invece ciò che attendeva Trevor era un'esperienza ancor più paradisiaca.

Mac avrebbe potuto trovarlo... travolgente.

"Day," tentò di nuovo, pensando che dovessero avvertirla in anticipo.

"Non preoccuparti," gli mormorò il pilota all'orecchio, provocandogli un brivido con la sua voce profonda e vellutata, che insieme alle contrazioni che si stavano formando dentro di lui lo fecero scuotere. "Farà la brava e accoglierà tutto quello che le offrirai. E uno di questi giorni... molto presto, a dire il vero, potrai donarlo anche a me."

Quella singola promessa fece sì che Trevor lottasse per non crollare sopra Mac.

Di norma, durante un massaggio alla prostata, nessuno gli toccava il membro, quindi era abbastanza sicuro che non sarebbe durato a lungo.

E aveva ragione: le contrazioni si fecero più intense, e piccoli getti di sperma si riversarono in fondo alla gola di Mac. Lei, però, non cercò di allontanarsi; piuttosto, sembrava che ne stesse assaporando ogni goccia.

Cristo santo. Non c'era da stupirsi che Damon volesse continuare a conoscerla.

Quando Trevor cominciò a percepire un certo calore alle parti intime, anche grazie agli affondi di Damon nel corpo di Mac, si rese conto che non sarebbe durato ancora a lungo.

Era passato così tanto tempo da quando era stato in grado di provare... *piacere.* Un piacere vero, regalatogli da qualcuno che teneva a lui. Ancora meglio, da *due* partner che tenevano a lui.

Quella sensazione di calore cominciò a propagarsi dal centro e si espanse a ogni fibra del suo corpo. Damon doveva essersene accorto, perché sussurrò: "Bravo ragazzo... Lasciati andare."

Le dita di Damon mantennero un ritmo costante, fino a fargli perdere la testa. Il pilota stava penetrando Mac allo stesso ritmo, ma quando Trevor iniziò a tremare, lei prese a succhiargli il membro con maggior foga. Forse aveva intuito che stava per succedere qualcosa di grosso.

Il massaggiatore avrebbe voluto mettersi a ridere a quel pensiero, perché era vero.

Ma i mugolii di piacere provenienti dalla bocca di Mac lo avrebbero fatto esplodere prima del previsto.

Non si mosse: lasciò che Mac e Damon prendessero le redini. Si limitò a godersi il momento, in attesa del risultato che conosceva bene.

Rilasciò sempre più getti di sperma, ma quella era solo un'anteprima di ciò che sarebbe successo a breve. Ciò che Trevor in passato aveva scherzosamente definito "il diluvio".

Era proprio così.

L'orgasmo definitivo.

"Quanto tempo riesci a resistere ancora?" Chiese Damon, ansimando.

Trevor fece fatica a rispondere. "Non... molto."

"Resisti il più a lungo possibile. Voglio venire con te, ma voglio che venga prima lei."

Trevor aprì gli occhi e lanciò un'occhiata a Mac. La donna aveva il viso arrossato, gli occhi chiusi e la sua erezione in bocca. Era chiaramente a un passo dall'esplosione.

Damon stava alimentando una fiamma dentro di lui, e più lo faceva, più diventava ardente. Riconobbe altri segnali, come l'irrigidimento di certi muscoli, la stretta sulle dita di Damon.

"Day..." Trevor cercò di avvertirlo di nuovo.

"Lasciati andare," ordinò Damon a Mac.

Trevor si spostò quel tanto che bastava per scivolare fuori dalla bocca della ragazza, che inarcò subito il collo e si fece sfuggire un gemito che lo fece rabbrividire da capo a piedi.

"Cazzo," grugnì Damon aumentando il ritmo.

Le dita di Mac affondarono nelle cosce di Trevor mentre s'inarcava sotto di lui.

"Sta venendo."

Osservare le sue reazioni spinse Trevor al limite. "Anche io."

"Voglio vederti schizzare su di lei," disse Damon, prendendo in mano il membro pulsante di Trevor e iniziando ad accarezzarlo.

Non sarebbe stato certo un problema. Trevor la sentiva... Quella pesantezza, quella rigidità. Si lasciò sfuggire un gemito, abbandonandosi finalmente all'orgasmo. Sparse grossi fiotti di nettare viscoso dappertutto: sul petto di Mac, sul collo, sul mento, sul cuscino, persino sulla mano di Damon. Il pilota lo svuotò fino all'ultima goccia. Non doveva essere rimasto nulla quando Damon tolse le dita dalle sue profondità e gli afferrò i fianchi per penetrare Mac.

Poi si fermò, e Trevor lo immaginò riversarsi dentro di lui. Avrebbe tanto voluto che fosse così, ma doveva ammettere che l'alternativa era stata altrettanto piacevole. Solo che gli mancava avere Damon così vicino da sentirlo parte di sé.

La prossima volta.

Ci sarebbe stata una prossima volta. Per forza.

Quando si voltò per guardare Damon, il pilota gli afferrò il mento e lo baciò in maniera un po' goffa. Poi lo avvolse con un braccio per tenerlo stretto al petto e, una volta interrotto il bacio, sussurrò un altro: "Bravo ragazzo".

Trevor abbassò lo sguardo su Mac e si accorse che li stava osservando in silenzio, con un'espressione estasiata sul viso e un sorriso negli occhi.

"Voi due siete così sexy insieme," disse dopo un po'.

"Lo siamo tutti e *tre*," la corresse Damon.

Trevor annuì e allungò una mano. "Asciugamano."

Era contento che ne avessero messo uno a portata di mano, perché aveva fatto un bel pasticcio sul corpo di Mac. La donna avrebbe dovuto comunque farsi una doccia, ma lui voleva ripulirla il più possibile.

Damon si chinò in avanti e immerse l'indice nella piccola pozza di nettare che si era accumulato alla base del collo di Mac. Ne offrì un po' alla donna, che gli succhiò avidamente il dito fino a ripulirlo.

Merda.

Damon ripeté il gesto, portando il dito alle labbra di Trevor.

Poi ne assaggiò un po' anche lui.

"Mi è mancato il tuo sapore," disse Damon con tono dolce. "Anzi... Mi sei mancato *tu*."

Capitolo Diciassette

MAC SI GIRÒ sul cuscino e aprì gli occhi. Non ne aveva bisogno per sapere che i due uomini erano andati via. Nonostante il calore dei loro corpi avesse trasformato il letto matrimoniale in una fornace, avevano dormito uno incollato all'altro, con Mac al centro di quel glorioso sandwich umano. Proprio per quel motivo, non aveva idea di come fossero riusciti ad alzarsi senza che lei se ne accorgesse. Forse aveva dormito profondamente per la stanchezza.

Sbadigliò e si stiracchiò, mettendo alla prova i muscoli tesi e doloranti. Dopo che Damon l'aveva fatta sua, Mac si era presa un po' di tempo per riprendersi prima di lasciare che anche Trevor avesse la sua occasione.

Era stato soddisfacente come la prima volta. Dopo il secondo round, però, si erano fermati. Avevano solo due preservativi, e li avevano usati entrambi. Mac prese mentalmente nota di comprarne una scatola enorme, insieme ad altro lubrificante. Se avessero dovuto rimettere in piedi lo spettacolo della sera prima...

Fissò il cuscino che aveva ancora l'impronta del capo di Damon.

Sperava proprio che ci fosse una seconda volta.

Non aveva mai immaginato di trovarsi nella situazione di dover condividere due uomini. Non le era mai passato per la testa. Gia ne parlava sempre, mentre lei aveva sempre trovato l'idea piuttosto ridicola. Aveva già abbastanza difficoltà a trovare un *solo* uomo decente, ma due?

Tuttavia, per quanto le sarebbe piaciuto pensare che quello fosse uno scenario perfetto, non lo era. Le cose tra Damon e Trevor erano ancora irrisolte. Mac non conosceva molto bene il massaggiatore, e aveva trascorso poco tempo anche con Damon.

Il loro rapporto a tre era qualcosa di nuovo, seppur eccitante.

Mac sapeva benissimo che la situazione sarebbe potuta andare a rotoli da un momento all'altro.

La sera prima, tra un "round" e l'altro, Damon aveva ribadito come non ci potessero essere gelosie o favoritismi. Ciononostante, erano umani. Avevano emozioni e problemi reali.

Dovevano porsi aspettative realistiche, cosa che Mac aveva fatto notare a entrambi.

Gli altri due erano stati d'accordo, proprio come sul fatto di discutere apertamente ogni tipo di problema per non lasciare che diventasse insormontabile.

Dopo tutto quel parlare, e dopo essersi addormentati insieme, Mac non si sarebbe mai aspettata che se ne andassero senza avvisare.

Entrambi, per giunta.

La donna notò gli involucri dei preservativi sul comodino e il tubetto di lubrificante ormai vuoto, e si mordicchiò il labbro inferiore.

E quello cos'era?

Rotolò su un fianco e afferrò quello che sembrava un messaggio sul retro di uno scontrino. La calligrafia impeccabile le provocò un moto di invidia. Che razza di uomo aveva una tale padronanza della penna? Uno a cui piacevano la precisione, l'ordine e il controllo.

Ricordare come aveva preso le redini la sera prima le fece venire la pelle d'oca. Lesse il messaggio. "Eri esausta. Io e Trev dobbiamo parlare, e non volevamo disturbarti. Ti chiamo più tardi."

Si affrettò a prendere il telefono, ma prima che potesse mandargli un messaggio, si accorse che ne aveva ricevuto uno da Gia.

Venerdì sera da Gryff. Alle sette. Porta i tuoi uomini. Ti odio! Seguiva un altro messaggio, una semplice emoji che manda un bacio. Poi un terzo: *Ok, ti voglio bene comunque, ma ti odio! Sono super gelosa! *Piantino isterico**

Era divertente leggere quel testo con la voce di Gia: Mac riusciva tranquillamente a immaginarsela mentre frignava.

Adorava la sua migliore amica, ma tendeva a fare un po' la reginetta del dramma.

Venerdì sera. Dal momento che non avevano parlato degli impegni di Damon, non aveva idea se quella sera sarebbe stato in città. Trevor non avrebbe avuto problemi a riorganizzarsi, in caso di bisogno.

Tuttavia, c'era un altro problema. Chissà se Damon avrebbe accettato di andare alla cena. E cosa sarebbe successo di lì a quel venerdì? Si sarebbero visti di nuovo?

Non avevano bisogno di precipitarsi in qualcosa di serio. Potevano godersi la reciproca... compagnia, e poi vedere come si sviluppavano le cose tra di loro.

Una certezza ce l'avevano già.

Il sesso era fantastico.

Ma quella era solo una parte dell'equazione.

Era interessata a Damon, e se averlo significava dover includere anche Trevor, le andava più che bene. Era un amante abile quanto il pilota.

Il massaggiatore era felice di essere tornato con l'ex, anche se voleva dire che Mac avrebbe dovuto far parte della sua nuova realtà. Anzi, le sembrava grato che lei lo avesse aiutato a ricevere quell'occasione.

Anche Damon si era mostrato interessato a quella situazione. Non aveva detto niente che facesse pensare il contrario dopo la prima o la seconda volta che avevano fatto sesso tutti insieme. A dire il vero, dopo l'atto era apparso rilassato e contento.

Mac sorrise, guardando il telefono.

Da un lato continuava a chiedersi di cosa dovessero parlare i due uomini. Dall'altro, invece, era sicura che avessero un sacco di questioni irrisolte di cui occuparsi. C'era da aspettarselo, anche se in fondo sapeva ancora poco della loro storia. La loro chiacchierata sarebbe potuta sfociare in qualcosa di più?

Era stato Damon a volere che facessero sesso solo quando erano tutti e tre presenti, a stabilire quella regola. Sarebbe stato proprio lui a infrangerla?

A Mac non sarebbe importato, a patto che avesse avuto la stessa opportunità. Paige aveva sottolineato l'importanza di mantenersi su un livello paritario.

Più tardi, Mac avrebbe rivolto loro qualsiasi domanda le fosse venuta in mente. Voleva saperne di più su quello che era successo tra loro anni prima e su ciò che aveva passato Trevor dopo aver lasciato Damon. Tra loro non dovevano esserci segreti.

Avrebbe parlato anche di quello a Damon. Magari avrebbe affrontato lei stessa l'argomento con Trevor. Se avesse avuto problemi ad aprirsi con lei, forse avrebbero dovuto ripensare a ciò che stavano facendo.

Una volta scoperto un segreto, Mac si sarebbe interrogata sull'esistenza di altri. La fiducia avrebbe dovuto essere la chiave di tutto.

Ma se avesse funzionato, era sicura che sarebbe stata una donna felice e soddisfatta.

Si lasciò cadere sul letto ed emise un gridolino di gioia.

DAMON AVEVA DETTO che l'avrebbe chiamata, invece le mandò un messaggio. Non voleva rispondere all'interrogatorio per telefono. Sarebbe stato meglio farlo faccia a faccia.

Pertanto, la invitò a casa sua. Dopo aver dibattuto a lungo sulla presenza di Trevor, alla fine aveva deciso che era importante che venisse incluso. Non voleva nascondere niente a Mac, quindi avrebbe dovuto mettere tutte le carte in tavola.

Dopo aver fatto una doccia e mangiato un boccone a casa di Damon, Trevor era uscito per occuparsi di alcuni clienti.

Ora, però, sedevano tutti e tre nel soggiorno di Damon, ognuno in un angolo diverso, proprio come il giorno prima da Mac.

La donna aveva un aspetto più pallido del normale e si mordeva il labbro inferiore con impeto. Damon voleva placare le sue paure, ma doveva procedere con attenzione. Sembrava nervosa, e lui non voleva che scappasse a gambe levate prima ancora che avessero avuto l'opportunità di spiegarle tutto.

"Perché mi sento come se stessi per essere licenziata?" Domandò con una risata nervosa. Spostò lo sguardo da Damon a Trevor per poi tornare sul pilota, che normalmente si sarebbe messo a ridacchiare, ma in quell'istante aveva lo stomaco sottosopra. C'erano due cose che Mac doveva sapere, ed entrambe avrebbero potuto far deragliare quel percorso.

"Mi dispiace se la situazione ti sembra tanto seria," esordì il pilota. "Ma ci sono delle cose di cui dobbiamo assolutamente parlarti."

Mac s'incupì. "Sì, mi stanno proprio licenziando. Oppure ho appena perso al televoto. O... non importa."

Trevor prese parola. "No, non è così." Era seduto su una sedia vicino al camino, visibilmente a disagio, mentre Mac si trovava sul divano e Damon in piedi al centro della stanza.

La donna inclinò la testa e chiese a Trev: "Allora che succede?"

A rispondere fu Damon. "Trevor ti dirà quello che ha detto anche a me. Riteniamo che tu debba sapere tutto, prima di andare avanti. E poi io... *noi* abbiamo qualcos'altro da dirti. Voglio solo assicurarmi che tu sia d'accordo con tutte queste informazioni, in modo da poter prendere la decisione migliore per te stessa."

Mac si stropicciò gli occhi. "Sembra un discorso preoccupante."

"Solo se lo immagini così," la rassicurò Damon.

Lei abbassò la mano e lo fissò. "Beh, quel commento ha solo peggiorato le cose." Lanciò un'occhiata a Trevor. "Puoi sbrigarti? Ho il cuore che batte a mille."

Trevor annuì. Damon avrebbe voluto tranquillizzarla, ma doveva aspettare.

"Anche se hai già sentito qualcosa qua e là, voglio dirti tutto. Dal momento in cui le cose tra me e Damon sono cambiate, a quello che è successo quando l'ho lasciato, fino al momento in cui l'ho ritrovato, nel locale dove vi siete incontrati per il primo appuntamento."

Damon non era sicuro se rimanere vicino a Trevor per sostenerlo mentre raccontava la sua tragica storia, o se sedersi accanto a Mac mentre l'ascoltava e cercava di elaborarla.

Decise di rimanere neutrale. Tenne la bocca chiusa, sedendosi in silenzio sul bracciolo del divano, all'estremità opposta rispetto a Mac, mentre Trevor si apriva per la seconda volta.

Sperava che la donna non trovasse inaccettabile il passato del partner. Sperava che potesse guardare oltre e vedere il futuro... Auspicabilmente insieme a loro.

Mentre Trevor raccontava la sua storia, la mente di Damon volò a ciò che era successo tra lui e il massaggiatore prima che arrivasse Mac. La loro lunga discussione aveva incluso la promessa di Trevor di non scappare di nuovo. Gli aveva garantito che sarebbe rimasto e avrebbe affrontato qualunque problema.

Aveva anche giurato di continuare ad andare in terapia, che seguiva due volte a settimana, per assicurarsi di non precipitare mai più in quel buco nero. A sua volta, Damon gli aveva promesso che se mai si fosse sentito nuovamente sull'orlo del baratro, sarebbe stato al suo fianco per supportarlo e avrebbe fatto tutto il necessario per salvarlo da quell'agonia.

Era contento che non avessero avuto quella conversazione di fronte a Mac, perché era stata genuina e istintiva, e c'era voluto un po' di tempo prima che entrambi si riprendessero dalle loro parole.

Tuttavia, le emozioni che avevano provato erano diventate talmente intense che le cose erano passate sul piano fisico.

All'inizio si erano semplicemente tenuti per mano mentre parlavano. Poi si erano abbracciati, ma quando l'ottovolante delle emozioni aveva preso velocità, la situazione era precipitata, conducendoli ad altro. *Molto* altro.

Damon non aveva avuto intenzione di arrivare a tanto, ma era successo.

Era accaduto ciò che Damon aveva evitato di fare la sera precedente, preoccupato per le cicatrici di Trevor.

Ma senza Mac.

Ed era stato il pilota stesso a insistere sul fatto che non dovessero avere rapporti in mancanza di uno dei tre.

Trevor gli aveva detto di non tormentarsi, ma lui non riusciva proprio a evitarlo. Era un uomo di parola, e non l'aveva mantenuta.

Aveva paura di perdere la fiducia di Mac.

La donna sussultò, riportando Damon al presente. La sua espressione era un misto di tristezza e orrore. Il pilota si rese conto che stava lottando per mantenersi neutrale, ma stava fallendo miseramente.

Quando d'un tratto Mac si buttò in ginocchio ai piedi di Trevor, avvolgendolo tra le braccia come meglio poteva e appoggiandogli la testa sulle gambe, Damon si alzò in piedi, sorpreso.

Calde lacrime le rigavano le guance, spingendola a chiudere gli occhi.

"Mi dispiace," disse piangendo. "Mi dispiace tantissimo per quello che hai dovuto sopportare. Ora stai meglio, vero? Ti prego, dimmi che stai meglio."

Trevor le passò le dita tra i capelli rossi mentre i suoi occhi grigi incontravano quelli di Damon. "Sì, adesso sto molto meglio. La mia anima è serena e felice. Spero che tu e Day possiate aiutarmi a mantenere questo equilibrio e a sentirmi completo."

"Io sono qui per te. Qualunque cosa ti serva," sussurrò lei. "Siamo *entrambi* qui per te." Mac aprì gli occhi azzurri e lucidi di lacrime, spostandoli verso il pilota. "Giusto, Damon? Siamo qui per lui, per qualunque cosa."

Damon avrebbe voluto essere d'accordo, ma non poteva. "Mac, io non sono stato abbastanza per lui. Non potevo dargli ciò di cui aveva bisogno. Ecco perché se n'è andato. Te l'ha detto lui."

"Ma l'ha fatto perché stava... stava male. Ora non sta più soffrendo."

"Penso che tu stia cercando di semplificare qualcosa di molto più complesso. Era difficile capire perché avesse bisogno di quella roba. Sono sicuro che anche per te sia complicato comprenderlo."

Finalmente Damon si mosse, avvicinandosi agli altri due. Trevor era ancora seduto sulla sedia e stava cercando di mantenere la calma con Mac ai suoi piedi, che non si preoccupava di nascondere l'effetto che il racconto del partner aveva avuto su di lei.

Quando Damon si avvicinò ai due partner, si chinò e stampò un bacio sulle labbra di Trevor. Poi si accovacciò accanto a Mac, le prese il mento e, dopo averle asciugato le lacrime, baciò anche lei.

Furono baci fugaci, perché non voleva che quel momento si trasformasse in qualcosa di sessuale, come era successo quella mattina tra lui e Trevor.

Prima avrebbero dovuto confessare l'accaduto a Mac. Inoltre, anche se lei era ai piedi di Trevor e sembrava accettare il suo passato, Damon voleva essere sicuro che fosse effettivamente così.

"Quello che ti ha detto... cambia qualcosa?"

Mac sbatté le palpebre. "Cosa intendi dire?"

"Mi riferisco alla nostra situazione. O meglio, *potenziale* situazione. Vuoi continuare a frequentarci entrambi?"

"Sì, certo che lo voglio. Finora ero riuscita a capire solo in parte il suo passato. Avevo già visto le cicatrici e i tatuaggi... Lui non ha fatto altro che riempire gli spazi vuoti. Non lo guardo in modo diverso. Abbiamo tutti una strada da percorrere, e la sua è stata molto più difficile di quanto la maggior parte della gente riesca a sopportare."

Damon le afferrò una ciocca di capelli e se la avvolse intorno al dito. "Devo dirti una cosa."

Mac chiuse gli occhi. "Per favore, non dirmi che anche tu hai subito abusi."

"No."

La donna aprì gli occhi e lo fissò. "Allora che succede?"

"Sai che apprezzo l'onestà..."

"Che succede, Damon? Dimmelo e basta."

"Dopo aver lasciato il tuo letto, stamattina presto, siamo tornati qui per parlare."

Gli occhi di Mac, ancora rossi per il pianto, si strinsero. "Hai cambiato idea?"

"No, ma volevamo dare a te la possibilità di cambiarla."

"Ho appena detto che il passato di Trevor non mi preoccupa."

"Qui non si tratta del passato, ma di qualcosa che è successo stamattina."

"Voi due eravate insieme stamattina."

"Sì."

Mac alzò la testa dalle ginocchia di Trevor e scrollò le spalle. "E ti aspetti che io mi arrabbi per questo?"

"Non ne ero sicuro, ma volevo mettere tutte le carte in tavola. Io... Ne avevamo bisogno. Anch'io ero preoccupato per le sue cicatrici, e..."

Trevor lo interruppe, prendendo la parola. "La sua preoccupazione è diventata la mia, e non volevamo turbare anche te. Quindi abbiamo deciso di tentare."

Avevano provato emozioni forti, ma Damon avrebbe potuto fermarsi prima che si spingessero troppo oltre. Ma non l'aveva fatto: non ne aveva sentito il desiderio, e nemmeno

Trevor. Inoltre, entrambi avevano pensato che fosse meglio fare sesso mentre Mac non c'era, in modo che non si accorgesse di eventuali problemi fino a quel momento invisibili. Anche se c'erano, erano molto piccoli.

"E?"

"E fatta eccezione per il dolore e la perdita di elasticità, ci siamo riusciti." Trevor sorrise e fece l'occhiolino a Mac.

"Hai infranto la tua stessa regola," commentò la donna, rivolgendosi a Damon.

Il pilota chinò il capo. "Sì... Volevo solo parlare con Trevor, nient'altro... Ma poi sono tornate a galla vecchie emozioni. È stato un po' complicato, e non sarebbe stato giusto metterti in mezzo. Dovevamo anche lenire alcune ferite e..."

"E fare sesso solo voi due le ha guarite."

"Le cicatrici rimarranno per sempre." Damon lanciò un'occhiata a Trevor. "Non solo quelle fisiche. Ma spero che col tempo svaniranno."

"La chiacchierata è andata bene... Il sesso pure. Anche se sono felice che abbia funzionato e che abbiate entrambi voltato pagina, mi chiedo che ne sarà di me. Finirò per essere la terza incomoda?"

Damon fece per aprire bocca, ma Trevor esclamò: "No!" Poi si sporse in avanti e tirò Mac a sé.

Le prese il viso tra le mani. "Ti prego, non vederla così. Non è stato questo il risultato della nostra unione. Abbiamo anche parlato di noi tre, di come andare avanti." Damon rimase sorpreso dalle parole di Trevor, che fece un respiro profondo e continuò: "Quando ho visto te e Day insieme in quel locale... mi si è spezzato il cuore. Ho pensato che non avrei mai più avuto la possibilità di riparare ciò che avevo distrutto. In quel momento ho capito cosa aveva provato Day quando me ne sono andato senza dire una parola. La verità è che quella sera mi sono sentito geloso. Ti ho odiata, Mac. Anche se ormai non bevo più, quella sera mi sono seduto al bar e mi sono scolato diversi drink. Mi sono pianto addosso e ho sentito l'amarezza invadermi. Ma nell'ultimo anno ho fatto molta terapia, e quando dico molta, intendo *a valanghe*. Così, dopo averci riflettuto su, mi sono sentito felice all'idea che Damon avesse voltato pagina. Non conoscevo le circostanze. Non sapevo che vi foste appena conosciuti, ma quando mi sono presentato a casa di Damon quella mattina e ti ho vista, ormai non provavo più alcun tipo di risentimento. Ero più rassegnato al fatto di essere arrivato troppo tardi. Poi Damon mi ha baciato... e così sono venuto a parlarti. E poi... poi, ieri sera, noi tre..."

"E ora sono qui," sussurrò Mac.

"Non è cambiato nulla riguardo a quanto ci siamo detti ieri sera," disse Damon, alzandosi in piedi.

"Una cosa sì," gli ricordò Mac.

"Sì. E ripeto, mi dispiace. Abbiamo pensato che d'ora in avanti ti lasceremo decidere."

Mac alzò gli occhi verso Damon. "Decidere?"

"Io ho detto che avrei voluto che facessimo sempre sesso tutti insieme. Tu, invece, hai sottolineato che non ti sarebbe dispiaciuto fare le cose in coppia, di tanto in tanto... Quindi lascio a te la decisione. Stabilisci tu le regole, qualsiasi cosa ti faccia sentire più a tuo agio."

"Ti dispiacerebbe se io e Trevor facessimo sesso quando sei via per lavoro?"

"Me lo farò piacere."

"Damon," sussurrò Mac. "Se ti farà soffrire, allora non sono sicura di volerlo."

Mentre Mac sedeva sulle ginocchia di Trevor, Damon cercò di immaginarli in intimità senza di lui, a centinaia di chilometri di distanza. Il solo pensiero gli fece venire un nodo allo stomaco. Aveva già perso anni con Trevor, non voleva perderne altri.

Ma non voleva nemmeno rovinare il rapporto con Mac.

"Ho un'idea," disse la donna. "Paige ha detto che nella sua relazione non ci sono restrizioni su chi passa tempo con chi. Sono piuttosto liberi al riguardo. Per loro funziona, ma potrebbe non essere così per tutti. All'inizio volevo che andasse così, ma in verità, forse non fa per noi. Siamo stati invitati a cena a casa del fratello di Gia. Conosco Gryff da quando ero al college: anche lui ha una relazione poliamorosa. Gia ha organizzato la cena in modo che potessimo fare due chiacchiere con loro e anche qualche domanda. Per quanto riguarda i prossimi giorni, possiamo attenerci alla tua regola, Damon. Poi, venerdì sera, decideremo come procedere. Che ne dite?"

Trevor annuì e lanciò un'occhiata a Damon. "Penso che sia una buona idea."

"Non dovrei avere problemi a esserci, venerdì. Però quella mattina ho un volo presto, quindi potrei essere un po' esausto."

"Non dobbiamo trattenerci a lungo. Possiamo cenare e farci un'idea del loro rapporto a tre. Potremmo andare anche da Grae, o invitarli da noi, ma penso che le loro vite siano un po' frenetiche. Sai, con i gemelli... Allora è deciso, venerdì sera ceneremo con i Ward e nel frattempo faremo sesso solo quando siamo tutti e tre insieme," annunciò Mac, gettando le braccia al collo di Trevor. "Piuttosto, come farete a rimediare a quello che mi avete fatto?"

"Hai qualche idea?" Le chiese Trevor, arricciando le labbra in un sorriso malizioso.

"Beh," sospirò lei, "visto che mi sono persa lo spettacolo, che ne dite di una seconda performance?"

"Vuoi essere coinvolta anche tu?" Le chiese Damon,

girando intorno allo schienale della sedia per portarsi dietro Trevor. A lui sarebbe piaciuto molto. In quel momento non desiderava altro che fare sue le persone sedute su quella sedia.

Mac spostò lo sguardo ceruleo da Trevor a Damon. Alzò una spalla. Damon avrebbe voluto affondarci i denti, assaggiare altre sue lentiggini e baciare quella bocca imbronciata.

"Mmmh... Sono sicura che a un certo punto vorrò unirmi a voi, ma se non vi dispiace, prima vorrei guardare."

A Damon non dispiaceva affatto. Non era preoccupato per l'ansia da prestazione, ma Trev era pronto per il secondo round? Rimase fermo dov'era, intimorito dall'idea di causargli disagio.

Il massaggiatore l'aveva sempre amato, anche prima che le cose tra loro si mettessero male, e quando quella mattina erano andati a letto insieme, Damon si era trattenuto, incerto su quanto potesse essere duro con lui. La paura di innescare qualcosa nell'animo di Trevor era stata forte, e lo era ancora.

Tuttavia, le parole di Trevor lo avevano rassicurato. "Mi piace farlo violento con te, Day. Sono sincero, non voglio privarmene... Ma quando lo facciamo, non sarà per lo stesso motivo. Sarà perché ci piace, non perché ne ho bisogno. Voglio che tu sia te stesso, senza preoccupazioni. Mi piace ancora ciò di cui hai bisogno *tu*."

Trevor sapeva di poter comunicare a Damon che il sesso stava diventando troppo violento o se si stava avvicinando troppo al suo lato oscuro. Era stato un altro degli argomenti che avevano affrontato quella mattina. Trevor aveva promesso di essere del tutto aperto e onesto con il pilota. Aveva anche promesso di parlare di quell'insolita relazione con il suo terapeuta, per assicurarsi che un rapporto a tre non gli facesse più male che bene.

Damon allungò la mano per tracciare il labbro inferiore di

Mac, quello su cui le piaceva così tanto accanirsi. Lei sorrise al suo tocco e tirò fuori la punta della lingua, sfiorandogli le dita prima che lui si allontanasse. Poi Damon prese ad accarezzare le guance di Trevor mentre Mac li osservava, con gli occhi più scuri per l'eccitazione.

Il pilota sentì il membro gonfiarsi nei jeans mentre faceva scivolare le dita tra i capelli di Trevor, quel tanto che bastava per avere una buona presa. Chiuse la mano a pugno e gli tirò lentamente indietro la testa finché l'altro non alzò lo sguardo verso di lui. Trev aveva la bocca socchiusa, il respiro accelerato e gli occhi sempre più colmi di lussuria.

"Ce l'ha duro?" Chiese il pilota a Mac.

Lei si agitò per un momento sulle gambe di Trevor, poi annuì. "Sì," sospirò, cominciando ad arrossire.

Damon guardò dritto negli occhi grigi di Trevor, occhi che avrebbero potuto rubargli l'anima. Per quanto il massaggiatore volesse cedere il comando all'altro, era lui a detenere tutto il potere, a regnare sul cuore di Damon. La rinuncia al controllo era solo un'illusione. Il pilota non era così illuso da pensare che fosse realtà.

E più i tre diventavano un'unità, una triade, più Mac acquisiva il medesimo potere. Damon avrebbe benissimo potuto cedere il proprio cuore a entrambi, il che lo avrebbe reso più vulnerabile che mai.

Sperava che valesse la pena rischiare. Sperava di non rimanere scottato anche quella volta. Non solo si stava innamorando di una persona che avrebbe potuto benissimo ferirlo, ma si stava riconnettendo con qualcuno che l'aveva già fatto.

Era pericoloso.

Nonostante ciò, Damon era disposto a correre quel rischio. Ad aprire ancora una volta il suo cuore a Trevor. A dare la sua anima alla donna che in quel momento si trovava tra le braccia del massaggiatore.

Voleva che funzionasse. Sentire che là fuori c'erano altre triadi impegnate in relazioni amorose, – triadi che si erano create una vita insieme con successo – era rassicurante. Sperava che incontrarne alcune potesse aiutarlo a lenire le sue paure.

Rafforzò la presa sui capelli di Trevor e si chinò per baciarlo. Gli sfiorò la bocca, quel tanto che bastava per stuzzicarlo. Poi ripeté il gesto, infilandogli la lingua tra le labbra, immergendola all'interno per poi tirarsi subito indietro. Quando lo fece di nuovo, le loro lingue si toccarono e Trevor si lasciò andare a un sonoro gemito che lo fece inarcare sulla sedia.

Damon decise di spingersi oltre. Voleva capire se vedere Mac e Trevor insieme gli avrebbe provocato qualcosa. Quando si erano concessi il secondo round, la sera prima, Trevor aveva fatto sua Mac, ma aveva partecipato anche Damon. Ora avrebbe cercato di stare più in disparte possibile.

"Vuoi scopartela?" Mormorò il pilota, a un soffio dalle labbra di Trevor.

"Sì," sussurrò l'altro in risposta.

Damon gli lasciò andare i capelli e la testa gli cadde in avanti come se non avesse più forze. Quando finalmente la sollevò, Trevor avvolse una mano intorno alla testa di Mac e la tirò a sé, facendo unire le loro bocche. Quella vista fece contrarre il membro di Damon nei pantaloni, dimostrando che sarebbe stato difficile tenere le mani a posto mentre quei due si davano piacere a vicenda.

Ma avrebbe fatto del suo meglio per riuscirci. Perché, non appena Trevor avesse finito con Mac, sarebbe arrivato il suo turno e avrebbe lasciato che la donna li guardasse, proprio come aveva chiesto di fare.

Damon li guardò baciarsi ancora per qualche secondo mentre Trevor afferrava il seno di Mac sotto la maglietta. Non era difficile immaginare cosa le stesse facendo, dal momento che la donna si stava dimenando sulle sue ginocchia, gemendo a pochi millimetri dalle sue labbra.

"Vado di sopra a prendere un preservativo. Quando torno, voglio trovarvi nudi," ordinò, sperando che almeno uno dei due ascoltasse la sua richiesta.

Dopo un'ultima occhiata ai due partner avvinghiati sulla sedia, Damon salì i gradini delle scale due alla volta.

Capitolo Diciotto

TREVOR INTRECCIÒ le dita tra i lunghi capelli sciolti di Mac e la fece alzare, interrompendo il bacio. "Non abbiamo molto tempo."

Era lui a sembrare così a corto di fiato? Certo che sì: tra la donna sexy seduta su di lui e il pensiero di Damon che li guardava mentre facevano l'amore, Trevor sentiva l'erezione pulsare allo stesso ritmo del cuore.

"Nel caso non durassi a lungo, beh... ti chiedo scusa in anticipo. Farò del mio meglio per farti venire per prima, ma con Damon che ci guarda..."

Lei annuì. "Tranquillo, siamo sulla stessa barca. Ho le mutandine fradicie."

Trevor sorrise. "Bene." Le diede un rapido bacio sulle labbra e l'aiutò ad alzarsi. "Grazie."

Mac inclinò la testa e si fermò appena prima di sfilarsi la maglietta. "Per cosa?"

Lui allungò la mano. "Per questo." Il massaggiatore scosse la testa. "Non *questo*." Indicò la sedia. "Insomma, anche per questo, ma intendevo per essere stata così comprensiva, aperta e... tutto il resto. Devo ringraziarti per aver ascoltato tutta la mia storia e non aver cambiato idea su di me, non avermi guardato con disgusto. E devo ringraziarti anche per essere stata il catalizzatore che ha fatto sì che io e Damon risanassimo la nostra relazione."

"Davvero non ti dispiace che io ne faccia parte?"

Trevor si alzò in piedi e si tirò la camicia sopra la testa, gettandola sul divano vicino. "No. Capisco cosa vede Damon in te. A dire il vero, lo vedo molto bene anch'io."

Mac si morse il labbro inferiore e annuì. "Anche io vedo ciò che lui vedeva in te."

"*Vedeva*," mormorò Trevor.

La donna gli afferrò il braccio e lo strinse. "E quello che sta riscoprendo. Ora sta guardando oltre il suo dolore, e sta vedendo molto di più. Ti guarda con occhi nuovi, vede chi eri prima di questo." Gli toccò una delle cicatrici rotonde e increspate sul petto. "Chi sei *adesso*." Gli premette il palmo della mano sul tatuaggio.

D'un tratto, sentirono un rumore provenire dal piano di sopra.

"Sta volutamente facendo rumore per avvertirci che sta tornando giù. Dobbiamo spogliarci prima che raggiunga l'ultimo gradino."

"Altrimenti che succede?" La domanda di Mac fu attutita dal tessuto della maglietta che aveva ripreso a sfilarsi. La lanciò nella stessa direzione della camicia di Trevor.

"*Altrimenti che succede?*" Bella domanda. Cosa avrebbe fatto Damon? Per una frazione di secondo, Trevor pensò di non obbedire per scoprirlo, ma poi cambiò idea. Le cose tra loro erano ancora nuove, e voleva disperatamente rendere felice Damon, non forzargli la mano.

Trevor si tolse le scarpe da ginnastica senza nemmeno slacciarle, si sbottonò i jeans e se ne liberò altrettanto rapidamente, mentre Mac si sfilò i sandali e si calò i pantaloncini.

Accidenti, quella donna era davvero bella. La sua pelle di porcellana, l'infarinatura di lentiggini rossastre qua e là. Si slacciò il reggiseno e lo gettò da parte finché non rimase con indosso solo le mutandine. Non vedeva l'ora di rivedere quella fiamma di peluria che le contornava le parti intime, ancora più accesa dei capelli che aveva in testa.

I suoi occhi trovarono automaticamente la lentiggine che aveva fatto sua sulla curva esterna del seno. Di lì a poco, le avrebbe prestato molta più attenzione. I suoi seni non erano grandi, né pesanti, ma piccoli e sodi e le stavano benissimo con quel fisico alto e snello. La vita era stretta, ma aveva i fianchi abbastanza larghi e la curva del fondoschiena gli faceva venire voglia di afferrarla, piegarla in avanti e guardare quel sedere reagire alle sue sculacciate.

Prima, però, le afferrò l'elastico delle mutandine e le spinse giù. Una volta superate le cosce, le caddero fino alle caviglie. Trevor notò che il cavallo in cotone era più scuro del resto del tessuto. Non aveva mentito: era fradicia.

"Accomodati sulla sedia," le disse. Voleva seppellire il viso tra le sue cosce. Sperava solo che Damon fosse contento di trovarlo lì. "Siediti e apri le gambe."

Mentre la guardava eseguire i suoi ordini, allungò le mani per accarezzarsi il membro gonfio. Non era solito prendere il comando, ma il fatto che Mac gli ubbidisse era a dir poco inebriante. Dopo essersi sistemata sulla sedia con le cosce aperte, Mac si passò un dito tra le labbra umide, distanziandole abbastanza da fargli vedere quanto fossero rosa e lucide.

Trevor gemette, si inginocchiò ai suoi piedi e le allargò ulteriormente le cosce, tenendole ferme in quella posizione. Quando le succhiò il clitoride, Mac emise un gemito e s'inarcò sullo schienale della sedia imbottita. Era passato molto tempo dall'ultima volta che aveva praticato sesso orale a una donna, quindi la risposta di lei lo incoraggiò a continuare con ancora più entusiasmo. Stuzzicò la protuberanza con la punta della lingua, dopodiché succhiò una delle labbra in bocca, assaporandola per poi fare lo stesso con l'altra.

Il profumo dei suoi umori gli riempì le narici e si perse nel momento, insistendo per strapparle altri gemiti di piacere e facendo tutto il possibile per provocarle altre reazioni, per farla bagnare più che mai.

Le cosce della ragazza tremavano contro la testa di Trevor, che ignorò i passi in avvicinamento. D'un tratto sentì una mano tirargli i capelli. Non si trattava di Mac. Trevor si staccò dal sesso della donna, graffiandole l'interno coscia con la propria barba ispida, e si alzò in piedi per affrontare un Damon dall'espressione seria.

"Ti ho forse dato il permesso di farlo?" I suoi occhi brillavano, ma non di rabbia. Oh no, a Damon piaceva quello che aveva visto. L'inconfondibile gonfiore dei jeans lo dimostrava.

Trevor trattenne un sorriso, ma prima che potesse rispondere, Damon lo baciò con tanto di lingua, assaporando l'essenza di Mac sulle sue labbra. Quando gli morse il labbro inferiore prima di lasciarlo andare, il massaggiatore ebbe un sussulto.

"Quella bocca è mia." Portò una mano al collo di Trevor e lo strinse, mentre con l'altra esercitò pressione sui gioielli. "Questi sono miei." Passò a stringergli il membro. "Anche questo è mio." Lasciò andare Trevor e indicò il centro rosa e umido di Mac, ancora esposto, poiché si stava toccando mentre osservava la loro interazione. "E anche quella. Potete condividervi l'un l'altro solo con il mio permesso. È chiaro?"

Trevor si voltò e sentì i testicoli contrarsi. Damon aveva preso il controllo di tutte le terminazioni nervose del suo corpo; fremeva all'idea che il pilota lo facesse suo davanti a

Mac, e che presto lui stesso avrebbe avuto l'occasione di farlo con quella donna mentre Damon si godeva lo spettacolo.

I tre si sarebbero saziati l'uno dell'altro fino a crollare esausti, ricoperti di sperma, umori e sudore.

Damon, però, aspettava con impazienza anche ciò che sarebbe venuto dopo. Le coccole, il doversi ripulire e prendersi cura gli uni degli altri. Il toccarsi e stabilire una connessione. La totalizzante sensazione di soddisfazione, così forte da invadergli ogni cellula del corpo. Ecco cosa gli mancava. Ecco cosa desiderava.

Per tacere di ciò di cui aveva un disperato bisogno. In passato era stato dominato da tanti uomini e donne, ma quello che gli era mancato erano le cure a seguito dell'amplesso. Al tempo non le aveva chieste; non le voleva da coloro con cui decideva di passare il tempo.

Ma desiderava riceverle da Damon, e ora anche da Mac.

Voleva sentirsi amato *dopo* aver fatto sesso. Voleva il pacchetto completo, per sentirsi di nuovo una persona integra.

Damon gli sfiorò la guancia. Quando vide cosa c'era nei suoi occhi, Trevor sentì i propri cominciare a bruciare. Amore. Passione. Bisogno.

Damon si schiarì bruscamente la voce. "Prendi il suo posto," gli ordinò.

Gli sollevò leggermente il mento, e Trevor si voltò per offrire una mano a Mac e aiutarla ad alzarsi in piedi. Poi le passò accanto e si sedette, con l'erezione in bella vista.

Damon fece scivolare una mano sulla guancia di Mac e tra i suoi capelli, abbassandosi quanto bastava per darle un bacio. Chissà se sentiva il proprio sapore sulle labbra del pilota.

Quando Damon si allontanò, continuando a guardare il partner, Trevor sentì il cuore battere forte. Il pilota girò intorno alla sedia per posizionarsi di nuovo alle sue spalle, e un brivido scivolò lungo la schiena del massaggiatore.

La mano di Damon gli si insinuò tra i capelli. "Sto aspettando."

Trevor scattò in azione: si sporse in avanti e afferrò il polso di Mac per farla avvicinare. I suoi capezzoli erano turgidi e rosei, e tremava leggermente.

Trevor le studiò il viso per un secondo. Ci stava ripensando? "Sei nervosa?"

Mac scosse la testa. "No, affatto."

Trevor le tirò di nuovo il braccio e disse: "Vieni."

"È quello che desidero," rispose lei con un sorriso impertinente mentre gli si metteva a cavalcioni, piantando le ginocchia ai lati. Oscillò sopra di lui, senza appoggiarsi in alcun modo. L'erezione di Trevor si contrasse e cominciò a produrre nettare in attesa del contatto.

All'improvviso, un preservativo comparve davanti ai suoi occhi, Quando fece per prenderlo, Damon lo allontanò per porgerlo a Mac. La donna lo prese dalle sue lunghe dita scure, lo aprì e lasciò cadere l'involucro sul pavimento.

Quando gli premette il preservativo sulla punta e cominciò a srotolarlo lungo tutta l'erezione, Trevor ebbe un sussulto. *Porca miseria*, non sarebbe durato a lungo... Stava già per esplodere. Strinse i denti mentre lei percorse l'intera lunghezza del suo membro, assicurandosi di coprirlo completamente.

Quando Trevor sussurrò un disperato "Ti prego," la donna gli rivolse uno sguardo ammiccante e si posizionò in modo da allineare il proprio sesso al membro pulsante. Il massaggiatore lottò per non spingere il bacino verso l'alto e aspettò che fosse lei ad abbassarsi.

Quando Mac lo fece, gemette e le strinse i fianchi con maggior vigore. Lei gli prese il viso tra le mani e iniziò a muoversi, seguendo un ritmo lento e rilassato. Ogni volta che arrivava in fondo, però, spingeva i fianchi in avanti, strusciando il clitoride sul pube dell'uomo.

A ogni affondo e gemito, Trevor si avvicinava sempre più a quel limite delicato e pericoloso. Da un lato avrebbe voluto lasciarsi andare, in modo che potesse arrivare in fretta il turno di Damon. Dall'altro, invece, voleva che l'amplesso con Mac durasse a lungo, perché quella sensazione di calore caldo e umido lo stava facendo impazzire. Gli piaceva avere un ruolo passivo, ma aveva dimenticato quanto amasse quello attivo. Quanto apprezzasse la morbidezza di una donna. Le curve dei seni, le vette rosa dei loro capezzoli. E quel profumo. La capacità di bagnarsi con il partner giusto.

Trevor amava essere sodomizzato, ma adorava anche penetrare, e quella sera avrebbe avuto il meglio di entrambi.

Fece scivolare le mani verso il basso per afferrarle il sedere e separarle le natiche, premendo il pollice contro quell'orifizio stretto. Chissà se aveva già permesso a un altro uomo di toccarla lì... Le sarebbe piaciuto?

"Abbiamo del lubrificante?" Chiese il massaggiatore.

"No."

Damon non ne aveva con sé, oppure non voleva che Trevor penetrasse Mac?

Continuò ad accarezzarla, stuzzicandola fino a far rilassare lo stretto anello di muscoli. Non avrebbe spinto troppo forte senza lubrificante. Quella zona era ricca di terminazioni nervose sensibili in grado di rendere il sesso anale un'esperienza meravigliosa, se fatta per bene. Date le sue cicatrici, purtroppo Trevor aveva perso un po' di sensibilità, ma ciò non significava che non gli piacesse più.

Gli piaceva *eccome*, e la risposta che Damon gli aveva strappato quella mattina era stata sorprendente. Il pilota era sempre stato un grande amante. Esigente, ma mai egoista. Il piacere di Trevor veniva sempre prima del suo.

Mentre Mac continuava a cavalcarlo, gemendo e strusciandosi su di lui, Trevor chiuse gli occhi, perché guardare quel viso in preda all'estasi lo avrebbe fatto esplodere in men che non si dica.

Un improvviso strattone sul piercing al capezzolo lo indusse ad aprire gli occhi. Era Damon: il pilota lo tirò, lo torse e lo strizzò, dopodiché spostò l'altra mano sul capezzolo menomato. Era completamente guarito, ormai, ma aveva perso sensibilità. Trevor, però, non voleva che venisse ignorato. Aveva incoraggiato il pilota a fare quello che voleva con i suoi capezzoli. All'inizio, Damon era stato cauto, ma poi aveva ripreso le abitudini di una volta. A Trevor piaceva un mondo, e il suo partner non l'aveva dimenticato.

"Non devi venire finché non te lo dico io." Il respiro caldo di Damon lambì l'orecchio e la guancia di Trevor, facendolo rabbrividire. Il tocco del pilota, la sua voce, il suo profumo, insieme a Mac che si dimenava su di lui come un'ossessa, accogliendolo in profondità ma a un ritmo costante, stavano per farlo esplodere.

Quale uomo sarebbe riuscito a resistere a quel tipo di attenzioni?

"Day," sospirò Trevor.

"Non osare," ringhiò l'altro.

"Allora devi smetterla."

"Ah, sì?"

No, Damon non doveva fare nulla che non desiderasse. A meno che non stessero cambiando le regole che avevano stabilito in precedenza, quando erano rimasti soli.

Con un'ultima forte torsione a entrambi i capezzoli, Damon lo lasciò andare e prese quelli di Mac tra le dita, facendo lo stesso con lei. La donna prese a muoversi con maggior foga, strusciandosi sull'addome di Trevor, che sentiva ancora di più la morsa del suo sesso bollente. Mac gettò la testa all'indietro e ansimò, e Trevor fissò la curva delicata del suo collo, follemente desideroso di leccarla e morderla.

Per sua sfortuna, però, al momento non era in grado di farlo. Stava usando tutte le energie che aveva in corpo per reprimere l'orgasmo, almeno finché Damon non gli avesse dato il permesso di liberarsi.

Sperava mancasse poco, ma dipendeva tutto da Mac. Il pilota, infatti, non gli avrebbe mai permesso di godere prima di lei.

Fece scivolare un dito fino al punto d'unione dei loro corpi accaldati, raccogliendo una parte degli umori della donna e passandoli sull'entrata stretta e probabilmente vergine per usarli come lubrificante. Tracciò un cerchio con il dito medio, stuzzicandola un po', prima di inserirne metà.

"Di più," ordinò Damon, con una voce dura che tradiva una notevole eccitazione.

Trevor si affrettò a obbedire e immerse il dito più in profondità, spingendolo dentro e tirandolo fuori con un ritmo ben preciso.

"Di più."

Cristo santo. Mac stava avvolgendo anche il dito, non solo il suo membro. Trevor la sentì annaspare: aveva la testa inclinata all'indietro e gli occhi ancora chiusi. Era molto vicina all'orgasmo. Tremava e si contorceva nel tentativo di raggiungerlo il prima possibile. Quando ci riuscì, la testa scattò in avanti e i capelli le ricaddero sul viso, nascondendo la sua reazione mentre si alzava quasi completamente per poi calarsi di nuovo su di lui, con talmente tanto impeto da toglierle il fiato.

"Day," supplicò Trevor con un gemito, mentre Damon

lasciava andare i capezzoli di Mac e lei si accasciava, esausta e ansimante, sul petto del massaggiatore.

"Guardami."

Trevor si voltò e incontrò gli occhi scuri di Damon.

"Vieni."

Non se lo fece ripetere: afferrò il fondoschiena di Mac così forte che probabilmente le avrebbe lasciato dei lividi. La strinse in modo che non cadesse all'indietro, mentre i suoi fianchi si sollevavano e veniva con un altro grugnito. Percepì i testicoli svuotarsi, la lunghezza pulsare. Qualsiasi pensiero coerente sparì. Non sentiva altro che un ruggito nelle orecchie.

Finché Damon non sussurrò le parole "bravo ragazzo", che gli provocarono un altro brivido. Il pilota gli accarezzò i capelli bagnati di sudore.

"Avrei dovuto guardarvi," disse Mac qualche istante dopo.

"Non preoccuparti, lo farai," la rassicurò Damon.

Il suono familiare della cintura del pilota che scivolava nei passanti dei jeans destò l'attenzione dei due amanti.

Damon ordinò a Mac di alzarsi, e lei obbedì. Poi il pilota si rivolse a Trevor: "Polsi a me."

Il massaggiatore iniziò a tremare quando Damon gli cinse le mani con il cuoio della cintura, stringendole insieme. Si aspettava di sentire un altro "bravo ragazzo", ma non arrivò. Damon porse a Mac, ancora nuda, l'altra estremità della lunga cintura, come se fosse un guinzaglio.

Quando Damon si avvicinò per liberarsi del preservativo usato, Trevor sussultò. "Mentre mi sbarazzo di questo, voglio che tu lo porti di sopra. Lo voglio in ginocchio al centro del letto. Sedere all'insù, testa sul materasso e l'estremità della cintura legata alla testiera. Sul comodino c'è un contenitore di Astroglide. Preparalo bene. Quando sarà in posizione, voglio che tu ti pulisca. Ma rimani nuda. Ho posizionato una sedia di fronte al letto: ti siederai lì e mi aspetterete insieme."

———

Quando Mac uscì dal bagno padronale, rimase al contempo sorpresa e sollevata di scoprire che Damon non era ancora tornato. Non si era ancora messa in posizione.

Aveva già sistemato Trevor, e non le era sfuggito il lungo filo di perle liquide che colava dall'estremità del suo membro nuovamente in tiro.

Non aveva mai "preparato" un uomo per il sesso anale, e per tutto il tempo si era chiesta se lo stesse facendo bene, considerando il tessuto cicatriziale che circondava sia le aree esterne che quelle interne del massaggiatore. Quando gli aveva fatto scivolare le dita lubrificate nell'entrata, Trevor si era lasciato scappare un gemito, ma non di dolore, o almeno così le aveva garantito. In fin dei conti, era riuscito ad accogliere l'erezione di Damon, quindi era ben difficile che avesse problemi con le dita sottili di Mac.

La sedia coperta di asciugamani che Damon aveva preparato per lei non si trovava ai piedi del letto, ma di lato, per offrirle una visuale migliore dei due amanti a letto.

Mac si sedette rapidamente e si torse le mani, ansiosa. Ogni volta che avevano fatto sesso, Damon era diventato sempre più esigente. Anche se fino a quel momento non le era dispiaciuto, si chiese quale fosse il limite del pilota... e anche il suo. Non era mai stata con nessuno come lui. Aveva conosciuto degli stronzi esigenti, certo, ma non così tanto. La differenza era che il tempo passato con Damon non le bastava mai.

"Ti dispiace se ti chiamo anch'io 'bravo ragazzo'?" Sussurrò Mac, tenendo d'occhio la porta aperta.

La fronte di Trevor era premuta sul materasso, e il costato si espandeva e contraeva a un ritmo concitato. L'uomo girò la testa per guardarla. "Lo adoro. Farei di tutto per sentirmelo dire. Piuttosto, ti ha dato fastidio sentirtelo dire?"

"Ti dirò, all'inizio mi ha un po' colta di sorpresa. Nessuno mi ha mai detto una cosa del genere, ma quando l'ha detto a te mi sono eccitata, specialmente perché mi è sembrato quasi un gemito. Non vedo l'ora di sentirlo di nuovo. Lo trovi strano?"

Trevor le sorrise. "Nient'affatto. Non preoccuparti, non lo dirà mai in presenza di altre persone. È solo per me, e ora anche per te... Ma fidati, presto o tardi ti ritroverai a cercare di convincerlo a dirtelo in pubblico. Non lo farà, a meno che non te lo sussurri all'orecchio senza che nessun altro possa sentire. *Cazzo*," gemette Trevor, "è quasi bello come quando dice 'Ti amo'."

Mac provò un desiderio inaspettato di sentire quelle due parole sia da Damon che da Trevor. Avrebbero mai amato anche lei? "Allora non vedo l'ora di sentire anche quelle."

"Succederà prima di quanto pensi, non ho dubbi. Da parte di entrambi."

Mac sperava che Trevor avesse ragione, ma in realtà non poteva saperlo. Non ancora. "È tutto così nuovo..."

"Tranquilla. Abbiamo un sacco di tempo per capire come funziona questo rapporto." Trevor le fece la linguaccia, ma tornò serio quando sentì i passi di Damon lungo il corridoio. Mac nascose una risata con la mano, ma quando la tolse, non riuscì a togliersi il sorriso dal volto.

Finché Damon non entrò nella stanza completamente nudo, con l'erezione sospesa tra le cosce possenti e muscolose.

Merda, quell'uomo era impressionante. A Mac sembrava che non gli mancasse proprio nulla.

Si fermò all'estremità del letto e studiò Trevor, che aveva

nuovamente appoggiato la fronte sul materasso. Poi si diresse verso Mac e le tese la mano.

La donna lo guardò confusa, poi vide cosa c'era tra le sue dita. Un altro preservativo. Lei lo prese, lo aprì e iniziò a ricoprirgli l'erezione pulsante. "È pronto?" Domandò Damon, riferendosi a Trevor.

Il membro le si contrasse tra le dita. "Sì."

"Gli è piaciuto?"

Mac lo lasciò andare a malincuore e alzò gli occhi verso il suo partner. "Sì."

"E a te?"

"Sì," rispose lei con un sorriso.

Damon si illuminò e ricambiò il sorriso. Si chinò per sfiorare leggermente le labbra di lei e, prima di staccarsi, mormorò: "Brava ragazza."

Mac si sentì mancare il fiato. Non era sicura se la sua reazione fosse dovuta a quello che aveva detto, oppure alla vista del sedere muscoloso dell'uomo che si avvicinava al letto, salendoci sopra per sistemarsi alle spalle di Trevor.

In quell'istante, Mac si sentì mozzare il fiato in gola per un altro motivo. Damon stampò un bacio al centro della schiena di Trevor, dopodiché gli fece scivolare la mano lungo la spina dorsale fino a raggiungere il sedere. Presto Mac non riuscì più a vedere il pollice del pilota, ma colse la reazione di Trevor, che staccò la testa dal materasso e inarcò la schiena, esclamando: "Day."

Damon lo ignorò. Trevor si fece indietro e poi si spostò in avanti, dondolandosi sulle ginocchia. Era chiaro che Damon lo stava penetrando con il pollice.

"Day," ripeté con voce roca, quasi implorante.

Damon lo ignorò ancora una volta. Spostò la mano ma rimase dov'era, spingendo Trevor ad allargare le gambe e posizionandosi perfettamente dietro di lui. Prima di penetrarlo, Damon si voltò a guardare Mac.

La donna alzò lo sguardo, ansiosa di godersi lo spettacolo tra i due amanti. Stava ancora trattenendo il respiro, come se fosse lei quella in procinto di sentire la grossa erezione di Damon scivolarle dentro e riempirla.

Sapeva esattamente cosa voleva Trevor, per cosa stava supplicando.

"Smettila di farlo aspettare," mormorò Mac. "Lui ti ama. Ha bisogno di te, e io voglio vedervi diventare una cosa sola. Voglio essere testimone di quell'amore, di quel legame. Di quello che vi siete persi per anni. Voglio vedere ciò che potrete finalmente avere di nuovo."

"Grazie a te."

Mac rimase sbalordita da quelle parole. *Cazzo!* Damon lo aveva davvero detto ad alta voce?

Il calore le invase ancora una volta le guance.

"Grazie a te," ripeté il pilota, con così tanta emozione negli occhi da farle avvertire una fitta al cuore, sia per lui che per Trev.

Damon riportò la sua attenzione su Trevor e si spinse leggermente in avanti, prima di afferrargli i fianchi e scivolare lentamente dentro di lui.

Mac si appoggiò allo schienale della sedia e strinse le cosce, felice che Damon avesse pensato di foderare la seduta con un asciugamano. Ammirando i delicati movimenti del pilota, provò il desiderio disperato di unirsi a loro.

Ma rimase dov'era, paralizzata... *dall'attesa.*

La schiena di Trevor si inarcava a ogni spinta. Mac sperava che non provasse alcun disagio, e che si stesse godendo le medesime sensazioni che aveva provato lei non molto prima.

Voleva fargli delle domande, abbracciarlo, condividere il

suo piacere. Ed era sicura che avrebbe avuto quella possibilità. Se non quella sera, presto.

La voglia di toccarsi era forte, ma Damon non le aveva dato il permesso di farlo.

Avrebbe dovuto chiederlo?

Chiuse gli occhi e scosse la testa, scacciando quel pensiero. Ma che cavolo... Da quando si faceva comandare a bacchetta da un uomo?

Aprì gli occhi e studiò il pilota, il cui corpo muscoloso si muoveva come la marea di mezzanotte e le cui dita scure affondavano nei fianchi di Trevor.

Fino a quel momento aveva obbedito a ogni ordine impartitole da Damon. Mentre Trevor aveva rinunciato volentieri al controllo e aveva permesso al pilota di dettare le regole della relazione dentro e fuori dal letto, Mac non era sicura di essere pronta a concedergli le redini della sua vita. Forse non lo sarebbe mai stata. Tuttavia, a letto, almeno fino a quel momento... ne era valsa la pena.

Guardare i due uomini insieme non era come assistere a due pornostar che facevano il loro lavoro su uno schermo. Trevor e Damon sembravano più due componenti di una coreografia. Quel dare e avere, la flessione dei muscoli, i movimenti coordinati conditi dai gemiti di piacere che crescevano tra di loro come la sinfonia di un'orchestra... Era una danza già praticata, familiare, riscoperta di recente e apprezzata. Non solo da loro, ma anche da lei.

Era fortunata a poter assistere a qualcosa di così bello, commovente e al tempo stesso eccitante. L'orgasmo che aveva avuto prima era stato solo l'antipasto. Mac sperava di potersi gustare altre portate.

Ma finché non le fosse stato chiesto di unirsi a loro, lei non avrebbe osato.

Sarebbe rimasta sulla sedia a guardare, in attesa dell'invito.

O meglio, dell'ordine.

La voce profonda di Damon le avrebbe detto di "venire".

E, pochi minuti dopo, Mac gli sentì dire esattamente quelle parole.

Capitolo Diciannove

DAMON ERA IN RITARDO, così informò Mac e Trevor che li avrebbe raggiunti a casa dei Ward il prima possibile.

Appena Gryff aprì la porta, il pilota si presentò.

"Ho capito chi eri non appena ti ho visto," esordì Gryff con una risata.

Damon scrollò le spalle e sorrise. "Probabilmente non capita spesso di avere un'altra triade a cena."

"Potresti essere sorpreso del contrario," si limitò a replicare l'altro. "Sono Gryffin Ward." Allungò la mano.

Damon la strinse con decisione.

Poi Gryff fece un passo indietro e gli fece cenno di entrare. "Mi hanno detto che sei un pilota."

"Sì. Ecco perché sono in ritardo."

"Non c'è niente di male a lavorare sodo per provvedere alla famiglia."

Damon aprì la bocca per dire che non aveva una famiglia, ma si zittì immediatamente. Forse Gryff pensava che vivesse con Trevor e Mac.

Non era sicuro di quanto i Ward sapessero della loro

situazione. "Immagino che l'amica di MacKenzie vi abbia spiegato perché volevamo incontrarvi."

"Intendi mia sorella?" Chiese Gryff con un'altra risata profonda, mentre percorreva il lungo corridoio. "Gia ha detto molte cose, e le ho ignorate quasi tutte. Ma quando ho visto Mac a casa di Grae, le ho detto che sarebbe potuta venire a cena quando voleva e che l'invito includeva i suoi partner."

I suoi partner.

Entrarono in un soggiorno con un enorme camino in pietra. Damon vide Trevor seduto su un divano in pelle vicino a Mac, che aveva una mano sulla coscia dell'uomo.

Sembravano in intimità.

Senza di lui.

Damon represse la strana sensazione alle viscere. Ricordò a se stesso che la loro storia non avrebbe funzionato se ci fosse stata di mezzo la gelosia. Non aveva bisogno che glielo dicessero i Ward.

Si fermò dietro di loro, appoggiando una mano sulla spalla di Trevor e l'altra su quella di Mac.

Quel gesto non passò inosservato agli altri nella stanza. Per qualche ragione, Damon aveva sentito il bisogno di stabilire chi tra i presenti gli appartenesse.

"Vi chiedo scusa, il mio volo era in ritardo e ha rovinato il resto dei miei programmi." Si piegò in avanti e diede un bacio a entrambi i suoi partner. "Mi dispiace di essere arrivato in ritardo," ripeté, questa volta rivolgendosi a una bella donna seduta sulle ginocchia di un uomo dall'altra parte della stanza. Un uomo che sembrava essere l'esatto opposto del raffinato e preciso Gryffin Ward.

Gryff agitò una mano come per dirgli di non preoccuparsi. "Tranquillo. La cena che ha preparato Trey si manterrà alla perfezione. Accomodati pure, ti prendo un bicchiere di vino. Oppure preferisci una birra?"

"Birra, grazie."

Gryff scomparve in cucina, e l'uomo seduto sulla sedia toccò il fianco della donna. Lei si alzò e attraversò la stanza con la mano tesa. "Rayne Jordan."

Damon si sorprese di quanto fosse ferma la sua stretta di mano. "Damon Brooks."

Poi toccò all'uomo. "Trey Holloway."

"Già, mi sembrava che avessi un aspetto familiare," commentò Damon, stringendogli la mano.

"Ok." Rayne alzò una mano. "Vediamo di fare presto... Campione del Super Bowl, MVP della partita, ex quarterback dei Boston Bulldogs. Ora che abbiamo messo i puntini sulle "i", non c'è più bisogno di parlare di football, grazie." Quando Trey aprì la bocca, Rayne gliela coprì con la mano, scuotendo la testa. "Niente football stasera. Non è per questo che sono qui."

"Io adoro il football," s'intromise Trevor.

"Per stasera farai finta di odiarlo. La prossima volta ti mostrerò l'anello, il video e tutto ciò a cui Trey dà il bacio della buonanotte prima di coricarsi. Ma Stasera abbiamo cose più importanti di cui parlare."

Damon tenne saggiamente la bocca chiusa. Trey, invece, fece per protestare, ma sembrò cambiare idea e trattenersi quando la donna gli lanciò un'occhiataccia.

Damon giurò di aver sentito lo schiocco di una frusta. Strinse le labbra per nascondere un sorriso.

Gryff tornò con un bicchiere di birra ambrata e lo porse a Damon. "Perché non ci spostiamo nella sala da pranzo? Possiamo parlarne a tavola." Damon lanciò un'occhiata al suo... Non era sicuro di quale fosse il legame che univa Trey e Gryff. Cercò di ricordare cosa dicevano in TV. Il suo fidanzato? Marito? Partner? "T, mentre Rayne fa accomodare tutti a tavola, andiamo in cucina a finire di preparare la cena."

Il pilota spostò lo sguardo da Rayne a Trey e infine a Gryff. All'inizio aveva pensato che fosse Rayne la parte dominante nella relazione, ma in quel momento gli venne qualche dubbio.

I due uomini sparirono in cucina, e Rayne, che gli ricordava una voluttuosa modella pin-up con i capelli ramati – ma neanche lontanamente rossi come quelli di Mac – li condusse in una sala da pranzo con una lunga tavola già apparecchiata.

Fu sorpreso di non vedere sedie alle due estremità del tavolo. I coperti erano posizionati a tre a tre sui lati lunghi.

Rayne doveva aver colto il suo sguardo stupito. "Quando siamo solo noi tre, non importa, ma quando abbiamo ospiti, soprattutto se si tratta di un'altra triade, è così che apparecchiamo di solito. Sai, per mettere tutti sullo stesso piano. Io mi siedo sempre in mezzo a Trey e Gryff. Mac si siederà fra te e Trevor."

Le sue parole non lasciavano alcun dubbio. Era esattamente così che voleva che si sedessero.

"Quanto spesso ricevete visite da altre triadi?"

"Spesso. Soprattutto il fratello di Gryff, Grae, e la sorella di Trey, Liv, che ha una relazione poliamorosa con uno dei nostri avvocati e l'investigatore privato del nostro studio."

"Ho per caso vissuto sotto una roccia? Non avevo idea di quanto fosse comune questo genere di relazione."

Rayne si strinse nelle spalle. "Accomodatevi, per favore. I ragazzi arriveranno presto con la cena." Mentre Mac e Trevor prendevano posto, Rayne si voltò di nuovo verso Damon. "È più comune di quanto si pensi, ma la gente non lo sbandiera ai quattro venti. Nel nostro caso, nonostante Trey si sia ritirato, è ancora sotto i riflettori, quindi non potevamo nasconderlo. Eli, Grant e Olivia tendono a mantenere la loro relazione il più riservata possibile, mentre Grae, Connor e Paige..." Rayne scrollò le spalle. "A essere sincera, non credo che a loro importi chi ne è al corrente. Logan, il fratello di Paige, e i suoi partner, Ty e Quinn, hanno fatto coming out. È difficile nasconderlo quando hai figli e i bambini, beh," alzò un dito, "uno, non hanno lo stesso tono di pelle dei loro fratelli, e due, vanno a scuola. Per non parlare di quando tre genitori di un singolo bambino si presentano ai colloqui con gli insegnanti. E loro non sono le uniche triadi che conosciamo. Se sai qualcosa di football, avrai sicuramente sentito parlare di Landis 'Braccio Lungo'."

Dannazione, esisteva forse un club di ménage à trois a cui avrebbero dovuto iscriversi?

"Sì, è andato a letto con un altro giocatore, giusto? Cole Dixon. Pensavo fossero gay."

Rayne scosse la testa. "Sono bisessuali. La moglie Eve ha appena dato alla luce il loro secondo figlio."

Il loro secondo figlio.

Loro figlio.

Rayne rise e prese posto sulla sedia centrale, di fronte a Mac. "Queste sono solo le triadi che conosciamo di persona, ma ce ne saranno molte altre, ne sono certa. Persino relazioni a quattro. Il poliamore è più diffuso di quanto pensi la maggior parte della gente, ma come ogni altro tipo di relazione, bisogna lavorarci."

Gryff entrò nella sala da pranzo con Trey e delle grandi ciotole e piatti colmi di cibo.

"A essere onesto, io mi sono opposto a questa relazione," disse Gryff, posando le pietanze al centro del tavolo. "Volevo Rayne, ma Trey era una mina vagante. Un giocatore di football ribelle con cui non volevo avere niente a che fare, specialmente sul lavoro, dal momento che sono un avvocato di alto profilo. E poi gli uomini non mi piacevano nemmeno."

"Io ti piacevo," gli ricordò Trey.

"Non eri mai stato con un uomo, prima di Trey?" Chiese

Mac, sorpresa. "Io non avevo nemmeno idea che tu o Grae foste bisessuali. Gia non l'aveva mai accennato. Non che avesse un motivo per farlo."

Trey si accomodò alla sinistra di Rayne e le mise un braccio intorno alle spalle. "Non lasciarti ingannare. Lo era, ma lo teneva segreto."

Gryff prese posto alla destra di Rayne, di fronte a Damon. "Al college, io... Beh, non importa. Amo Trey, e questi due sono stati abbastanza testardi da farmi vedere cosa avremmo potuto avere insieme. Sono contento che mi abbiano aperto gli occhi. Ora non vorrei mai tornare indietro. Siamo uniti da un legame indistruttibile, anche se a volte mi viene ancora voglia di strangolarlo."

Trey tolse la mano dalla spalla di Rayne e toccò quella di Gryff. "Ma se hai appena detto che mi ami," disse in tono scherzoso.

Gryff sospirò e prese il piatto di prosciutto davanti a sé. "Sì, l'ho detto." Ne prese una fetta e la mise nel piatto prima di passarlo a Damon. "Come ha detto Rayne, ci vuole impegno. La maggior parte delle coppie ha i suoi momenti, ma quando aggiungi una terza persona..."

"È vero, ma il sesso è molto eccitante," s'intromise Trey.

"Già," concordò Trevor, all'altro capo del tavolo.

"Io non sto parlando di sesso, ma di cose di tutti i giorni. Finanze domestiche, il bucato, la spesa." Gryff si schiarì la voce e lanciò uno sguardo deciso a Trey. "Qualcuno che si dimentica di portare fuori la spazzatura."

Rayne si servì delle patate arrosto. "E a volte, durante un disaccordo, ci si trova a essere due contro uno..." Scosse la testa e passò il piatto a Gryff.

"Voi tre lavorate anche insieme... Dev'essere davvero difficile. Non riuscite mai a staccarvi l'uno dall'altro?" Chiese

Mac, prendendo un pezzo di pane dal cestino che veniva passato tra i commensali.

"Sì, ma abbiamo uno studio legale piuttosto importante, quindi non siamo sempre tutti insieme. Ognuno ha i propri casi da seguire," spiegò Rayne, dando una leggera pacca sulla schiena a Gryff. "C'è da dire che Gryff è il vero capo e non accetta più molti casi. Dal momento che gli piace fare il prepotente, si occupa di tutte quelle faccende da boss."

Gryff si chinò e sussurrò qualcosa all'orecchio di Rayne, che gli altri non riuscirono a sentire. Damon, però, capì subito di cosa si trattava, visto che sorrisero entrambi.

"Avete in programma di avere figli?" Chiese Trevor, dopo essersi sistemato nuovamente sulla sedia.

Damon gli lanciò un'occhiata. Trevor voleva dei figli? Non ne avevano mai parlato in passato. Ma...

Spostò lo sguardo su Mac, che continuava a fissare il proprio piatto. Con lei nella loro vita, la possibilità di avere dei bambini in futuro si faceva concreta.

Si appoggiò allo schienale della sedia, colpito da quella realizzazione.

Voleva dei figli? Ormai era sulla trentina e aveva un lavoro che non gli permetteva di essere sempre a casa. Era il caso di diventare padre così tardi?

Trevor e Mac erano più giovani di lui, e poi ci sarebbero stati tre adulti a crescerli invece di due...

"Io li voglio," disse Trey. "Soprattutto dopo aver visto Reed e Rylie. Se anche Rayne li volesse, sarebbe perfetto."

"Prima di tutto, io non ho la minima intenzione di partorire dei gemelli," disse Rayne. "Secondo, ho una carriera."

"Potremmo allestire un asilo nido presso l'azienda, per tutti i dipendenti," suggerì Gryff.

Rayne si voltò verso di lui. "Cosa?"

"Beh, è stata Liv a proporlo, dal momento che dovrebbe partorire da un giorno all'altro."

"Io non ho mai detto di volere dei figli," borbottò Rayne. Lanciò altre occhiate ai presenti al tavolo. "E ora non è il momento di parlare di queste cose."

"Va bene. Quindi ora, oltre al football, anche l'argomento bambini è off limits," commentò Trey, cacciandosi in bocca una forchettata di prosciutto. "Ma io voto per mettere presto incinta Rayne."

"T," ringhiò Gryff. "Ne discuteremo un'altra volta."

"Scusate," disse Mac. "Non volevamo causarvi problemi."

"Nient'affatto, ma hai appena visto in prima persona com'è quando si è in due contro uno," le disse Rayne. "Ho la netta sensazione che sarò in minoranza su questo argomento."

"Ne parleremo un'altra volta," ripeté Gryff, questa volta con maggior fermezza.

"Agli ordini, Capo," rispose Rayne, prendendo il bicchiere di vino e bevendone un lungo sorso.

Capo. Damon studiò Gryff. Era sicuramente il più dominante nella loro relazione. Ma poteva ben immaginare che né Rayne né Trey fossero molto sottomessi.

In effetti, Trey sembrava proprio una peste. Quando giocava a football aveva una reputazione pessima perché si cacciava sempre in qualche guaio.

"E le questioni legali? Il matrimonio? I bambini?" Chiese Damon a Gryff. Dato che c'erano tre avvocati seduti dall'altra parte del tavolo, era un'ottima occasione per fare quella domanda, qualora le cose fossero andate in quella direzione.

"La poligamia è ancora illegale, ma tutti quelli che conosciamo hanno avuto una cerimonia di fidanzamento con tanto di anelli e si sono dichiarati l'un l'altro amore e lealtà. È buona norma che almeno due dei tre si sposino, ma non è necessario. Rende solo alcune cose un po' più facili," spiegò

Rayne. "Logan e Quinn sono legalmente sposati, e per quanto Logan e Ty siano entrambi padri dei loro figli, è il nome del donatore di DNA quello elencato sui certificati di nascita."

"Il donatore di DNA?" Chiese Trevor, aggrottando la fronte.

"Dunque, se è il tuo sperma a concepire un bambino con Mac, allora sarai legalmente indicato come padre sul certificato di nascita del piccolo. Se invece è quello di Damon, allora ci sarà il suo nome," chiarì Trey. "Ma non importa cosa dice il certificato di nascita, i bambini vengono comunque cresciuti da entrambi i padri e dalla madre. Loro cercano sempre di evitare qualunque distinzione."

"Connor e Paige erano già sposati quando hanno incontrato Grae. E anche Eli e Grant, quando hanno incontrato Liv, la sorella di Trey. Recentemente hanno avuto anche loro una piccola cerimonia," disse Gryff.

"Per far sì che siano legati insieme nei loro cuori," aggiunse Rayne con un leggero sorriso.

"Chi di voi è sposato?" Domandò Mac.

"Nessuno. Abbiamo fatto una cerimonia di fidanzamento, ci siamo scambiati anelli e voti, e basta. Abbiamo preso questa decisione tutti insieme. Nessuno di noi voleva scegliere chi avrebbe dovuto sposare chi," rispose Rayne.

"E che succede quando..." Il viso di Mac si infuocò. "Quando..."

Damon allungò una mano sotto il tavolo e le strinse un ginocchio, e lei ricambiò.

"Penso che stia cercando di chiedere del sesso," disse Trevor. "Ci sono problemi quando non siete tutti e tre insieme? Di solito aspettate? Se non aspettate e siete solo in due, questo crea qualche problema?"

"Dal momento che nessuno di noi viaggia per lavoro

come Grae e Connor, cerchiamo di includere tutti e tre, ma non sempre è possibile. Inoltre, a volte *qualcuno* può non essere dell'umore," Gryff lanciò un'occhiata a Trey, "così io e Rayne andiamo di sopra prima. In questi casi, però, l'umore di questo *qualcuno* cambia repentinamente, quando si rende conto di cosa si sta perdendo." Rise. "Tornando seri, a volte succede. Qualcuno lavora fino a tardi, è troppo stanco, o magari non sta bene. Nessuno di noi ha problemi se gli altri due condividono un momento di intimità." Gryff alzò un dito. "Sempre che non si tratti di un comportamento ricorrente. L'intimità tra noi tre è molto importante. E lo stesso vale per ogni altra triade che conosciamo. Anche se in una relazione c'è molto più del sesso, è sicuramente una parte importante del rapporto."

"La comunicazione dentro e fuori dal letto è molto importante," aggiunse Rayne, bevendo un altro sorso di vino. "Se qualcosa ci preoccupa, ne parliamo. Non lasciamo che diventi un problema. Se dobbiamo discutere, è meglio farlo subito ed evitare di andare a letto arrabbiati."

"Dormite tutti nello stesso letto o avete stanze separate per le notti in cui avete bisogno di una pausa?" Chiese Damon.

"Stessa stanza, stesso letto, sempre. Non vorremmo altrimenti. Suggerisco di fare lo stesso, se questa situazione è nuova per voi."

"Dovete avere un letto piuttosto grande," osservò Trevor.

"È fatto su misura." Gli occhi di Gryff incontrarono quelli di Damon. "Ti dirò il nome di chi l'ha realizzato. Ha esperienza in materia."

Gryff pensava che sarebbe stato Damon a prendere tutte le decisioni – o almeno la maggior parte – nella relazione con Trevor e Mac? Chissà se era una cosa ovvia a tutti...

Damon gli fece un cenno con il mento. "Mi farebbe

piacere. Ne avremo bisogno." Girò la mano sulla coscia di Mac e lei intrecciò le dita sottili con quelle del pilota.

"Voi tre vivete già insieme?" Domandò Trey.

"Non ancora. In passato io e Trevor convivevamo, ma abbiamo..." Damon s'interruppe, non voleva entrare troppo nei dettagli.

"Hanno appena riallacciato i rapporti," concluse Mac per lui. "È successo più o meno nello stesso periodo in cui ho conosciuto Damon."

Il pilota si accorse che Gryff stava guardando attentamente Mac. "Hanno dei trascorsi," s'intromise.

"Esatto," rispose lei, ignorando lo sguardo intenso dell'amico.

Gryff si stava solo preoccupando per Mac, ma... Il modo in cui l'aveva detto aveva fatto innervosire Damon. Aveva usato un tono che metteva in discussione la decisione della sua partner, o almeno che indicava che Mac avrebbe dovuto prestare attenzione e andarci piano.

"Pensi che i trascorsi fra me e Trevor potrebbero rappresentare un problema per lei? Che potrebbe sentirsi un'estranea?"

Gryff posò la forchetta sul piatto e si appoggiò sullo schienale della sedia, portandosi una mano alla guancia. "So cos'ha passato Grae con Connor e Paige. Per un po' è stato difficile. Fortunatamente ha funzionato e sono molto felici, ma sarebbe potuta andare diversamente."

"Che mi dici di questi Eli e Grant che avete nominato? Erano già sposati quando la sorella di Trey li ha conosciuti. Ha avuto qualche difficoltà a entrare in una relazione già consolidata?"

"No," rispose Trey. "Si è adattata perfettamente a loro, per fortuna. Non che all'inizio ne fossi entusiasta, ma ora lo sono. La cosa più importante è non fare favoritismi. Noi," lanciò un'occhiata a Gryff, "abbiamo avuto un piccolo problema che ha quasi distrutto ciò che stavamo costruendo."

"Mi ha sentito mentre chiedevo a Rayne di sposarmi," spiegò Gryff. "Altro motivo per cui nessuno di noi è legalmente sposato. Dopo quel mezzo passo falso, abbiamo deciso di lasciare le cose come stavano e accontentarci di una cerimonia di fidanzamento ufficiale."

"Mmmh," borbottò Trey, cacciandosi in bocca una patata rossa arrostita.

"Gia mi ha detto che la vostra è una novità," disse Rayne, ignorando il brontolio di Trey.

"Sì," rispose Mac.

Rayne inarcò un sopracciglio. "E cosa ti ha fatto decidere di imbarcarti in una relazione poliamorosa?"

Mac strinse di nuovo la mano di Damon e fece lo stesso con Trevor. "Loro due si amano, e non volevo essere la causa della loro separazione."

"È stata una tua idea?" Chiese Gryff a Mac, guardandola sorpresa.

"Mac e Trevor hanno deciso di provarci e me ne hanno parlato," intervenne Damon.

"Però siete tutti d'accordo, giusto?" Domandò Gryff, aggrottando la fronte.

Damon annuì. "Una volta superato lo shock iniziale, sì. Per ora sta andando tutto bene, ma siamo venuti qui per cercare di capire le dinamiche di una relazione poliamorosa funzionante. Io viaggio molto per lavoro, e questo è uno dei problemi che dovremo affrontare."

"Ah, ecco il motivo della domanda riguardo al sesso a tre. Tu sarai fuori città, e loro due vivranno momenti d'intimità senza di te," disse Gryff, prima di appoggiarsi allo schienale della sedia.

"Esatto." All'improvviso sembrava un timore così sciocco.

"Se hai un problema con questo, se lasci che ti infastidisca, la vostra relazione fallirà. Te lo posso assicurare. È ingiusto dire ai tuoi partner di non fare sesso quando non ci sei, soprattutto se sei via per periodi più o meno lunghi. Ma ci sono alcuni metodi creativi che puoi adottare per far parte della loro intimità. Ad esempio, le videochiamate," suggerì Gryff. "Oppure il sesso telefonico. Potrebbe non essere la stessa cosa, ma ti permetterebbe comunque di stabilire una connessione."

"Sì, Day, sono sicuro che alla tua copilota piacerebbe partecipare a un po' di sesso telefonico in cabina di pilotaggio," lo prese in giro Trevor, facendogli un sorriso.

"Il sesso telefonico può essere eccitante, tranne quando sei dall'altra parte del telefono ad *ascoltare* una coppia darsi da fare e qualcuno minaccia di riattaccare. Come quando..."

Trey venne interrotto da Gryff. "Non abbiamo bisogno di rivivere quel momento."

L'ex campione si sporse verso Trevor e gli fece l'occhiolino. "Tranquillo, mi sono vendicato."

Trevor diede un cinque a Trey sopra il tavolo. Poi l'ex-giocatore si voltò verso Damon. "È lui quello prepotente?"

Trevor lanciò una rapida occhiata a Damon prima di rispondere: "Sì, ma mi piace."

Trey si portò una mano alla bocca e sussurrò: "Non dirlo a quel tizio laggiù, ma anche io lo adoro," poi si appoggiò allo schienale e si passò una mano tra i capelli biondo cenere. "Quando giocavo con i Bulldogs, ero il capitano della squadra... Ora è Gryff il *nostro* capitano."

L'uomo dall'altra parte del tavolo fece un lungo sospiro. Damon nascose il sorriso portando il bicchiere di birra alle labbra. "Apprezzo che ci abbiate invitati a cena, stasera," disse, dopo aver bevuto un bel sorso. "È stato illuminante, e ci dà una buona idea di cosa aspettarci."

Gryff inclinò la testa. "Non c'è di che. Ma ricordate, non dovete affrettare le cose. Lasciate che si sviluppino da sole. Trattatela come se fosse una relazione qualsiasi. Ci saranno momenti belli e momenti difficili. Potreste mettere in discussione l'intera faccenda un paio di volte, prima di rendervi conto che non c'è niente che desiderate di più. Non si tratta soltanto di una questione sessuale, ma di rispetto e fiducia nei partner, in ogni cosa."

"E d'amore," aggiunse Rayne. "Anche quello è importante."

"E d'amore," le fece eco Gryff.

E d'amore, si ripeté Damon, sollevando la mano di Mac e stampandole un bacio sul dorso prima di lasciarla andare.

Era pronto a portare a casa Trevor e Mac e seguire alcuni consigli molto preziosi.

Capitolo Venti

QUATTRO SETTIMANE dopo aver incontrato un bel pilota mentre scendeva da un aereo, Mac aprì la porta di casa di Damon e sorrise a Gia, che aveva le braccia incrociate sul petto e un'espressione spazientita.

"Non sorridere. Quattro." Gia alzò quattro dita. "Ho aspettato *quattro* settimane che mi invitassi o che li portassi da Grae. Invece hai dovuto aspettare che fossi in procinto di tornare a casa, in Arizona." Entrò in casa, spingendo da parte Mac. "Non posso credere che tu mi abbia fatto attendere così tanto," ringhiò sottovoce. Quando vide Trevor e Damon in nell'atrio, gli rivolse un sorriso smagliante.

"Era una novità assoluta... Avevamo bisogno di tempo. Non ero sicura che..."

"Basta con queste stronzate," sbuffò Gia. "Guardali. *No dico, guardali.*"

"Non ho bisogno di guardarli, so che aspetto hanno. Lo so molto bene, in effetti."

"Perché puoi vederli nudi." L'amica emise un lungo e drammatico sospiro. "Puoi vederli," disegnò un cerchio in aria con la mano, "fare quello che due uomini fanno l'uno con l'altro."

"Sai anche tu cosa fanno."

"Ma non ho mai avuto modo di farne parte!" Sibilò. "Sono destinata a rimanere un'anima sola e triste."

Mac ridacchiò. "Giusto."

Gia afferrò forte il braccio dell'amica e le si avvicinò. "Allora, dal momento che mi hai tenuto tutto segreto, come vanno le cose tra voi tre?"

"Sorprendentemente bene. Trevor ha lasciato il suo appartamento ed è tornato a vivere con Damon..."

Gia schioccò la lingua. "Ma tu hai ancora il tuo." Non era una domanda: sapeva benissimo che era così.

"Passo quasi tutte le notti qui."

"Anche quando lui è fuori città?" Chiese Gia, inarcando un sopracciglio.

"Sì."

D'un tratto, l'amica la trascinò lungo il corridoio, lontano dal soggiorno, e Mac emise un gridolino. "Damon non si preoccupa che tu e quel bel bocconcino con le mani magiche vi divertiate senza di lui?" Le domandò Gia, una volta entrate in cucina.

"No."

"Allora perché diavolo vivi ancora nel tuo appartamento?"

"Perché ci lavoro. E poi penso che sia troppo presto per trasferirmi qui. Sono passate solo quattro settimane da quando ho incontrato Damon, e ancora meno da quando ho conosciuto Trevor."

"Stronzate."

"Durante il giorno torno a casa a lavorare. È un posto tranquillo, e mi permette di concentrarmi."

Trevor e Damon le seguirono in cucina, e Gia li guardò

entrambi attentamente. Mac era certa che la donna non si fosse persa nemmeno un dannato centimetro di quei due adoni.

"Mmmh... Avere due fighi che vagano per casa nudi sarebbe fonte di distrazione... Di tentazione." Gia annuì. "Ora capisco." Continuò a fissare Trevor e Damon per qualche altro secondo. "E quando tu lavori da casa, loro fanno le sconcezze qui?"

"Sì." Ogni volta che due di loro avevano rapporti, informavano il terzo assente. Tra loro non c'erano segreti. Era una delle regole che avevano stabilito, e fino a quel momento era andato tutto liscio.

Gia inarcò le sopracciglia perfettamente curate. "Te lo dicono?"

"Certo. Ricordi cos'ha detto Paige? Affinché questo rapporto funzioni, dobbiamo essere completamente onesti e aperti l'uno con l'altro."

"*Tu* sei completamente aperta e onesta? E che mi dici del trasloco? Non ti senti esclusa?" Si voltò verso Damon. "Come può sentirsi parte della squadra quando ha ancora un suo appartamento mentre voi due convivete?"

"Gia," mormorò Mac, sentendosi arrossire. Quella donna non aveva filtri.

"Che c'è? È vero. Se non riesci a farti valere, allora spetta alla tua migliore amica far sì che non ti mettano i piedi in testa."

"Sto bene," sussurrò Mac.

"Questo lo dici tu."

"Sono i *miei* sentimenti quelli che contano."

Trevor fece qualche passo avanti e allungò una mano, ridendo goffamente. "Comunque io sono Trevor. Non ci siamo mai incontrati, ma stai comunque prendendo delle decisioni importanti per conto nostro."

Per fortuna, Trevor era un tipo accomodante. A differenza di Damon. Mac notò un'espressione contrariata sul viso del pilota: non gli andava a genio quella conversazione, e neppure che Gia pretendesse delle risposte.

"Torniamo all'argomento in questione," continuò Trevor, mettendo un braccio intorno alle spalle di Mac e tirandola al suo fianco. "Vuoi trasferirti qui? Pensavo che..."

Damon si avvicinò a entrambi e portò una mano alla nuca di Trevor per farlo tacere.

"Ne riparleremo," disse a voce bassa il pilota.

"Adesso?" Domandò Gia, portandosi entrambe le mani sui fianchi.

"No," ribatté Damon.

"Forse non sta andando così bene come pensi," disse Gia, rivolgendosi a Mac. Poi si voltò di nuovo verso Damon. "State usando la mia amica come un giocattolo, per ravvivare la vostra vita sessuale?" Agitò un dito davanti ai due uomini. "È qui solo quando vi conviene?"

"Non ho detto questo, Gia," brontolò Mac.

Non c'era modo di fermarla: era come un fiume in piena. Una volta che cominciava a scorrere, bisognava sperare che una frana ne bloccasse il corso. "Sai, pensavo che fossi sexy, ma vedo quanto sei dispotico in questa relazione. Mac ha già avuto a che fare con un sacco di stronzi, nella sua vita. Merita di meglio."

"Sono d'accordo," disse Damon, serrando la mascella. "Non merita altro che il meglio."

"E tu credi che il meglio siate voi."

Le narici di Damon si dilatarono.

Tutta quella storia sarebbe dovuta finire, prima che Gia mettesse un cuneo tra lei, Damon e Trevor. Mac era contenta della loro relazione. Perché la sua amica non poteva crederci?

"Gia, lasciamo perdere," le suggerì rapidamente Mac.

"Sto bene dove sono, e mi piace come stanno andando le cose. Non voglio trasferirmi."

"Non vuoi venire a vivere con noi?" Chiese Trevor, all'apparenza un po' ferito.

Mac non aveva intenzione di deluderlo. *Merda.* Voleva vivere con loro, ma non prima che la loro relazione si fosse stabilizzata un po'. Era ancora troppo acerba.

"Sì, invece. Io..."

"Benissimo, ragazzi. Andate a noleggiare un furgoncino per il trasloco. Potrei anche stare qui a supervisionare il tutto, così potrei guardarvi mentre vi piegate a novanta per raccogliere gli scatoloni."

Mac alzò una mano. "Voglio trasferirmi quando sarà il momento giusto."

"Cioè?" Chiese Damon con tono dolce.

Mac lo guardò sorpresa. "Io... Non saprei. Immagino... quando sarete sicuri di volerlo anche voi?"

"Non te l'hanno ancora chiesto?"

"Gia!" Sibilò Mac.

"Errore mio, allora... Pensavo che ci avresti fatto sapere quando saresti stata pronta. Trev è riuscito a trasferirsi subito grazie al contratto rinnovabile di mese in mese. Ho immaginato che tu..." Damon si grattò la nuca. "Ascolta, noi ti vogliamo qui. Ci manchi quando non ci sei."

"È vero," intervenne Trevor, stringendole le spalle.

"Ma non volevo farti pressione. Dal momento che Trevor si era trasferito, ho pensato erroneamente che alla fine avresti fatto lo stesso, ma non ne ero sicuro al cento per cento. Sono passate solo quattro settimane."

"Volevo che tutti ne fossimo sicuri."

"Io lo sono," disse Trevor.

"Anch'io," aggiunse Damon. "Dal primo momento in cui ti ho notata, nascosta dietro un'altra donna," lanciò un'occhiataccia a Gia, "ho sentito il bisogno di conoscerti. C'era qualcosa in te che mi attirava. Non mi ero mai sentito così con una persona che non fosse Trevor. A sorprendermi è stato proprio quello: l'aver provato le stesse sensazioni che avevo provato con lui. Ora so perché."

Mac avrebbe voluto chiederglielo, ma sarebbe stato meglio avere quella conversazione in privato.

Gia batté forte le mani. "Evviva, il mio lavoro qui è finito. Ho bisogno di un drink. Che cosa mi offri, bello?" Chiese a Trevor, avvicinandosi e afferrandogli la maglietta.

"Abbiamo roba buona."

"Beh, tiratela fuori allora. Dobbiamo assolutamente festeggiare."

"Sono d'accordo," disse Trevor con un sorriso. Tolse il braccio dalle spalle di Mac e si liberò dalle grinfie di Gia, ma prima di allontanarsi, baciò la tempia della sua partner e le sussurrò: "Vieni a vivere con noi, ti prego. In fondo, sei sempre qui. Quando Damon non c'è e tu sei nel tuo appartamento, mi sento solo."

Mentre Trevor scortava Gia dall'altra parte della cucina, Damon prese Mac per mano e la portò nel corridoio.

"La tua amica è matta da legare."

Mac sospirò. "Scusa, è sempre così. Ha le idee chiare e non lo nasconde."

Damon sorrise. "Ma si preoccupa per te. L'ha fatto anche suo fratello, Gryff, quando eravamo a cena da loro... E presumo che anche Grae, quando incontreremo lui e la sua famiglia, farà lo stesso. È un bene, piccola, vuol dire che hai persone che tengono a te e vogliono vederti felice." Le prese il mento e le sollevò il viso. "Anche io e Trevor vogliamo la stessa cosa... Che tu sia felice. Non voglio metterti fretta in alcun tipo di decisione importante, come vendere il tuo appartamento e trasferirti da noi. È un grande passo e, per quanto ti voglia qui, desidero anche che tu sia a tuo agio con quella scelta."

"Avrei bisogno di un posto dove lavorare."

"Possiamo sistemarti ovunque tu voglia in questa casa. In una camera degli ospiti, in un angolo del solarium... Dove preferisci."

"Ma ci sarà abbastanza spazio per tutti e tre?"

"Beh, se così non fosse, troveremo qualcos'altro. Prenderemo una decisione tutti insieme. A me starebbe bene. Non sono emotivamente attaccato a questa casa, ma non posso fare a meno di te e Trev. Questa relazione ha superato di molto le mie aspettative."

"È passato solo un mese, però. Voglio dire, Trevor si è trasferito in fretta e furia. Non sarebbe eccessivo passare dal vivere da solo ad avere altre due persone intorno?"

"L'hai detto tu stessa che passi tutto il tempo qui. Invece di tornare a casa tua per lavorare, avresti un ufficio qui da noi. Temi di non avere abbastanza privacy?"

Mac ci pensò su, poi scosse la testa. "No, non credo che sarà un problema."

"Ti voglio nel nostro letto ogni sera. Anche le notti in cui non ci sono. Mi sentirei meglio a sapere che Trevor è in tua compagnia, e viceversa." Quando Mac aprì bocca per obiettare, Damon alzò una mano. "Non per tenerti d'occhio, ma perché mi preoccupo. Tengo molto a te, e anche Trev. Ti vogliamo con noi."

"Anch'io voglio stare con voi."

Lui sorrise, poi si chinò e premette la bocca su quella di lei. "Allora è un sì?" Le mormorò contro le labbra.

La donna rispose con un bacio appassionato.

Trevor sorrise ed entrò in camera da letto con in mano tre flûte e una bottiglia di champagne.

La *loro* camera da letto. Sua e di Damon, e finalmente anche di Mac. Era la prima notte che passavano insieme da quando Mac si era trasferita.

Trevor ne era entusiasta, e anche il pilota.

Per quel motivo, avevano deciso di festeggiare a letto.

L'appartamento di Mac era ufficialmente sul mercato, e poiché non avevano bisogno dei suoi mobili, avevano spostato solo i vestiti, alcuni oggetti personali e il materiale dell'ufficio. Mantenendo i mobili nell'appartamento fino alla vendita, la donna avrebbe avuto una "via di fuga" per qualsiasi evenienza. Sia lui che Damon, però, si auguravano che non ne avesse bisogno. Quando era tornato a Boston per cercare l'ex, aveva sperato che il pilota lo accettasse e lo perdonasse per tutto il dolore che gli aveva causato. Non si sarebbe mai aspettato di dover condividerlo con un'altra persona.

Una parte di lui era sempre preoccupata di regredire a quello stato di oscurità. Avere due persone che lo amavano, e che amava a sua volta, lo aveva aiutato a trovare un equilibrio. Ne aveva parlato con il suo terapista, che non vedeva la relazione a tre come un problema. Al contrario: durante le giornate difficili, gli sarebbe servito averle come sostegno. E anche se Damon si stava impegnando perché gli venissero assegnati voli più brevi, c'era un limite a ciò che poteva fare, nonostante il titolo di capitano.

Comunque, ci stava provando. Anche Trevor stava facendo del suo meglio per assicurarsi di non ricadere in quel buco nero. Se qualcosa iniziava a dargli fastidio, anche se apparentemente trascurabile, si sedeva e ne parlava con loro. Damon lo amava, ma era fissato nei modi. Al contrario, Mac era un po' più dolce e comprensiva. Quindi l'aggettivo "equilibrato" era perfetto per descrivere la dinamica della loro relazione atipica.

Arrivò al bordo del letto e sorrise a Damon e Mac, che erano seduti contro la testiera e stavano dividendo un'enorme fetta di cheesecake.

"Ehi, fareste meglio a lasciarmene un po'!" Porse un flûte a Mac e uno a Damon, poi posò il terzo sul comodino. Aveva già aperto la bottiglia al piano di sotto, quindi versò un po' di champagne nei bicchieri.

Anche se non beveva più, quella era un'occasione speciale. Un bicchiere di bollicine non avrebbe causato danni.

Non stavano solo festeggiando il trasloco di Mac... Trevor stava anche silenziosamente onorando il fatto di essere arrivato a metà percorso di rimozione di alcuni tatuaggi. Gli avevano detto che ci sarebbero volute solo un altro paio di sedute per rimuovere del tutto le parole "sgualdrina" e "animaletto". Un altro ricordo del suo doloroso passato sarebbe presto scomparso. Un ulteriore passo avanti.

Una volta riempito il calice, si tolse la vestaglia e girò intorno al letto, salendovi con cautela. Si appoggiò alla testiera vicino a Mac, alzò il flûte e gli altri due seguirono l'esempio.

Per un momento, nessuno disse nulla. Trevor si aspettava che fosse Damon a proporre il brindisi. Che il pilota avesse pensato lo stesso di lui?

Entrambi si guardarono confusi, ma prima che uno dei due potesse aprire bocca, Mac alzò un po' di più il bicchiere e disse: "Brindiamo alle molte notti che passeremo insieme in questo letto. Non vedo l'ora di costruire un futuro con voi due, vivere insieme e amarvi per sempre."

Fece tintinnare il bicchiere con quello degli altri due

prima di portarselo alle labbra. Il pilota le mise una mano tra la bocca e il flûte per fermarla.

Quando lei lo guardò sorpresa, Damon le sorrise. "Ho qualcosa da aggiungere." Alzò il calice, si schiarì la gola e con voce profonda disse: "Ho capito dal primo momento che eravamo destinati a stare insieme. Che eravamo anime gemelle. Tra noi non c'era solo un'attrazione fisica o sessuale, ma qualcosa di più profondo," si batté una mano sul petto, "qui dentro. Mi completi, mi rendi una persona intera. Ti amo, e sono felice che tu faccia parte della mia vita... Ora e per sempre."

Trevor sbatté le palpebre. Con chi stava parlando? Con lui o con Mac?

Il pilota si sporse in avanti e guardò Trevor. "Credi a tutto quello che ho appena detto?"

Il massaggiatore sbatté le palpebre e annuì. "Sì. Per me è lo stesso."

Poi Damon si rivolse a Mac. "Credi a tutto quello che ho appena detto?" Ripeté.

La bocca della donna si aprì, si chiuse, poi si riaprì, lasciando sfuggire un sonoro respiro. Sembrava incredula tanto quanto Trevor. "L'hai detto anche per me?"

Damon sorrise dolcemente e le scostò una lunga ciocca di capelli rossi dal viso. "Sì."

"Mi ami?"

"Non l'avrei mai detto se non fosse così." Le prese il mento e le sollevò il viso. "Non dirmi che è troppo presto. Sono passati quasi due mesi, e so bene cosa provo."

"Anch'io," s'intromise Trevor.

Mac girò la testa verso di lui. "Anche tu, cosa?"

"Anch'io ti amo."

"Ma..."

Trevor la interruppe. "Niente *ma*. Sii felice. Ti amiamo,

ci amiamo. Abbiamo champagne e un letto fatto apposta per noi tre. Siamo in salute, abbiamo un buon lavoro, e possiamo contare gli uni sugli altri. La mia vita è piena di felicità in questo momento. La vostra no?"

"Sì, certo."

Trevor avrebbe voluto chiederle se provasse gli stessi sentimenti, ma non voleva metterle pressione. Sapeva che prima o poi ci sarebbe arrivata.

Avrebbe aspettato. D'altronde, era abituato.

Aveva aspettato di stare meglio per tornare da Damon, nonostante ne fosse stato impaziente. Era stato necessario attendere il momento giusto per farlo. Quindi capiva perché Mac non si sentisse ancora pronta a dir loro che li amava.

Trevor non aveva dubbi che in futuro l'avrebbe fatto.

E quando sarebbe successo, avrebbe parlato con Damon per organizzare una di quelle cerimonie di fidanzamento ufficiali per tutti e tre. Niente di troppo pomposo o stravagante; magari una celebrazione intima sulla spiaggia di qualche isola caraibica, con l'acqua azzurra a lambire le dita dei piedi.

Riusciva a immaginare Damon in pantaloni e camicia di lino bianchi, con le maniche rimboccate e i bottoni slacciati al punto giusto, in modo che la sua pelle scura creasse un bellissimo contrasto con il tessuto chiaro.

Sarebbe stato incredibilmente sensuale.

I capelli rossi di Mac sarebbero stati raccolti in un'acconciatura perfetta, con qualche ciocca ribelle che le ricadeva sul collo lungo ed elegante. Avrebbe indossato un vestitino bianco, e le sue lentiggini si sarebbero moltiplicate alla luce del sole.

In quanto a sé, gli sarebbe bastato trovarsi con loro. Promettere di amarli ed esser loro fedele e leale. Per sempre.

Tornò alla realtà, scacciando quella piccola fantasia, e

vide che Damon lo stava fissando con aria preoccupata. "Va tutto bene?"

"Benissimo."

"Che fine avevi fatto?" Gli chiese il pilota.

"Te lo farò sapere dopo aver pianificato nei dettagli il viaggio e la giornata."

Damon si mostrò confuso, ma non fece domande, cosa che Trevor apprezzò. Il pilota fece tintinnare il bicchiere con quello dei suoi partner, dopodiché tutti quanti bevvero un sorso.

Le bollicine solleticarono il naso di Trevor, e anche se lo champagne era buono, la compagnia era ancora meglio.

Si sarebbe impegnato al massimo affinché le loro vite fossero straordinarie.

Epilogo

Damon strinse più forte la mano di Mac mentre si guardava intorno. Non era mai stato invitato alla festa di compleanno di un bambino.

Sicuramente non alla festa di due gemelli, per di più piena di adulti impegnati in relazioni poliamorose.

Eppure era lì.

Riuscì a contare ben sei triadi, inclusa la loro, mentre Gryffin Ward li presentava ad altri ospiti.

C'era anche qualche coppia "normale", come i genitori di Grae e Gryff, e dei single, come Gayle Ward. Tuttavia, la maggior parte degli invitati era legata ai Ward in qualche modo.

"Siamo perfetti qui," mormorò Trevor, cingendo la vita di Damon con un braccio.

"Non siamo ex-giocatori di football o avvocati di alto livello," gli ricordò Damon.

Trevor rise. Il pilota si crogiolò in quel bel suono. Voleva che la loro vita fosse piena di risate e amore. L'anno appena trascorso era stato quasi perfetto, fatta eccezione per un paio di prevedibili ostacoli lungo la strada. Ad ogni modo, avevano seguito il consiglio di Rayne di non andare mai a letto arrabbiati. Non importava quanto tempo ci volesse, parlavano sempre dei loro problemi e trovavano un modo per risolverli.

Damon aveva dovuto rinunciare al controllo almeno un paio di volte. Era stato difficile, ma ne era valsa la pena.

Mac gli strinse la mano. "Vado a parlare con Gia."

Si sporse in avanti per ricevere un bacio e lui l'accontentò volentieri. Poi la donna ne diede uno a Trevor e andò dall'amica, che si trovava in compagnia di Paige, Connor e i loro figli sotto uno dei molti tendoni allestiti nel cortile posteriore. Il sole era ormai alto nel cielo e la giornata stava diventando sempre più calda, quindi c'era bisogno di ombra.

La migliore amica di Mac non era più single, ma non aveva nemmeno trovato due partner con cui divertirsi. Il suo "bel bocconcino scuro" – parole sue, non di Damon – non le aveva solo fatto perdere la testa, ma - da quello che diceva Mac - baciava il terreno su cui Gia camminava con i suoi ridicoli tacchi alti, del tutto inappropriati in un'occasione come quella.

Gia sembrava molto felice anche con un solo uomo, a giudicare dall'ampio sorriso che illuminava il suo volto. Il compagno, Davis, la teneva stretta a sé, sussurrandole qualcosa all'orecchio.

"Vado a parlare di football con Trey," annunciò Trevor, dando un rapido bacio a Damon prima di allontanarsi. "Laggiù c'è un fustino di birra ghiacciata. Ne vuoi un po'?"

Damon scosse la testa. "Magari più tardi'."

Il pilota osservò il partner dirigersi verso Trey Holloway, Cole Dixon, Ren Landis, Ty White e Grae Ward, impegnati in una conversazione intorno al fustino di birra. Trevor si unì a loro, nonostante fosse l'unico del gruppo a non aver mai giocato a football. Eppure i ragazzi lo accolsero con una pacca sulla schiena e qualche battuta amichevole.

Damon vide Trevor scuotere la testa quando gli fu offerta una birra. *Bravo ragazzo*, pensò tra sé e sé. Era sollevato che stesse continuando a seguire il consiglio di stare lontano dall'alcol... Era pur sempre un depressore, e in quel momento, lo sguardo sul viso di Trevor era gioioso e spensierato.

Damon sentì il cuore stringersi al pensiero di quanto amasse il suo partner. Se non fosse stato per Mac, forse non avrebbe mai accettato di farlo tornare nella sua vita. Era in debito con lei.

"Tu non vuoi parlare di football?" Grant Lane, uno degli avvocati dello studio di Gryff, gli si avvicinò furtivamente, portando con sé il figlioletto Alix. Il bambino non gli assomigliava affatto. Grant non era il padre biologico, ma amava quel bambino come se fosse suo, indipendentemente dal DNA. Come, del resto, facevano anche tutti gli altri padri del gruppo.

Damon scosse la testa. "No, anche se non mi dispiace guardarlo, non sono un esperto e probabilmente mi annoierei subito. Oppure sparerei un sacco di sciocchezze."

Grant scoppiò a ridere. "Meno male, cazzo! Io odio il football. Nemmeno Eli è un grande fan. È bello avere qualcuno con cui parlare, oltre alle donne. Di solito, quando gli uomini iniziano a parlare di football o di altri sport, le signore scappano via. Ma non mi va nemmeno di parlare di tiralatte o cicli mestruali."

Damon sorrise. "Lo capisco." Poi indicò Alix. "Quanto ha?"

"Nemmeno un anno." Grant gli si avvicinò. "Non daremo una festa come questa, quindi non offenderti se non ti arriverà alcun invito."

Damon ridacchiò e alzò le mani. "Assolutamente no." Si

guardò intorno, e il suo sguardo passò da un bambino all'altro. "Ci sono un sacco di maschietti."

"Sì, la squadra degli atleti, laggiù, dice che saranno tutti dei futuri giocatori di football," s'intromise Eli Stone con un sospiro, unendosi a loro e prendendo Alix dalle braccia del marito. Stampò un bacio sulla guancia paffuta del bambino.

"Anche il vostro?" Scherzò Damon.

Eli studiò Alix per un lungo momento. "Sarà libero di essere chiunque desideri. Non sarò certo io a oppormi."

Grant passò una mano tra i capelli neri e ricci del ragazzo. "*Nessuno* di noi si opporrà." L'avvocato rivolse di nuovo gli occhi grigi a Damon. "Voi avete in programma di fare un figlio nel prossimo futuro?"

"Non ne abbiamo ancora parlato. Prima dobbiamo organizzare una cerimonia di fidanzamento ufficiale."

Logan Reed si avvicinò al gruppetto e offrì un bicchiere di plastica rossa a Damon. "Non l'avete ancora organizzata?" Chiese, visibilmente sorpreso.

Damon prese il bicchiere e bevve un lungo sorso di birra fredda e rinfrescante. "No, ma lo faremo a breve. Abbiamo pensato di organizzarla su un'isola tropicale, solo noi tre, ma..." Damon scosse la testa. "Ma niente. Dobbiamo solo piantarla di rimandare."

"Siete tutti pronti? È qualcosa che desiderate tutti e tre?" Chiese Logan.

"Sì, non credo ci siano dubbi."

"Allora cosa aspettate?" Chiese Grant.

La domanda era più che legittima. Cosa stavano aspettando? Non c'era niente che Damon volesse di più che passare il resto della sua vita con Mac e Trevor. E se avevano intenzione di mettere su famiglia – sempre che Mac fosse d'accordo – avrebbero dovuto iniziare il prima possibile. Lui andava per i quaranta e voleva essere in grado di tenere il passo con i figli piccoli. Soprattutto vedendo quanto fossero attivi i bambini a quella festa. I due più grandi, Preston e Cayden – i figli di Logan, Ty e Quinn – stavano giocando tranquilli, ma gli altri sembravano aver bevuto un'intera cassa di Red Bull.

Avrebbe avuto l'energia per inseguirli in giro per casa e intrattenerli per ore? Damon ci sperava.

Tuttavia, voleva prima organizzare una cerimonia di fidanzamento, anche se agli occhi della legge non era legale. A suo avviso, invece, li avrebbe uniti ancora di più; sarebbe stato il collante che li avrebbe tenuti insieme come una famiglia.

Avevano anche bisogno di trovare degli anelli. Alcune delle triadi presenti alla festa avevano cambiato legalmente i loro cognomi... Trevor e Mac sarebbero stati disposti a fare lo stesso?

Come si sarebbero chiamati? Phillips-Brooks?

Magari avrebbero potuto chiamare il loro primo figlio Donovan, per onorare il cognome di Mac.

Damon si scosse da quei pensieri. Stava andando troppo in là con la fantasia.

Avrebbero dovuto mettersi d'accordo. Fare un figlio era una decisione importante, perché una volta messo al mondo, non si poteva più tornare indietro.

"C'è qualche bambino che ha problemi ad avere tre genitori? Vengono bullizzati o qualcosa del genere?"

"Oh no, tutt'altro. Noah e Liam, i ragazzi di Cole e Ren, vengono quasi venerati a scuola. I loro papà sono due ex-giocatori di football professionisti... Agli altri ragazzi questa cosa piace molto. Non sono i bambini a giudicare, ma gli adulti. Tutto sta in quello che i genitori insegnano ai figli. Diciamo ai nostri figli che se ci sono dei problemi devono venire subito da noi, in modo da poterli affrontare insieme," spiegò Logan.

Sembrava un padre senza troppi fronzoli. Un *uomo*, a dire il vero. Dopo averlo incontrato, Damon lo aveva facilmente riconosciuto come il più dominante nella sua relazione.

"Ma è sempre possibile che accada," mormorò Damon con aria cupa.

Logan si strinse nelle spalle. "Certo, ma i bulli troveranno sempre un motivo per dare fastidio. Il colore della pelle, i vestiti, la religione... Non importa, potrebbe trattarsi di qualsiasi cosa. Evitare di avere figli per il timore che vengano presi di mira da qualche prepotente vi precluderebbe una bellissima esperienza. Non riesco a immaginare la mia vita senza i nostri bambini."

"Nemmeno io," disse Eli, baciando la tempia di Alix. "E noi ne vogliamo ancora."

"È vero, *noi* ne vogliamo altri," concordò Grant con una risata. "Ma Liv dovrà dimenticarsi del parto prima di accettare di farne un altro."

Logan scoppiò a ridere. "Già. Dovrebbe essere un'esperienza piena di emozioni, ma di solito i padri presenti in sala parto finiscono per essere terrorizzati. Non avevo mai visto un uomo nero diventare verde, ma Ty ci è riuscito... Entrambe le volte."

"Sì, e io ho dovuto nascondere le mie espressioni facciali a Liv," aggiunse Grant, tornato serio. "Anch'io penso di essere diventato di una brutta tonalità di verde."

"Fantastico," mormorò Damon.

Logan gli diede una pacca sulle spalle. "Non preoccuparti: quando prenderai in braccio tuo figlio o tua figlia per la prima volta, dimenticherai tutto ciò che è successo per metterlo al mondo."

"Come no," borbottò Grant.

"Forza, Non spaventiamolo... Piuttosto..." Logan batté le mani. "Perché non li facciamo sposare oggi stesso? Siamo già tutti riuniti. È una bella giornata, ci sono gli alcolici, gli amici, la famiglia e il cibo. Possiamo essere tutti testimoni."

Damon sentì il sangue riversarsi nelle orecchie e le ginocchia trasformarsi in gelatina. "Cosa?"

"È un'ottima idea," disse Eli. "Dix si è occupato della nostra cerimonia di fidanzamento e anche di quella di Gryff. Sarebbe felice di officiare anche la vostra."

Gli occhi di Damon si posarono su Cole, che dava loro le spalle. Era impegnato a gesticolare in maniera piuttosto selvaggia, chiaramente impegnato in una conversazione che doveva entusiasmarlo parecchio. Probabilmente si trattava di football o sponsorizzazioni... O qualcosa del genere. "Dixon può officiare cerimonie di fidanzamento?"

"Certo che sì. Chiunque può farlo. Gli piace parlare di fronte alle persone; è un talento naturale," spiegò Grant.

"A Dix piace sentire il suo della sua voce, ecco cosa. Ma penso che abbia anche ottenuto una qualche licenza. Ha fatto tutto online. Non che sia importante; la cerimonia non ha niente di legale." Logan batté di nuovo le mani. "Ok, allora: abbiamo lo spazio, i testimoni e anche l'officiante. Ora serve soltanto che i tre partner siano d'accordo." Inarcò un sopracciglio e guardò Damon.

Il pilota spostò lo sguardo da un adulto all'altro, e si rese conto di quanto fosse inclusivo quel gruppo. Quando notò le diverse tonalità di pelle di ogni bambino, venne attraversato da una sensazione di serenità. Non sapeva quale sarebbe stato il colore dei suoi figli, ma la cosa non aveva importanza. Che avessero la pelle scura, chiara o una via di mezzo, i capelli rossi, gli occhi azzurri e le lentiggini o i capelli neri e gli occhi scuri, li avrebbe accolti comunque, proprio come aveva fatto il resto degli adulti presenti a quella festa.

Proprio come lui, Trevor e Mac avevano accolto il poliamore nella loro vita. Sì, il suggerimento di Logan era sensato: potevano assolutamente celebrare il loro fidanzamento seduta stante.

Il cuore pulsante di Damon rallentò, e quando guardò la rossa dagli occhi azzurri seduta insieme ad altre donne e l'uomo dai capelli scuri, gli occhi grigi e la barba intento a discutere di football, vide chiaramente ciò che voleva.

Trevor e Mac gli appartenevano, e Damon voleva che tutto il mondo lo sapesse. Voleva una famiglia con loro.

Sperava solo che i due fossero d'accordo.

Mac si sentì posare una mano sulla spalle e si voltò per vedere un Damon dall'espressione fin troppo seria per una festa di compleanno per bambini. Trevor era in piedi dietro di lui, con un ampio sorriso e gli occhi grigi illuminati da una profonda emozione.

Qualunque cosa stesse turbando Damon, forse non era così grave. Ma ormai era curiosa di sapere cosa avessero in mente quei due.

"Possiamo rubarvi Mac per qualche minuto?" Chiese Damon alle donne sedute in cerchio all'ombra di una tenda. Alcuni dei loro figli giocavano sul prato.

Quelle donne le avevano fatto venire una voglia immensa di avere figli, e Mac ne era rimasta sorpresa. Alcuni dei commenti sulle sfide della maternità avevano fatto ridere le signore lì presenti, e tutte ci si erano riviste, ma ciò non l'aveva scoraggiata dal voler procreare. Anche se magari si sarebbe fermata a uno, due bambini al massimo.

"Certo, a meno che non abbiate intenzione di appartarvi per darci dentro," disse Gia. "Ma non metteteci troppo... Ho poche occasioni per stare con la mia amica."

"Ma se parlate al telefono per ore," brontolò Damon, "ogni giorno."

"Ho detto *stare*, non parlare," puntualizzò Gia. "Non è la stessa cosa."

Damon si trattenne dall'alzare gli occhi al cielo e si diresse verso un albero lontano, seguito da Mac e Trevor.

"Va tutto bene?" Domandò lei.

"Penso che sia solo nervoso," disse Trevor, avvicinandosi a Mac per cingerle le spalle.

Lei posò una mano sopra quelle del suo partner. "Perché?"

"Perché oggi ci sposeremo. A Damon piace pianificare tutto alla perfezione, e così è troppo spontaneo per lui."

Mac sbatté le palpebre e si voltò verso il pilota. "Scusate, cosa?"

Con la coda dell'occhio, notò Logan che si avvicinava alla sorella Paige. Il viso della donna si illuminò mentre annuiva a qualsiasi cosa le stesse dicendo. Poi si precipitò da Grae e Connor, parlando in maniera alquanto animata. Connor scrollò le spalle e Grae annuì, poi entrambi guardarono nella loro direzione.

A destare ancora più sospetti era il fatto che Gia stava correndo – sì, *correndo* – con il tacco otto verso il punto in cui Davis stava parlando con il signor Ward. Accidenti, prima o poi si sarebbe rotta il collo.

Il battito cardiaco di Mac accelerò. "Che succede?"

"Logan ha suggerito di sposarci oggi stesso." Trevor allungò un braccio verso di lei. "Davanti a tutti. E ancora meglio, Cole Dixon officerà il tutto!"

"Cosa?" Chiese di nuovo lei. Sicuramente aveva frainteso.

"Ti avevo detto di non entusiasmarti così tanto. Deve essere d'accordo," borbottò Damon.

"Come facciamo a sposarci? Tre persone non possono certo farlo legalmente."

"Non ci sposeremo," chiarì Damon. "Cole officerà una cerimonia di fidanzamento ufficiale. Ma non voglio che tu ti senta costretta. Logan ha suggerito di farlo oggi, di fronte ad amici e persone che ci capiscono e vivono il nostro stesso stile di vita."

Mac aggrottò la fronte. "Ma è una festa di compleanno per i gemelli. Non possiamo rubare la scena..."

"Se non sei pronta..."

"Non ho detto questo," rispose Mac, avvolgendo le dita intorno all'avambraccio muscoloso del suo partner. "Non c'è niente che desideri di più. Vi amo entrambi."

"E noi amiamo te, quindi facciamolo!" Esclamò Trevor.

"Vorrei dichiarare il nostro amore e il nostro impegno di fronte agli altri," sussurrò Damon, mentre Paige si precipitava verso di loro.

Quando li raggiunse, era un po' a corto di fiato. "Logan mi ha detto tutto. Ho chiesto anche a Grae e Connor, e a noi sta bene."

"Ma è il giorno speciale dei gemelli. Compiono un anno solo una volta nella vita," insistette Mac. Paige e i suoi mariti avevano programmato la giornata per i loro figli, non perché lei e i suoi uomini potessero festeggiare la loro unione.

Paige agitò una mano. "Hanno un anno. Fanno ancora la cacca nei pannolini e pensano che le mie tette siano una fonte di cibo. E che piaccia o meno, quel buffet chiuderà presto i battenti. Finché avranno una bella fetta di torta piena di glassa, per loro non avrà importanza."

"Ne sei sicura?"

Paige annuì. "Sì!" Prese entrambe le mani di Mac e le disse, con voce implorante: "Ti prego, ti prego, fatelo oggi. Potrei aver bisogno di versare qualche lacrima che non sia dovuta alla stanchezza, a uno dei nostri bambini che frigna e interrompe le nostre serate piccanti o a mio figlio che mi ha appena vomitato addosso del purè di piselli. Voglio ricordarmi della parte romantica della nostra relazione, non vedere sempre e solo la realtà. Anche se sarà soltanto per mezz'ora. Quindi, fatelo!"

Mac non aveva dubbi sull'impegnarsi con Damon e Trevor. Ne avevano discusso un paio di volte, ma non avevano organizzato ancora niente di ufficiale. Ma... insomma, certo, sarebbe stato bello fidanzarsi in una località tropicale, ma farlo di fronte ad amici comprensivi sarebbe stato altrettanto meraviglioso. E poi, avrebbero potuto fare una vacanza su un'isola come una sorta di "luna di miele".

Mac si voltò verso i suoi uomini. Accarezzò la guancia liscia di Damon e quella ispida di Trevor. "Voi due siete sicuri? Potrebbe non essere valido per la legge, ma lo sarà *per me*."

Trevor le baciò il palmo della mano. "Sarei felice di stare con voi due fino alla morte."

Damon fece una smorfia. "Dobbiamo proprio parlare di morte?" Prese la mano di Mac e se la portò sul cuore, premendola abbastanza forte da farle sentire ogni battito. Con l'altra mano afferrò quella di Trevor e la mise sulla loro. "Questo batte per entrambi, nel bene e nel male, quindi sono pronto... se anche voi due lo siete."

"Conosci già la mia risposta," rispose dolcemente Trevor.

Paige fece un gridolino e Mac sobbalzò. Era stata così impegnata a fissare gli occhi dei suoi uomini che si era dimenticata che la donna era ancora lì. Poi Paige urlò: "Cole Dixon, devi officiare una cerimonia. Ne abbiamo altri tre da aggiungere al nostro club."

"Quando volete, sono pronto!" Rispose Cole. "Mi inventerò qualcosa al volo."

"Fantastico," mormorò Damon.

"Sono sicura che andrà tutto bene," lo rassicurò Mac, accarezzandogli l'addome.

"Finché noi tre staremo insieme, le parole non avranno importanza," aggiunse Trevor. Poi spalancò gli occhi grigi. "Un momento! Non abbiamo gli anelli!"

"Li avremo presto, se è quello che volete," disse Damon.

"Io voglio solo te e Mac," ribatté Trevor.

"E io voglio solo te e Trevor," aggiunse Mac, mandando giù il nodo di emozioni che sentiva in gola. Stava succedendo davvero. Stava "sposando" i due uomini che amava. Proprio lì, di fronte a un gruppo di persone solidali.

Damon sorrise e prese le loro mani tra le sue, accompagnandoli verso Cole, che si trovava di fronte alla piccola folla riunita per la cerimonia improvvisata. "Io vi appartengo, non dubitatene mai. Per sempre."

"Per sempre," gli fece eco Trevor, mentre la folla si separava per lasciarli passare.

"Per sempre," sussurrò Mac. I tre si fermarono davanti a Cole Dixon, in modo da poter giurare amore eterno gli uni agli altri.

Per sempre.

***

Per rimanere aggiornati sul lavoro di Jeanne, iscrivetevi alla sua newsletter qui: (in inglese):

http://www.jeannestjames.com/ newslettersignup

Riaccendere Chase

Una collaborazione inaspettata fra due autori, così calda che fa scintille...

Chase

Dopo un lutto devastante, ho un bisogno disperato di ricominciare da capo.

Lontano dai ricordi dolorosi.

Lontano da chiunque io conosca e da chiunque conosca la mia storia.

È così che mi ritrovo a Eagle's Landing, in Pennsylvania.

In quanto autore di bestseller, il motivo principale per cui mi sono trasferito in una baita montana isolata è sconfiggere il blocco dello scrittore che ha annientato la mia creatività negli ultimi due anni. Spero di ritrovare le parole in questo paesino tranquillo dove nessuno mi conosce. Dove nessuno conosce il mio passato.

Un posto in cui mimetizzarmi al punto da diventare invisibile.

Rett

Sebbene Chase, uno dei miei autori preferiti, sostenga di voler essere lasciato in pace, io mi rifiuto di lasciarlo impantanato in qualunque cosa lo stia soffocando.

In quanto proprietario della libreria locale e scrittore, sono affascinato da questo maestro della parola scritta. Sfortunatamente, le sue abilità sociali lasciano parecchio a desiderare. Ciononostante, sono deciso a tirar fuori questo individuo irritabile e frustrante dall'abisso in cui è caduto e riportarlo in superficie, non importa quanto lui si opponga. Spero solo che trascinare Chase lungo questo sentiero ardente riaccenda in lui la scintilla e di non scottarmi lungo la strada.

Nota: Riaccendere Chase *è una storia d'amore lenta e commovente che parla di amore in seguito a un lutto.* **Si prega di leggere l'avvertenza sul contenuto prima di leggere o acquistare il libro. Si trova all'inizio del libro e sul mio sito web: https://www.jeanne stjames.com/reignitingchase.** *Questo romanzo d'amore gay autoconclusivo ha un lieto fine garantito, senza tradimenti e senza finale in sospeso.*

Gira la pagina per leggere il prologo di Riaccendere Chase:
https://books2read.com/ReignitingChase-IT

Riaccendere Chase

Reigniting Chase

CAPITOLO UNO

Chase

La Ford Bronco Raptor venne messa a dura prova mentre sobbalzava lungo la stradina sterrata. Evitai il meglio possibile le enormi buche piene di fango lasciato dall'ultimo temporale, le erbacce lunghe e i cespugli che incombevano sul sentiero e lo rendevano ancora più stretto, e i lunghi e profondi solchi che mi ricordavano versioni in miniatura del Grand Canyon.

Avevo scambiato la mia Audi A8 proprio per questo motivo.

Comprare la quattro per quattro era stata la scelta giusta. L'agente immobiliare mi aveva messo in guardia dalla stradina, oltre che dalle nevicate che d'inverno colpivano la zona. Avevo preso sul serio l'avvertimento.

Soprattutto dopo che l'agente mi aveva mandato le foto. Molte foto.

Di tutto. Non solo di quella stradaccia.

Foto che avrebbero spinto qualunque individuo sano di mente a lasciar perdere immediatamente quella proprietà. Anzi, prima che immediatamente.

Per quanto l'agente volesse la provvigione, voleva anche essere onesto con me, dato che stavo comprando la proprietà a scatola chiusa.

Un acquisto rischioso, certo.

Un rischio che ero disposto a correre in cambio della privacy e di un po' di pace.

Avevo bisogno di ricominciare da capo in un posto dove nessuno mi conosceva o sapeva quello che era successo. La baita isolata sul fianco della montagna nei pressi di Eagle's Landing, Pennsylvania, sembrava il luogo perfetto.

Così speravo.

Dovevo ritrovare il prima possibile l'ispirazione. L'avevo persa assieme a...

Bloccai quel pensiero prima che potesse infettarmi.

Sobbalzai sul sedile del conducente mentre la Ford risaliva gli ultimi metri della stradina e raggiungeva finalmente il limitare della radura.

Una radura che aveva bisogno di tanto lavoro quanto la strada sterrata.

Avevo pagato l'agente affinché chiamasse qualcuno che facesse quanto più giardinaggio possibile, che sostituisse il vecchio tetto di tegole con uno di metallo, che installasse un grosso generatore di emergenza – dato che i cali di tensione erano praticamente una garanzia in montagna – e che riempisse il serbatoio di propano da duemila e passa litri. Ma il resto... Avevo deciso che ci avrei pensato dopo essere arrivato, provando a fare i lavori io stesso o ingaggiando gente del posto. *Provando* era la parola chiave, dato che non avevo la minima esperienza in fatto di edilizia. Non avevo mai eseguito alcun lavoro nelle mie vecchie case.

C'era una prima volta per tutto. Fortunatamente, YouTube era pieno di tutorial per qualunque cosa.

E poi, probabilmente, essere costretto a fare un po' di lavoro manuale sarebbe stato una buona terapia. E forse avrebbe anche spronato la mia creatività. Che era andata a quel paese da... quel giorno. Il giorno a cui stavo cercando di non pensare.

Dopo aver messo la Bronco in park e aver spento il motore, fissai quello che avevo di fronte. La mia "nuova" casa.

In quel momento, mi resi conto di essermi fottuto il cervello.

Ora che vedevo la baita di persona... La realtà mi colpì in fronte con la forza di un martello. Dal vivo, la casa aveva un aspetto molto peggiore e non c'ero nemmeno entrato.

Per un attimo, non fui sicuro che fosse il caso di farlo.

"Cosa cazzo stai facendo, idiota?" Il mio sussurro sostituì il silenzio all'interno della Ford. "Cosa cazzo ti è saltato in mente? Come hai potuto pensare di farcela?"

Cristo santo. Avrei dovuto fare marcia indietro e...

No. Prima avrei dovuto dare fuoco a quella trappola, *poi* fare marcia indietro, scendere dalla montagna, trovarmi un albergo comodo e quindi un altro posto dove vivere. Dire all'agente di vendere quei duecento acri di terra montana e boscosa a una persona che avrebbe potuto costruire qualcosa di meglio partendo da zero. Una persona che non fossi io.

Avevo comprato quella proprietà soprattutto perché, grazie all'estensione della terra, era sicuro che non avrei avuto vicini. Oltre al fatto che dava su un enorme stagno o un piccolo lago, quale che fosse la classificazione ufficiale. Ma comunque si chiamasse, era uno specchio d'acqua di discrete dimensioni.

In quanto autore di bestseller, avrei dovuto essere più bravo a descrivere le cose. Ma in quel momento non me ne fregava un cazzo delle descrizioni precise. Invece, ero concentrato sulle mie scarse possibilità di sopravvivenza.

Mi grattai la barba di una settimana mentre contemplavo sia il da farsi sia la baita di assi di cedro che avevo di fronte.

"Merda," borbottai sottovoce prima di aprire la portiera, allungandomi con un gemito.

Il mio quarantacinquesimo compleanno era arrivato ed era passato qualche mese prima, senza fanfare, ma si era lasciato alle spalle dei regali di cui avrei fatto volentieri a meno. Dolori ossei, insonnia, giunture rigide, vista sfocata e altro.

Ma erano tutte cose che mi ero aspettato. A differenza dell'invecchiare da solo.

Esalai bruscamente il fiato. Dovevo smetterla di procrastinare, entrare, dare un'occhiata in giro e vedere se fosse possibile dormire lì quella notte o se sarei dovuto tornare in paese e trovare una sistemazione migliore. Almeno fino a quando non avrei potuto rendere la baita vagamente abitabile.

Con una mano stretta dietro la nuca, mi massaggiai e cercai di motivarmi. "Diamoci una mossa."

I gradini di legno scricchiolarono mentre salivo in veranda. Non erano spugnosi e non vedevo tracce evidenti di marcescenza o assi rotte; era rassicurante. La veranda di legno era molto piccola, ma da quello che avevo visto dalle foto, la porta a cui mi stavo avvicinando era l'ingresso posteriore. L'ingresso principale dava sul lago di dieci acri.

Il lago *qualcosa*. Non ricordavo il nome.

Non che avesse importanza. Dato che ero il suo unico proprietario, potevo chiamarlo come pareva a me.

Lago Lasciatemi-In-Pace. Suonava bene.

Tirai fuori la chiave che mi aveva spedito l'agente dalla

tasca dei jeans. Non avevo mai conosciuto quell'uomo; avevamo fatto tutto virtualmente. Anche la firma del contratto.

Mentre facevo per infilare la chiave nella toppa, mi resi conto che la porta non era completamente chiusa. Era socchiusa. L'aveva lasciata aperta qualcuno dei manovali? Oppure era già aperta e nessuno si era curato di chiuderla? Probabilmente, avevano fatto il lavoro per cui erano stati pagati e se n'erano andati il prima possibile.

I cardini scricchiolarono mentre aprivo la spessa e rustica porta di legno.

Appunto mentale: prendere una lattina di WF-40 la prossima volta che sei in paese. Se quello non funziona, una tanica di benzina e un accendino risolveranno il problema.

In piedi di fronte alla soglia, trassi alcuni respiri profondi della calda e pulita aria montana. Molto diversa da quella a cui ero abituato. L'aria non era l'unica cosa diversa. Mi soffermai ad ascoltare.

Lo stesso valeva per la quiete.

Niente traffico. Niente voci. Cazzo, che gioia.

L'unico suono, a parte gli uccelli e i piccoli mammiferi che zampettavano nel sottobosco, era la voce nella mia testa che mi ripeteva all'infinito che era stata una pazzia comprare quel posto.

Forse tutto quel silenzio non era una gran cosa. Le mie voci interiori avrebbero potuto diventare amplificate, forse persino assordanti.

Durante il viaggio, avevo ascoltato un paio di lunghi audiolibri, dato che i miei pensieri tendevano a sovrastare la musica. Con gli audiolibri, ero costretto a concentrarmi. Un bel giallo ben scritto era in grado di tenermi lontano da quei pensieri negativi per inglobarmi nella storia di qualcun altro. Una storia che non fosse mia, che non fosse né il poliziesco che dovevo scrivere né la deprimente storia alla Nicholas Sparks che stavo vivendo.

Ma mi ricordava anche che dovevo riscoprire la mia creatività. E speravo che quel posto mi aiutasse a farlo.

Era proprio per quello che mi ero trasferito in una zona remota.

Varcata la soglia, dovetti trattenermi dal voltarmi e darmi precipitosamente alla fuga. Nelle foto, l'interno non sembrava così male. In quel momento, mi chiesi a quando risalissero le foto e perché l'agente non mi avesse fatto fare un giro virtuale. Ma in verità, l'agente non aveva mentito. Quello era effettivamente un vecchio capanno di caccia, che a quel punto non era molto meglio di un accampamento di fortuna.

Purtroppo, io non sapevo nulla di sopravvivenza o di vita senza utenze. Anche se si poteva discutere se quella baita potesse essere considerata priva di utenze. Più che altro perché aveva un pozzo con una pompa funzionante, oltre che acqua già analizzata e dichiarata potabile. Inoltre, aveva l'elettricità e presto avrebbe avuto una connessione satellitare, in modo che io potessi tornare a essere produttivo.

Se ciò fosse accaduto davvero, il mio agente letterario avrebbe potuto fare i salti di gioia. E così i miei lettori, che da due anni chiedevano un nuovo episodio della mia serie migliore.

E a pensarci bene, li avrei fatti anch'io, dato che scrivere era la mia unica fonte di reddito e le mie royalties si erano lentamente ridotte dopo ogni mese senza una nuova uscita.

Sebbene avessi un bel gruzzolo in banca, riparare la baita e le sue poche amenità lo avrebbe consumato rapidamente.

In qualunque caso, avrei dovuto prima di tutto *scrivere* un libro. E con tutto il lavoro che ci voleva dopo la prima bozza – revisioni, copertina, marketing e quant'altro – era improbabile che sarebbe stato pubblicato entro breve.

Mi ero dato sei mesi per scrivere il volume successivo della mia popolare serie di polizieschi. Il volume sarebbe arrivato nelle mani dei miei lettori probabilmente tra un anno e mezzo. Se non di più.

Non volevo pensarci. C'era il rischio che fossi in miseria al momento di ricevere la prima royalty, a seconda di quanto sarebbe stato generoso l'anticipo dell'editore.

Questa volta, il mio editore aveva esitato a darmene uno dopo che ero precipitato in una spirale di depressione. Avevano detto al mio agente, Randall, che quando avrebbero avuto almeno tre capitoli "ben scritti" fra le mani, avrebbero preso in considerazione l'idea di inviare un anticipo.

Fantastico, cazzo.

E tuttavia, non potevo biasimarli, dato che il blocco dello scrittore aveva annientato la carriera di diversi autori. Speravo solo che non concludesse anche la mia.

Da lì il motivo per cui mi trovavo in quella baita.

Messi da parte quei pensieri deprimenti, mi concentrai sulla visione deprimente che mi si presentava di fronte agli occhi.

Di primo acchito, sembrava che nessuno avesse più messo piede in quella casa, con l'eccezione della fauna locale.

Mi inoltrai nella baita da centodieci metri quadri. Non era male per me, dato che avrei vissuto da solo e non avevo bisogno di molto spazio. Mi bastavano un posto dove appoggiare la testa, un posto dove mangiare e qualche parte dove scrivere.

La baita aveva solo due stanze chiuse – la camera da letto e il bagno – ma a parte quello, l'ambiente era completamente aperto. Nuvolette di polvere si sollevarono mentre girovagavo per la zona principale della baita, osservando tutto più da vicino e facendo un elenco mentale del da farsi.

Non ci volle molto prima che mi rendessi conto che avrei

dovuto metterlo per iscritto, dato che c'era il rischio che la lista fosse troppo lunga per il mio cervello.

I pochi mobili lasciati dai vecchi proprietari erano coperti da due dita di polvere, oppure erano rotti. Andavano buttati o fatti a pezzi e usati per accendere il fuoco. Gli armadietti della cucina erano vuoti, con gli sportelli spalancati come se il contenuto fosse stato rubato o portato via.

Ragnatele spettrali aleggiavano in ogni angolo.

Tutte le finestre erano velate da anni di trascuratezza. Una era completamente rotta e avrebbe dovuto essere sostituita. Anzi, tutte avrebbero dovuto essere sostituite con nuovi vetri doppi per trattenere il calore durante l'inverno. Persino la leggera brezza dell'inizio della primavera mi consentì di individuare degli spifferi quando passai la mano lungo il bordo della finestra più vicina.

Scossi la testa e vidi delle macchie di feci sul pavimento. Sollevato lo sguardo, capii il perché. Mezza dozzina di pipistrelli se ne stava appesa sulle assi del soffitto, facendo una piccola siesta pomeridiana.

Merda.

Oltre al guano di pipistrello, c'erano delle feci simili a piccoli grani di riso nero. Sapevo a quale animale appartenevano: un piccolo roditore parente di Topolino.

"Tempo un giorno o due e verrete sfrattati," avvisai i pipistrelli e gli eventuali topi in ascolto. "Abusivi."

Continuai il giro della zona principale. Fortunatamente, il grosso caminetto costruito con pietre della montagna sembrava in buone condizioni. Così come l'ampia e robusta mensola che lo circondava. Finalmente qualcosa che non necessitava di essere sostituito o riparato.

In realtà, la struttura di base della baita era solida. Aveva "le ossa buone." La maggior parte delle riparazioni sarebbe stata cosmetica o avrebbe contribuito all'efficienza energetica.

Le ampie assi di legno del pavimento avevano semplicemente bisogno di una bella sfregata, così come il lavandino della cucina e gli elettrodomestici.

Per fortuna, era qualcosa che potevo facilmente fare da solo. Non mi dispiaceva usare un po' di olio di gomito.

Il sudicio tappetino di fronte al caminetto andava buttato. La legna sparpagliata sul pavimento doveva essere impilata con cura. Il mucchio di ceneri fredde nel focolare andava rimosso e avrei dovuto ingaggiare uno spazzacamino per evitare incendi nella canna fumaria.

Infilai la testa nel bagno. Dato che ce n'era uno solo, era di buone dimensioni. Non c'era una vasca, solo un box doccia a cui mancava la tendina, una finestra sudicia, un water che andava pulito e un lavandino sospeso macchiato di calcare.

Accanto al bagno c'era la mia camera da letto. Anch'essa non piccola, dato che era l'unica. Una rete di metallo rotta occupava il centro della stanza e un vecchio cassettone di legno era appoggiato a una parete. Avevo paura ad aprire i cassetti, dato che ero sicuro che intere famiglie di topolini ne avessero fatto un condominio.

Ma furono le grandi finestre nella stanza ad attirare la mia attenzione. Erano sporche, certo, ma attraverso di esse, la visuale sul lago era spettacolare. Immaginai di spalancarle e sentire gufi, volpi e persino strolaghe di notte, oltre alla brezza.

Aggiunsi una serie di ventilatori da soffitto al mio elenco. Uno per la camera da letto e un paio per l'ambiente principale.

Il mio letto matrimoniale si sarebbe adattato perfettamente a quella stanza, oltre che al cassettone che mi ero portato e che attendeva di essere scaricato dalla U-Haul parcheggiata in fondo alla montagna.

Tanto il mio suv quanto la roulotte erano colmi del

minimo necessario, come i miei vestiti e il mio letto. Tutto il resto lo avevo donato a organizzazioni che aiutavano i veterani e i senzatetto dopo aver venduto la casa a Long Island.

Dopo essere uscito dalla camera da letto, mi diressi verso la porta sul retro – no, l'ingresso principale – e scoprii che nemmeno quella era chiusa a chiave. Dopo averla aperta, uscii sulla veranda coperta che occupava l'intera lunghezza della cabina e fissai ciò che ora possedevo.

Il panorama spettacolare e mozzafiato del lago da quell'ampia veranda aveva chiamato il mio nome mentre scorrevo le foto sul sito dell'agenzia immobiliare. Al di là del lago c'erano altri alberi e la montagna che continuava a salire come sfondo.

Quella visuale perfetta era ciò che mi aveva convinto a comprare la proprietà e mi aveva accecato al punto da ignorare il resto dei problemi.

Immaginai me stesso su una sedia a dondolo, che mi godevo il caffè mattutino. O che mi costruivo una nicchia in veranda dove scrivere.

La tensione che mi perseguitava svanì all'improvviso e le mie spalle si abbassarono di qualche centimetro. La schiena si ammorbidì e i miei pensieri si fecero immediatamente più limpidi.

Ecco. Ecco di cosa avevo bisogno.

Perlomeno dopo una profonda ristrutturazione.

Come il resto della baita, la veranda aveva bisogno di una tinteggiatura e di una mano di vernice protettiva, cosa che potevo fare da solo.

Guardai verso destra e trovai una legnaia chiusa su tre lati mezza piena di legna da ardere, assieme a un tronco palesemente usato per spaccare la legna. Dopo aver sceso i tre gradini, girai attorno al capanno fino al fronte – no, al retro – dove avevo parcheggiato.

Durante il tragitto di ritorno alla Bronco, mi fermai al grosso serbatoio di propano lungo la parete esterna della baita, sullo stesso lato della cucina, per controllare la lancetta. Fortunatamente, era pieno come promesso.

Continuai a camminare fino a trovarmi accanto alla Bronco e lanciai un'altra occhiata all'esterno della baita.

La mia casa.

Andava bene. Doveva andare bene.

Senza dubbio avevo bisogno di un cambiamento e quello sarebbe stato un cambiamento importante.

Se trasferirmi qui non mi avesse aiutato, avrei preso atto che non c'era speranza per me.

Per il momento, dovevo tornare in paese, trovare un posto dove trascorrere la notte e comprare una quantità di prodotti per la pulizia per attaccare lo sporco.

Prima di poterlo fare, dovevo svuotare la Bronco stracolma e portare con me in paese solo una ventiquattrore e il mio portatile. L'indomani, al ritorno, avrei cominciato a pulire al meglio delle mie possibilità, per poi provare a portare la U-Haul su per la strada senza rompere un'asse.

In paese, avrei chiesto alla tavola calda e al motel se ci fosse qualcuno che potesse sostituire le finestre. Nel frattempo, avrei comprato un telo di plastica per coprire quella rotta e tenere fuori i pipistrelli e le altre bestiacce.

Avrei anche dovuto affittare una casella postale.

Accidenti. L'elenco era infinito.

Quando sarei riuscito a rendere vivibile il capanno, sarebbe stato meglio che le parole fossero pronte a scorrere.

In caso contrario, avrei dovuto cambiare mestiere.

Acquistalo qui: https://books2read.com/ReignitingChase-IT

Se ti è piaciuto questo libro

Grazie per aver aver letto il mio libro! Se questa storia ti ha appassionato, per favore fallo sapere ad altre lettrici e altri lettori scrivendo una recensione sul sito dove hai acquistato il libro e/o su Goodreads. Le recensioni sono sempre bene accette e anche solo un paio di righe possono dare un grande aiuto per una scrittrice indipendente come me!

Libri disponibili in italiano

Made Maleen: Una fiaba in chiave moderna
Cicatrici
Riaccendere Chase
Tutto di Te: Una storia d'amore gay di seconda possibilità
Magnum: Un crossover Dark Knights MC/Dirty Angels MC

<u>FRATELLI IN DIVISA:</u>
Fratelli in divisa: Max (libro 1)
Fratelli in divisa: Marc (libro 2)
Fratelli in divisa: Matt (libro 3)
- Include Teddy: il capitolo finale (libro 3.5)
Fratelli in divisa: Natale dai Bryson (libro 4)

<u>LA SERIE DI NOVELLE OSSESSIONATI:</u>
Eternamente Lui
Solamente Lui
Necessariamente Lui
Pazzamente Lei
Segretamente Lui

Informazioni sull'autore

Jeanne St. James ha pubblicato per USA Today e Amazon romanzi rosa che hanno avuto successo internazionale. Ama scrivere storie d'amore incentrate su donne dal carattere forte e uomini a cui piace dominare. Scrive da quando aveva tredici anni e ad oggi ha al suo attivo quasi sessanta romanzi di ambientazione contemporanea. Le trame dei suoi libri vertono su rapporti eterosessuali, rapporti omosessuali tra uomini e *ménages à trois* in cui sono coinvolti due uomini e una donna, e hanno per protagonisti personaggi di diverse provenienze. Sotto lo pseudonimo di J.J. Masters, Jeanne scrive anche storie d'amore omosessuali di ambientazione fantasy.

Per restare aggiornati sulle frequenti uscite dei suoi nuovi lavori, collegatevi al sito www.jeannestjames.com o iscrivitevi alla newsletter:
http://www.jeannestjames.com/newslettersignup (in inglese).

www.jeannestjames.com
jeanne@jeannestjames.com

Newsletter: http://www.jeannestjames.com/newslettersignup

Gruppo Facebook di lettrici e lettori: https://www.facebook.com/groups/JeannesReviewCrew/
TikTok: https://www.tiktok.com/@jeannestjames

facebook.com/JeanneStJamesAuthor
instagram.com/JeanneStJames
bookbub.com/authors/jeanne-st-james
goodreads.com/JeanneStJames
pinterest.com/JeanneStJames

Anche da Jeanne St. James (in inglese)

Trovate il mio ordine di lettura completo qui:

https://www.jeannestjames.com/reading-order

<u>LIBRI INDIVIDUALI</u>
<u>Made Maleen: A Modern Twist on a Fairy Tale</u>

<u>Damaged</u>

<u>Rip Cord: The Complete Trilogy</u>

Everything About You (A Second Chance Gay Romance)

Reigniting Chase (An M/M Standalone)

<u>Brothers in Blue Series</u>

<u>The Dare Ménage Series</u>

<u>The Obsessed Novellas</u>

<u>Down & Dirty: Dirty Angels MC Series</u>®

<u>Crossing the Line (A DAMC/Blue Avengers MC Crossover)</u>

<u>Magnum: A Dark Knights MC/Dirty Angels MC Crossover</u>

Crash: A Dirty Angels MC/Blood Fury MC Crossover

<u>In the Shadows Security Series</u>

<u>Blood & Bones: Blood Fury MC</u>®

Beyond the Badge: Blue Avengers MC™

<u>IN ARRIVO!</u>

Double D Ranch (An MMF Ménage Series)

Dirty Angels MC®: The Next Generation

SCRIVERE COME J.J. MASTERS:

The Royal Alpha Series

(A gay mpreg shifter series)